椿ノ恋文

小川糸

幻冬舎

椿ノ恋文

装幀　名久井直子
装画　しゅんしゅん
手紙　かやたにけいこ

椿ノ恋文　目次

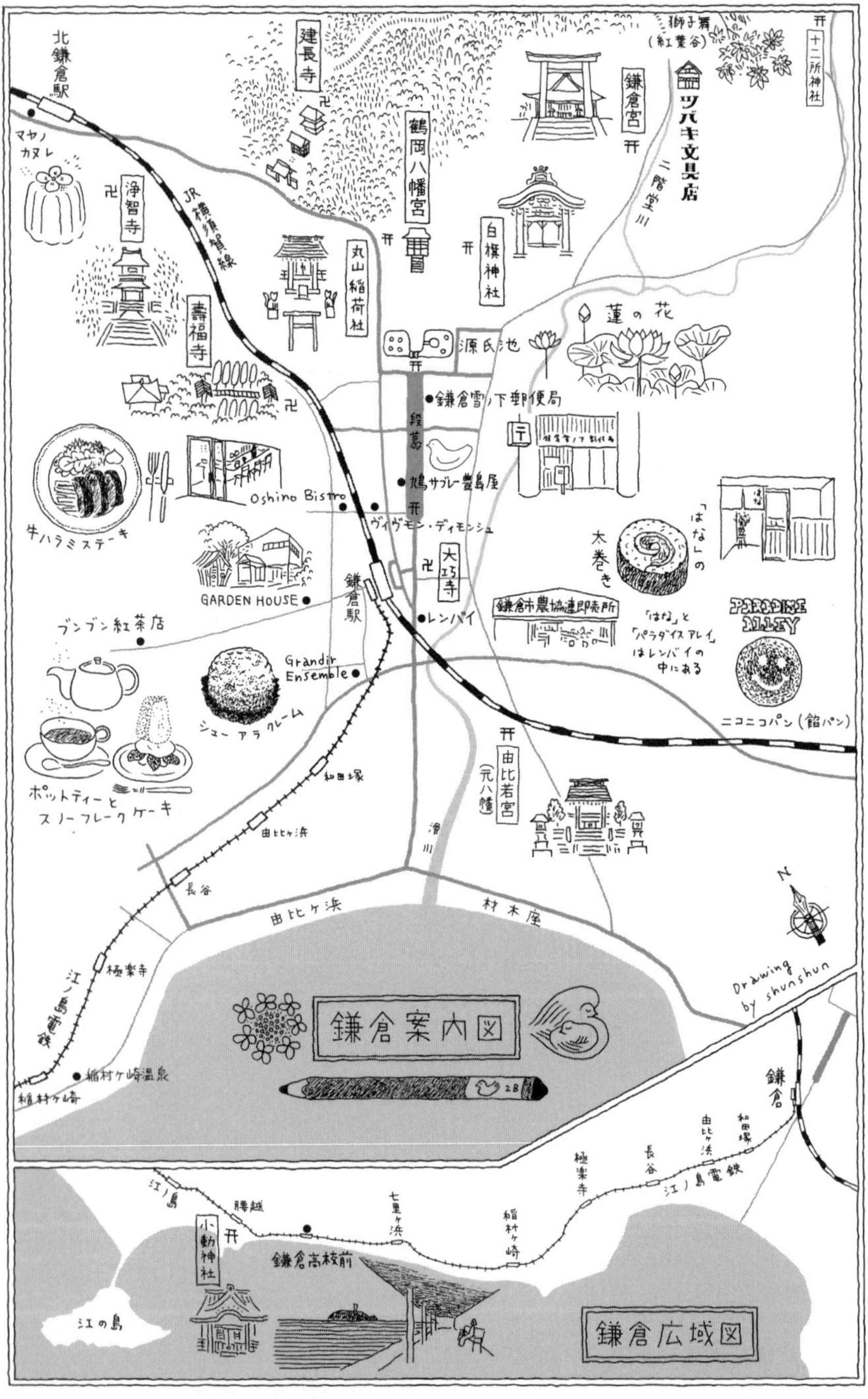

北鎌倉駅
マヤノカヌレ
建長寺
鶴岡八幡宮
鎌倉宮
獅子舞（紅葉谷）
十二所神社
ツバキ文具店
二階堂川
白旗神社
浄智寺
JR横須賀線
丸山稲荷社
寿福寺
源氏池
蓮の花
鎌倉雪ノ下郵便局
段葛
鳩サブレー豊島屋
Oshino Bistro
ヴィヴモン・ディモンシュ
牛ハラミステーキ
GARDEN HOUSE
大巧寺
鎌倉駅
レンバイ
鎌倉市農協連即売所
「はな」の太巻き
PARADISE ALLEY
「はな」と「パラダイスアレイ」はレンバイの中にある
ブンブン紅茶店
Grandir Ensemble
シュー アラ クレーム
ニコニコパン（餡パン）
ポットティーとスノーフレークケーキ
和田塚
由比若宮（元八幡）
由比ヶ浜
滑川
長谷
由比ヶ浜
材木座
N
極楽寺
江ノ島電鉄
Drawing by shunshun
鎌倉案内図
2B
稲村ケ崎温泉
稲村ケ崎
鎌倉
和田塚
由比ヶ浜
長谷
極楽寺
江ノ島電鉄
江ノ島
腰越
七里ヶ浜
稲村ケ崎
小動神社
鎌倉高校前
江の島
鎌倉広域図

伊豆大島案内図
岡田港
仙寿椿
大島空港
大島牛乳
波治加麻神社
三原山温泉
ブルーハイズ農場
ホースセラピー
再生の一本道
いつか森になる道
三原山
ジオ・ロックガーデン
砂の浜
波浮港
再生の一本道
いつか森になる道

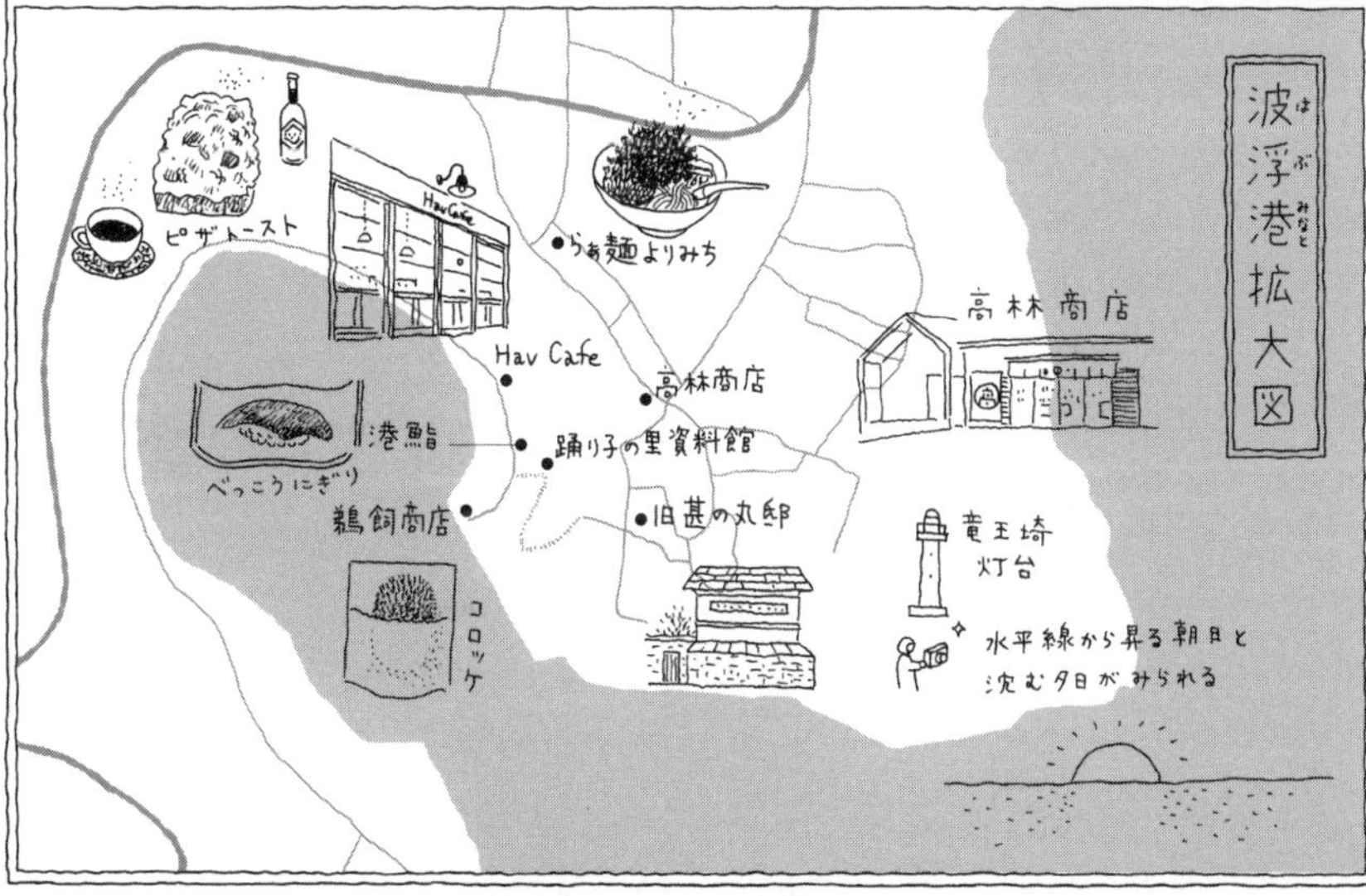
波《は》浮《ぶ》港《みなと》拡大図
ピザトースト
Hav Cafe
らぁ麺よりみち
高林商店
Hav Cafe
高林商店
港鮨
べっこうにぎり
踊り子の里資料館
鵜飼商店
旧甚の丸邸
コロッケ
竜王埼
灯台
水平線から昇る朝日と
沈む夕日がみられる

紫陽花

お世話になった皆様へ

今年も、桜の季節が巡ってきました。

皆様、お元気でお過ごしですか？

補修工事を終えた段葛の桜が、今、美しく花を咲かせています。


ご報告が遅くなってしまいましたが、実は、わが家に新しい家族が増えました。

六年前に次女の小梅が、その翌年には長男の蓮太郎が誕生し、わが家はめでたく五人家族となりました。

長女の陽菜（QPちゃん）は、この春、中学三年生になります。

妊娠、出産、育児という、人生における大きな出来事が二回も立て続けに起こり、嬉しい反面、混乱する場面も多く、ただただ慌ただしい日々を過ごしてきました。

その間、代書業の方がおろそかになり、皆様にご不便をおかけしましたこと、心よりお詫び申し上げます。

毎日毎日が宇宙旅行のような日々でしたが、先日、小梅と蓮太郎がそろって小学校に入学しました。

この間、私どもの成長を温かい目で見守ってくださった方々には、感謝の気持ちでいっぱいです。

長らくお休みをいただいておりました代書屋は、この春からの再開に向け、ただいま準備を進めております。

このお知らせが皆様の元に届く頃には、また代書のご依頼を承ることができるようになっているかと存じます。

ご用の際には、ぜひツバキ文具店にてお声がけくださいますよう、よろしくお願い申し上げます。

これからの季節、鎌倉の町にはますます緑があふれます。

輝くような美しいひとときを味わいに、ぜひ、こちらまで足を伸ばしていただけましたら、幸いです。

皆様にお会いできるのを、心から楽しみにしております。

ツバキ文具店店主

雨宮（守景）鳩子

何度も何度も読み返し、うっかりミスや言葉遣いの間違い、文章のねじれがないかなどをチェックした。念には念を入れ、まずは一枚、プリンターで印刷する。紙の色は、桜をイメージして、淡いピンク色を選んだ。

大量に印刷した紙の束は、プリンターの粗熱が取れてから、以前QPちゃんが文房具入れとして使っていた、鳩サブレーの黄色い特大角箱に文香《ふみこう》と一緒に入れた。数日間そのままにし、紙にほんのり香りを移す。

受け取った人が封を開けた時、ふわりと奥ゆかしい香りを感じてくれたら、それが私からのささやかなプレゼントになる。

封筒は、春の光をイメージし、卵色の洋形2号を使うことにした。宛名はそれぞれ、万年筆を使い手書きで記す。ただ、差出人の住所は、自分の手書き文字をゴム印にしてもらい、それに宛名と同じくブルーブラックのインクを使ってスタンプを押した。自分の名前だけは手書きで添えたいと、一通一通に名前を書く。

苗字を、旧姓の「雨宮」にするか、ミツローさんと同じ「守景」にするかは悩ましいところで、どうでもいいといえばどうでもいいのだが、「鳩子」だけにしてしまうのも親密すぎるし、迷った挙句、守景の方を括弧《かっこ》でくくり、雨宮を頭に置いた。

ミツローさんと結婚する時、私は特に何も考えず、そういうものだと思って雨宮《あめみや》から守景《もりかげ》に姓を変えた。それに合わせて銀行口座やクレジットカードの名前を変える手続きをしかけたが、途中で頓挫した。時間もかかるしお金もかかるし、これまでの自分の人生が白紙に戻されるみたいで、精神的にもかなりのストレスだった。

今まで雨宮鳩子《はとこ》として生きてきた私の人生はなんだったんだろうと疑問になり、何故《なにゆえ》結婚したからという理由で夫婦のどちらかの姓に揃えなければいけないのか、そもそもの理由もわからなかった。同じ苗字にすれば家族の絆が深まるなんて考えるのは、逆に家族の絆を舐めているんじゃないかとさえ思えてくる。

それで、気がつけば従来通り旧姓の雨宮を名乗る方が主流になっていたのだ。ただ、子供達の学校関係では、混乱が生じないよう守景のみを使っている。

こんなふうに、妻である私ばかりが苗字ごときに振り回されるのは釈然としない気もするけれど、このことを、私が今、拳を振り上げて政治的になんとかしようと思っても、なんとかできる話ではない。

とにかく、雨宮（守景）鳩子は今、育児や家事など目の前の雑事に追われ、髪を振り乱して一日一日を精一杯暮らしているのである。選択的夫婦別姓には大いに賛成だが、法律を変えるために裁判を起こしているような余裕はどこにもないのだ。

素っ気なかったA４のコピー用紙に文香の香りがほんのり移ったことで、なかなか良い雰囲気が出た。ピンク色の普通用紙がおめかしし、少々気取りながら、よそ行きの表情で微笑んでいる。

文香に使われているのは、白檀や樟脳《しょうのう》、丁子《ちょうじ》や桂皮など、天然の香料のみだ。紙の表面に顔を近づけ、すーっと息を吸い込むだけで、何か大きな存在に頭を優しく撫でられているような気持ちになる。

昼夜を問わず育児に追われる生活なので、こういう、ほんのちょっとした息抜きがとても大事だ。ということを、私も、自分が子育ての渦中にどっぷりとはまる中で、学んだのである。マラソンの給水所の一角に大好きなおやつが置いてあったら、ほんの一瞬でも苦痛が紛れるのと同じかもしれない。

手紙に貼る切手の値段は、この八年で二度も値上がりした。消費税増税に伴ってのことだから致し方ないとは言え、手元に残っている八十円切手にいちいち追加分の切手を貼らなくては使えないのは面倒だ。

今現在、定形の手紙で、二十五グラムまでは八十四円、五十グラムまでは九十四円である。今回はA４一枚分の重さだから二十五グラム以下に余裕で収まるとして、はたして八十四円の素敵な切手が見つかるかどうか、頭を悩ませてしまう。

普通によく売られている八十四円切手は、梅の意匠《いしょう》である。でも、梅では季節の先取りどころか後追いになって野暮《やぼ》ったい。第一、事務的すぎてつまらない。

切手箱を開けたら、国勢調査百年を記念して作られた切手シートの中に、家族六人が描かれたかわいらしい絵の切手を見つけた。守景家は現在五人だけど、将来的にもうひとり増えるかもしれないし。美雪《みゆき》さんだって、もちろん私達家族の一員だし。だから、人数にはあまり拘《こだわ》らないことにする。

それで今回は、それらを中心にして貼ることにした。シール式の切手だったら、もっと楽に貼れたのだけど、これもまた致し方ない。

三人の子供達が学校に行っている一瞬の隙を見計らい、集中して切手の貼りつけ作業を行った。封筒の角に合わせ、まっすぐ、きれいな位置に収まるのを意識しながら、一枚ずつ、丁寧に切手を貼る。手紙全体を顔とするなら、切手は口元。唇からはみ出した口紅ほど、みっともないものはない。

切手貼りをしながら、ＱＰちゃんにも手伝ってもらい、結婚のお知らせを書いた紙飛行機の手紙を作ったことを思い出した。あの時は、無謀にも自分で活版印刷の活字を組んで書面を作ったのだ。あんな手間暇のかかる作業、今の私には到底できないし、やろうとさえ思わない。

確かに活版による印刷は佇まいが美しいし温もりもあるけれど、印刷技術は進歩した。プリンターできれいに早く美しい文字が印刷できるなら、それに越したことはないのだ。三児の母で多忙を極める現在の私は、合理的にそう考えるのである。

「でーきた」

最後の一通まできれいに切手を貼り終えた。自分ひとりの時間を持てるのが嬉しくて、つい浮かれて独りごとを言ってしまう。

あとは、紙を四つ折りにし、それを封筒に入れて封を閉じれば、めでたく完成である。その作業は、子供達が寝静まってからの夜なべ仕事だ。

翌日、久しぶりに町へ出た。

私にとって町とは、鎌倉の、段葛《だんかずら》周辺をさす。せいぜい、島森書店までだ。裏駅界隈へは、もう何年もちゃんと足を踏み入れていない。バーバラ婦人と日常的にガーデンへ行っていたのなんて、嘘みたいに思えてくる。今やガーデンは、私にとって、渋谷や原宿と同じくらい遠い場所にある。

電車で鎌倉の外に出たのは、本当に片手で数えるほどしかない。しかも、そのどれもが子供の行事に関連したものだから、自分の意思で好きな場所へ行ったわけではないのである。

八幡様を背にして段葛をやや急ぎ足で歩きながら、過去の記憶がよみがえった。

小学一年生になったばかりのQPちゃんを間に挟んで、ミツローさんと三人、手をつないで段葛を歩いたのは、もう何年前だろう。

あの頃、QPちゃんはまだ小さくて、思い返すと、私にとって当時のQPちゃんは、豆大福みたいな存在だった。

まあるくて、かわいくて、そばに近づくとほんのり甘ったるい匂いがして、体のところどころにコリコリと硬い所があって、抱きしめると柔らかかった。

あの日、私とミツローさんは正式に籍を入れ、夫婦になったのだ。私はQPちゃんのお母さんという立ち位置となり、あの日から、私達は家族としての一歩を踏み出した。ミツローさんの妻になるより、QPちゃんの母親になる方が、私の人生にはよっぽどドラマティックな出来事だった。

結婚記念日は毎年、入籍の日に食事をしたゼブラに行って家族でお祝いしようね、なんて呑気に構えていたけど、実行できたのはその翌年の一周年記念だけで、年子で下の息子が生まれてからは、ゼブラどころか家族での外食すらままならない状況となり、現在に至る。だから、QPちゃんとミツローさんと三人で静かに家族の門出をお祝いできたことは、今となっては本当に貴重ないい思い出だ。

こういうことも、この数年あまりに忙しくて、思い出す余裕すらなかった。

ツバキ文具店の代書部門再開を知らせる手紙は、雪ノ下郵便局から投函した。

ここから出すと、八幡様と流鏑馬《やぶさめ》の神事を図案化した風景印を押してもらうことができる。同じ若宮大路《わかみやおおじ》沿いの、もう少し先にある鎌倉郵便局の風景印は海と大仏様だが、やっぱり私にとっての鎌倉は、断然、八幡様なのである。

時計を見たら、まだ少しだけ時間があった。久しぶりに八幡様の階段を上って、きちんと本宮前でお参りをしたい気もするけど、いかんせん、私は空腹で死にそうだった。

そのまま八幡様を背にして二の鳥居をくぐり、くるっと向き直って八幡様にお辞儀をしてから、信号を渡って島森書店の前を通り過ぎ、更に海の方へ向かって歩く。通称おんめ様のお庭をチラ見し、目指すは、鎌倉市農協連即売所、レンバイである。

子供達へのお土産にパラダイスアレイの餡パン、通称ニコニコパンを買って帰ろうというのは表向きの口実で、本音はどうしても太巻き寿司が食べたかったのだ。

はなさんの、太巻き。

噂は、いろんな人から聞いていた。レンバイの、パラダイスアレイのちょうどお向かいに、「はな」という名の小さな和菓子屋さんがオープンしたのはちょっと前。和菓子もおいしいのだが、そこの太巻き寿司が絶品なのだという。ママ友やツバキ文具店の常連さんたちから度々評判は聞いていたものの、なかなかここまで足を運べる機会がなかった。

念願かなってようやく入ることのできたお店は、小さいながらに温かみがあり、店頭に立つ女性(おそらく、はなさん)も、清楚で、この人の手から生み出される食べ物は間違いなくおいしいだろう、と確信を持てるような雰囲気だ。

ふだん、ミツローさんは定期的にレンバイに通って野菜などを仕入れるが、朝早い時間帯でないと売り切れてしまうため、はなさんが店を開ける十一時以降にレンバイに行くことは、ほぼない。よって、ミツローさんもまだ、はなさんのお店のものは食べたことがないのである。

まずは自分用の太巻き寿司をおさえ、ミツローさんと子供達にはお団子を買うことにした。

店がこぢんまりしているせいか、お釣りを受け取りながら、お使いを頼まれた子供みたいな気分になる。こんなささやかな買い物をするだけなのに、私は妙に興奮して、自分の顔がにやけるのを抑えることができなかった。

レンバイを出て、ふと横断歩道の先に視線をやると、何やら新しいスイーツの店ができている。なんとなく頭ではわかっていたけど、実際この目で見てしまうと、しんみりとした気持ちになった。以前はここに、ボタン屋さんがあったのだ。名前は確か、富士ボタン。

鎌倉は、案外移り変わりが激しい。いつの間にか新しいお店が雨後のタケノコみたいに増えていて、私はいつだって浦島太郎の気分になる。

新しい店が次々にできて楽しいと言えば楽しいけど、馴染みの店がなくなってしまうのは、さみしい。ぼんやりしていると、懐かしい風景がどんどん目の前から消えていってしまう。

段葛に戻り、今度は八幡様に向かって歩いた。ふだんは幼子の手を引いて歩いていることがほとんどだから、どっちの手も空っぽだなんて、新鮮だ。なんだか、遠足を楽しんでいるような開放的な気分になってくる。

それにしても、やっぱり、高いなぁ。

補修前と補修後では、段葛から見える風景がかなり違うのを実感する。

老木化した桜の木は、移植または伐採され、すべて若木に代替わりした。本数は、以前よりも何割か減らされたと聞いている。もっとも変わった点は、足元がむきだしの土からコンクリートになったことで、そのことを知ったら、先代がどれだけ悲しむだろうかと、私はひそかに憂えていた。

でも、杞憂《きゆう》だった。

向こうから、車椅子の男性が、介助者の男性にゆっくりと押されながら近づいてくる。バリアフリーになったから、今まで段葛を歩きたくても歩けなかった人たちが、歩けるようになったのだ。車や自転車の往来を気にせず、お花見を楽しむこともできる。

若宮大路の歩道を歩くのと、盛り土のされた中央の段葛を歩くのとでは、視界が変わってくるのはもちろんだが、何よりも、段葛を歩いていると、人として大切に扱われているような、身を守られているような特別な気持ちになれるのが嬉しい。

それに、真っ正面からどーんと八幡様と対峙できる。補修工事をしたことで、それを、より多くの人が味わえるようになったのだ。

段葛は、源頼朝が愛妻であるマサコさんの安産を祈願して造った道だけれど、八百年以上経った今でも、こうして人々に恩恵をもたらしているなんて、すごいことだ。

工事の途中までは、あんまり賛成する気分になれなかった私も、いざ工事が済んで実際にリニューアルされた段葛を歩いてみると、これはこれでよかったのではないか、と素直に思えた。もし頼朝さんが今の時代に生きていたら、やっぱり同じように補修工事をしていたんじゃないかと思えてくる。

それはさておき、植物の生命力って、本当にあっぱれだ。

桜の木が植え替えられた当初、本当にこんなにか細い枝に桜が咲くのだろうかと心配だった。でも、あんなになよなよっとしていた桜が、ほんの数年の間にぐんぐんと成長し、きちんと花を咲かせている。

今年は、左右に植えられた桜の枝が伸びたせいで、初々しい桜のトンネルができつつある。

わぁ、きれい。

私は思わず、段葛の途中で立ち止まってピンク色の空を見上げた。

ふんわり、ふんわり、空気に色を添えるように咲いている。風が吹けば、踊るように宙を舞い、光を受ければ、金色に輝く。

まだギリギリ時間があるので、ベンチを見つけ、そこに座って太巻き寿司に齧りついた。

なんて幸せなんだろう。

桜の花びらが優しく降り注ぐ下、心を込めて作られた太巻き寿司を食べている私は、もうこのまま死んでしまってもいいって思えるくらい、幸福感に満たされていた。

それぞれ丁寧に切ったり下ごしらえされたりした胡瓜、紅生姜、干瓢《かんぴょう》、干し椎茸が、薄焼き卵の流れに沿って、「の」の字を描くように整然と並んでいる。寿司飯のご飯の硬さも絶妙で、海苔の香りも最高だった。

家庭というものを持って以来、基本的に食事は、自分が作るかミツローさんが作ってくれるものを口にしている。それはそれで、もちろんおいしい。でも、たまにはそうじゃないものだって食べたくなる。

贅沢かもしれないけれど、家族以外の第三者が作ってくれる、滋味溢れる優しい味がむしょうに恋しくなる瞬間があるのだ。

手のひらに残った太巻きには、ご飯粒のひとつぶひとつぶにまで、愛情というか、何か底知れない慈愛のようなものが詰まっていて、それが私の感情の芯へ静かに触れた。ちょうどよいお湯加減のお風呂に肩まで浸かっているような幸福感に心が満たされ、目にじわじわと涙が溢れる。

まさか、太巻き寿司を食べて涙を流す自分がいるなんて、想像すらしていなかった。

ハンカチを取り出し、涙を拭う。QPちゃんからのお下がりハンカチには、ミツローさんの手によって、イニシャルが刺繍糸で縫いつけてある。

だけど、もうそろそろ限界だ。ピカピカの一年生ふたり組が小学校から帰ってくる。さっきはもう死んでもいいと思ったけれど、実際問題、今ここで死ぬわけにはいかないのだ。

私は、このまま感動のさざ波に身を預けてゆらめいていたい気分をグッと堪え、気合を入れて武士のごとく立ち上がった。

おそらく、次に段葛を通る頃には葉桜になっているだろう。

桜を見納め、八幡様のお膝元で超簡略化したお参りをしてから、競歩の速さで帰宅した。

「ごめんくださぁい。ポッポちゃーん、いますかぁ?」

数日後、久しぶりにポッポちゃんと呼ばれて顔を上げると、ツバキ文具店の入り口に、幼馴染の顔がある。

「舞ちゃーん」

嬉しくなって、私は言った。

「久しぶりー、元気だった？　これ、一緒に食べようと思って、持ってきたよ」

舞ちゃんが、私の手に茶色い袋を渡してくれる。

「なぁに？」

「ちょっと用事があって北鎌倉に行ってきたんだけどね、駅前にかわいいカヌレ屋さんができててさ、そこが気になったから、思わず店に入って買っちゃったの。

ちょうどポッポちゃんからのお手紙が届いてて、あぁ、ポッポちゃんと一緒にカヌレ食べたいなぁ、って思ったら、その気持ちが抑えられなくなってそのままバスでこっちまで来ちゃった。

お店閉まってたら玄関先にでも置いて帰るつもりだったんだけど、開いてたから」

舞ちゃんが、舞ちゃんらしい小学生みたいな笑顔でニコッと笑う。

「ありがとう」

こんなふうに、友人が前触れもなくふらりと訪ねてくれる行為そのものが、私には身に染みて嬉しかった。

「今、お茶淹《い》れてくるね」

席を立ち、奥のスペースでお湯を沸かす。

カヌレには何が合うかな、と思っていたら、ふと、マリアージュ フレールの黒い茶筒が目に入った。中には、バーバラ婦人がパリから送ってくれたマルコポーロの茶葉が眠っている。

「相変わらず、ここに来ると落ち着くねぇ」

舞ちゃんが、優しい声で囁くように言った。

見ると、舞ちゃんが私に背を向けて、入り口の引き戸の前から向こう側の景色を見つめている。

視線の先にいるのは、リスだった。大きく尻尾を膨らませたリスが、熱心に、椿の蕾《つぼみ》を齧っている。

それほど、珍しい光景ではない。ツバキ文具店のシンボルツリーである藪椿《やぶつばき》には、春を迎えた今でも、まだぽつぽつと名残の赤い花弁がついていた。

ステンレス製のティーポットにたっぷりと紅茶を入れ、お盆ごと店の方に運んだ。お湯の中でマルコポーロの茶葉がくつろぐのを待つ間、茶色い袋からカヌレを取り出す。

思っていたカヌレより、ずいぶん小さい。小さいけれど、カヌレの上に花びらがあしらってあり、鉢植えみたいだ。食べてしまうのがもったいなくなるほど、花びらが色鮮やかで、まるで宝石のように見える。

「そこはね、エディブルフラワーっていう、食べられるお花を使ってカヌレを作っているんだって。それと、小麦粉じゃなくて、米粉で焼いているんだよ」

それならば、小梅《こうめ》にも安心して食べさせられると、とっさに思った。次女の小梅は、小麦アレルギーのため、材料に小麦粉を使っているお菓子は要注意なのだ。昔ほどひどいアレルギー反応は出ないにせよ、今でも口に入れるものには神経を使う。

バーバラ婦人から譲り受けた白い楕円のお皿にカヌレを並べると、小学校の花壇みたいに賑やかになった。

「かわいいねぇ」

「うん、見ているだけで乙女チックな気分になるよね」

ふたりで口々にカヌレを褒める。

そろそろ紅茶がよさそうなので、マルコポーロをカップに注ぐ。濃く澄んだ茜色《あかねいろ》は、バーバラ婦人の情熱そのものに見える。

「いい香り」

舞ちゃんが目を細めた。

「バーバラ婦人がね、送ってくれたの」

私は、しみじみとマルコポーロの香りを嗅ぎながら言った。この香りをいっぱいいっぱい吸い込んだら、バーバラ婦人に会えるような気がしてしまう。

「ここで、ポッポちゃんと一緒に一回しかお会いしたことがないけど、チャーミングで、とっても素敵な方だったね。南仏でも、お元気にされているの？」

「うん、たまーにね、絵ハガキとか小包を送ってくれるよ」

「そっかぁ。そうなんだぁ。貴重な紅茶を、ありがとう。

でも、すごいエネルギーというか、バイタリティーというか、意志が強いというか。さすがポッポちゃんの大親友」

バーバラ婦人は、戻る場所があると自分に逃げ道を作ってしまってよくないと主張し、完全に家を引き払ってから、南仏で暮らす本命の彼氏の元へ旅立ったのだ。ご本人曰く、人生最後の恋である。

そして、空き家となったかつてのバーバラ婦人の住まいには、今、おそらく一人暮らしの中年女性が、数匹の猫と共に暮らしている。守景家に問題、課題は山積しているけれど、この気難しい中年女性といかにお付き合いするかも、大きな課題のひとつである。

「どうぞどうぞ、気になるカヌレを、ポッポちゃんからお先に選んで」

現実を前にして気持ちが萎えそうになるのを、舞ちゃんが絶妙なタイミングで引き上げてくれた。

一口でもパクッといけそうだったけど、あえてふたつに割ってから、うやうやしく口に含む。外側はさらさらとしてまるで陶器のような質感なのに、中は水分を含んだ苔みたいにふわふわしている。舞ちゃんも、右から左からとまずはじっくり目で見て楽しみ、小さなカヌレを思う存分に愛でてから、満を持して口に含んだ。

ふたりで仲良くカヌレを咀嚼《そしゃく》しながら、何度も見つめ合っては深く強く頷いた。言葉で確認し合わなくとも、私達は今、同じ感動を共有し、幸福の渦に溺れそうになっている。

「それでね」

一通り近況報告を終えてから、舞ちゃんが本題に入った。舞ちゃんの顔をパッと見た時から、おそらくそうだろうという予感はしていたのだが、代書の依頼である。

カヌレが、ゆっくりと胃袋の底へと沈んでいく。もしかすると舞ちゃんは今、ただならぬ問題を抱えているのかもしれない。

舞ちゃんは、何かを宣言するように強い眼差しを浮かべて言った。

「パンプキンプリンをね、食べたんだよ」

「うん」

私は黙って舞ちゃんの話に耳を傾ける。

「義理のお母さんが作ってくれたのを、義理のお父さんが届けてくれたんだけどね」

「うん」

「そこに、髪の毛が入ってたの。しかも、その前にも同じようなことがあってさ。その時は、メンチカツの中に入ってたんだけど」

舞ちゃんが大きくため息をついたので、私も同じようにため息をつく。しばらくの沈黙ののち、舞ちゃんは続けた。

「ゆっこママの料理ってね、素晴らしくおいしいの。もう、プロ級の腕前なんだ。和食だけじゃなくて、中華とかイタリアンとか。あとたまに、モロッコ料理とかスペイン料理とかも作ってくれたり。たくさんできると、ご近所さんに配ったりしてさ。

髪の毛が入っていたのがもし一回だけだったら、偶発的な事故ってことにして目をつぶってたと思うんだ。でもさ、間を置かずに二回じゃない？　私、どうしていいかわからなくて……。

やっぱさ、ここはちゃんと事実を伝えた方が親切なんじゃないのかな、って」

正義感の強い舞ちゃんらしい、真っ当な意見だと私は思った。

「だったら、ご主人から伝えてもらったら？」

それが一番スムーズでスマートな気がしたのだ。なんと言っても、ご主人は実の息子なのだし。

「うん、それも一応考えたんだけどさ、うちの旦那、いまだにマザコンっていうか。母親には一切口答えしないし、絶対にそれは期待できないの」

「そっかぁ。じゃあ、舞ちゃんの息子さんからおばあちゃまに伝えてもらうのは？」

「息子は全寮制の学校に入ってて、その時も家にいなかったんだ」

舞ちゃんが、がっくりと肩を落とす。なで肩が、ますますなで肩になった気がした。

「ポッポちゃん、うまくそれを伝える手紙を、代わりに書いてくれないかな？」

そういう流れになることをうすうす予想はしていたけれど、代書仕事の復帰第一弾としては、かなりハードルの高い内容である。

「うーん」

私は、途方に暮れて腕組みした。

「このままだとさ、本人が気づかないうちに、ゆっこママの料理が喜ばれなくなっちゃうんじゃないかって、気の毒なのよ。言わないで放っておくってわけにはいかなくてさ。家族だし」

「全く悪気はないもんね」

生前、先代は口を酸っぱくして言っていたものだ。無意識の悪事がもっとも手に負えない、と。

「舞ちゃんの義理のお母さんは、髪の毛が長いの？」

関係あるのかないのか自分でもわからないけれど、なんとなくひとつの情報として髪の長さを聞いておきたくなった。

「短いよ。短いから、余計、油断しているのかも。長ければほら、結んだり、できるじゃない？」

「そうなんだぁ。私達が小さい頃は、外でお弁当買って、髪の毛入ってることとか、普通にあった気もするけど」

「今はさ、異物混入にうるさい時代だから」

「だよねぇ。ちょっとでもそういうのが入ったりしたら、ＳＮＳとかに上げられて、大問題にされちゃうもん」

「だからさ、ゆっこママのことが心配なの」

舞ちゃんが義理のお母さんに異物混入の事実を伝えたいのは、抗議からではなく、お母さんへの愛情からだというのが、彼女の表情を見ていてよくわかった。

「だってさ、本人は気づいていないわけだから」

舞ちゃんが言う。さっきよりも、気持ち表情が明るくなったかもしれない。誰かに話すことで、荷が軽くなるものだ。私は言った。

「自分がさ、顔に鼻くそつけて歩いてたら、誰か教えてくれよーって思うもんね。家族だったら、当然はっきり言うよ。顔に鼻くそついてるよ、って。でも、友だちだったら、微妙だね。もちろん、仲のいい友人だったら言えると思うけど、知り合ったばっかりだったりしたら、ちょっと遠慮しちゃうかも」

男の子の親になるとは、こういうことが平気で言えるようになることなんだなぁ、としみじみ思いながら、私は一気に喋っていた。

鼻くそだのウンコだの、そういう単語が日常会話に自然に紛れ、いつしかそれが当たり前になってくる。

「うん、そういうこと。自分の母親だったら、躊躇《ちゅうちょ》せず、髪の毛入ってる、ってその場で簡単に言えると思うんだ。でも、義理の母っていうのがまた、関係が微妙っていうかさぁ」

わかるわかる、と激しく同意しながら私は大きく頷いた。

私も、もしミツローさんのお母さんが高知から送ってくれる料理の中に髪の毛が入っていたら、それをそのまま間髪入れずに伝えられるかどうかは、自信がない。

「ってことは、ポッポちゃん、この代書、引き受けてくれるんだね？」

舞ちゃんが、壁に画鋲をさすみたいな強い視線で私を見るので、私は曖昧ながらも、うん、と返事をしてしまった。

「うまく書けるかどうかわからないけど……」

そう言いながらも、前回代書した舞ちゃんの手紙をぼんやりと思い出す。

「最善を尽くしてみます」

ここまで来たらもう逃げられないと、覚悟を決めて私は言った。久しぶりの代書仕事はトリプルアクセル並みの難易度だが、こうなったら、正々堂々、受けて立つしかない。

「良かったぁ、おいしいカヌレ買ってきて」

舞ちゃんが、甘えた様子でぺろっと舌を出す。最初からそのつもりだったんだな、と思いつつ、

「持ちつ持たれつだもんね」

納得して私は言った。

だって舞ちゃんは、もし私が顔に鼻くそをつけていたら、きっとそのことを間髪入れずに教えてくれる数少ない友人のひとりなのだ。そんなかけがえのない友人の頼みを無下に断るなんて、私にはできない。

「またね」

今生の別れでもないのに、律儀な舞ちゃんは、何度も立ち止まっては、私に手を振りながら帰っていく。だから私も、舞ちゃんが最初の角を曲がるまで、ずっと目を離さずに背中を見送り続けた。

入れ違いで、ピカピカの一年生ふたり組が脱兎《だっと》のごとく帰ってきた。


三人の子供達の育児に追われ、しばらく休眠状態にあった代書魂だったが、舞ちゃんからの依頼により、数年ぶりにぱちっと目覚めた。舞ちゃんが、私の暮らしに新しい風を吹き込んだのだ。

内容としてかなり難しいのは事実だけれど、私は、ミツローさんの妻でもなく、三人の子供達の母でもない、単なるひとりの人間として再び社会と関われることに、大いなる喜びを感じていた。誰も見ていない場所で、ひそかにガッツポーズをしたいくらい、代書業を再開できることが嬉しかった。

自分も含め、五人家族を支える主婦としての務めもある以上、自分ひとりの時間を持つにはそれなりの工夫が必要だ。家族の協力も欠かせないし、それでもまだ足りないなら、自分の睡眠時間を削るしかない。

ＱＰちゃんひとりなら、まだなんとかツバキ文具店と育児の両立が可能だった。けれど、人生初となる小梅の妊娠は、身ごもったことを後悔してしまうほどにつわりがひどく、しかも切迫流産の恐れがあったため、私は最低限の身動きしかとれなかった。代書の仕事を受けるのは、どう考えても無理だった。

店番すらまともにできない状況が続き、アルバイトさんに来てもらうことで、なんとか急場をしのぐことができた。アルバイトの子を紹介してくれたのは、ニョロだ。ニョロは、先代と文通をしていたイタリアに暮らす静子さんの息子さんで、東京の大学で芸術を学ぶ留学生である。

永遠にも感じられた長く過酷な妊娠期間の末、虫の息でなんとか小梅を出産した。その時はまだ、一年間くらいアルバイトの子に手伝ってもらいながら育児をすれば、今まで通りの生活パターンに戻れるだろうと目論んでいた。

が、ほどなく第二子の妊娠が判明。胸にはまだ生まれたばかりの乳飲み子がいるというのに、もうおなかに新しい命が宿ったというのである。これには、当事者である私もミツローさんも、心底たまげた。もちろん、心当たりはあったのだが。

結婚してもなかなか子供を授からなかったので、私は勝手に、自分は妊娠しづらい体質なのだと思い込んでいたのだ。それが、まさかまさかの立て続けの妊娠で、しかもどうやら、双子でもないのに、同じ学年になりそうだというのである。最盛期には、左右にひとりずつ赤子を抱え、両方で授乳するほどの繁盛ぶりだった。

世間の人たちは、私達夫婦はよっぽど仲がよろしい、と思ったに違いない。実際、遠回しながらそういう下ネタを言ってくる人もいた。けれど、ミツローさんも私も、そっち方面に関してはおそらく淡白だ。出産直後でも妊娠するというのは、後から知ったことである。

本当に不思議なのは、同じ親から生まれたはずなのに、小梅と蓮太朗《れんたろう》は顔も性格もまるで似ているところがないという点である。そもそも、生まれ方からして、全然違った。

小梅の時ほどつわりはひどくなかったものの、蓮太朗の妊娠中は感情の揺れが激しくて、自分も周りも途中からついていけなくなった。

今から振り返ると、当時の私は猛獣だった。突然悲しくなって号泣したり、かと思うと笑いが止まらなくなったり、いきなりビールが飲みたくなって暴れたり、完全に、おなかの子に心身をのっとられていた。

小梅の出産時とは真逆で、蓮太朗は安産中の安産で生まれた。ほんの数回のいきみで、つつがなくすぽんと出た。これは、ミツローさんにも言っていないけれど、おならをするくらい簡単だった。

その調子で手のかからない子になってくれたら、どんなにありがたかったかと思うのだが、そううまくは問屋がおろさない。

蓮太朗は、夜泣きがひどく、おねしょも絶えなかった。極めつけは、史上まれに見るオッパイ星人だったことで、とにかく私の胸元から離れようとしないのだ。これまでに何度か本気で卒乳させようと策を練ったものの、どれも徒労に終わった。

小学生に上がっても、未だ完全な卒乳には至らず、たまに触ったり口をつけたり、何かとオッパイへの執着がぬぐいきれない。小学生になったから自然と別の方面へ興味が移るのを期待しているものの、なかなかその兆しは見えてこないのが現状である。

その点、生まれるまでは大変だったが、小梅は大きな病気をすることもなく、わりと順調に成長している。一時期、食物アレルギーがひどくて私も小梅もパニックになりかけたけど、なんとか山場を越えた感はある。性格がクールすぎるのではという嫌いはあるものの、子供なんてそんなものかな、と楽観視している。

そして今、守景家における一番の問題児は、ＱＰちゃんなのである。ただ今彼女は、反抗期を爆走中だ。


それはさておき、自分ひとりだけの時間を持つために、私はより早起きの生活になった。家族と同じ時間に起きていたのでは、自分と向き合う時間を持てなくなってしまう。早起きは三文の徳というけれど、三文どころの話ではない。早起きは、私に無限の恩恵をもたらした。それくらい、早起きをするかしないかで、生活の、ひいては人生の質が違ってくる。

ミツローさんとＱＰちゃんがこの家に引っ越してくる前、私は確か六時前後に起き出して、ひとりゆっくりとお茶を飲みながら一日を始めていたはずだ。飲んでいたのは、京番茶だった。家の掃除も、朝の時間帯にできていた。洗濯やゴミ出しなどもその流れで済ませ、文塚《ふみづか》の水を取り替える。それが、ツバキ文具店を開けるまでの朝の日課だった。

あの頃は自分で自分のお世話さえしていれば、それで問題なかった。けれど、ミツローさんとＱＰちゃんがこの家で暮らすようになり、更に小梅と蓮太朗が相次いで家族のメンバーに加わり、気づけば立派な大所帯である。

冷蔵庫は容量が足りなくなって新しいのを買い足したし、洗濯機も、基本は一日に二回、多い時は三回も回さないと片付かない。人数が多ければ、家の汚れも目立つようになるから、掃除だって、箒《ほうき》や雑巾でちゃちゃちゃっと済ますなんて言っていられなくなった。

小梅が生まれた時、ミツローさんの実家に出産祝いは何がいいか尋ねられ、真っ先にリクエストしたのはコードレス掃除機だ。ベビーベッドよりもお雛様よりも、わが家に必要なのは、吸引力の優れた掃除機だった。

ただ、箒と雑巾を使っての掃除なら音は出ないが、掃除機を使うとなるとそれなりの音が出る。だから今は、家族が起き、全員を外に送り出してから、音に過敏な反応を見せるお隣さんの動向を気にしつつ、ツバキ文具店を開けるまでの隙間時間に、一気に掃除機をかけるようにしている。

家事にかかる時間を差し引くと、私が小一時間ひとりの時間を作るには、どうしても朝五時前に目を覚ます必要がある。ママ友の中には、家族が寝静まってから、夜に自分の時間を作っている人もいるけれど、ミツローさんが夜型の生活をしているので、なかなかひとりにはなりきれない。

ミツローさんだって、きっとひとりの時間を持ちたいはずだ。それで私は、早朝を自分のための時間として過ごすようにしている。今では、朝を告げる鳥たちよりも早起きだ。

舞ちゃんが来てくれた翌日、数年ぶりに京番茶を淹れた。

京番茶は淹れた後の茶葉の始末が面倒なので、しばらく休んでいた。確かあったはず、と思い冷凍庫の奥の奥を探したら、かつて飲んでいた京番茶の袋が出てきた。賞味期限はとっくに過ぎているけれど、そんなのいちいち気にしている場合ではない。

久しぶりに飲む京番茶は、やっぱりおいしかった。体がこの味を覚えているので、スーッと違和感なく私に馴染む。

このお茶の独特な香りは、本当に不思議だ。嗅ぐと、無条件で先代のことを思い出してしまう。アラジンの魔法のランプみたいだ。それによくよく考えると、癖のある先代の性格と癖のある京番茶の味わいは、どこか通ずるところがある。

白いマグカップに京番茶をたっぷりと注ぎ、その湯気を肺の奥へと送り込んだ。

育児に追われてできなくなったことは増えたけれど、逆にだからこそ生まれた新しい習慣もある。

読書だ。私の場合、積極的に本を読むようになったのは、家事や育児に追われるようになってからだった。

私は子供という重石《おもし》によって、この家に据え置かれている。身軽には旅行にも行けない状況で、手っ取り早く、外の世界へと連れ出してくれるのが本なのだ。

特に物語は、私を魔法のじゅうたんに乗せて、現実逃避の果てしない旅へいざなってくれる。

だから、今も一瞬、無意識のうちに本に手が伸びそうになった。が、それを慌てて制御する。

なぜなら、本日のテーマは髪の毛だ。舞ちゃんから、義理の母本人に、自作の料理に髪の毛が入っていたという事実を伝える手紙を頼まれたのである。

相手の気分を害さないよう、けれどその事実をそのまんま伝えなくてはいけない。

先代なら、それをどう形にして、相手にどう伝えたのだろう。

先代が亡くなって時間が経てば経つほど、先代の影というか面影は色を増した。

私は当初、そういうものは時と共に色褪《いろあ》せ、やがて空気に紛れて消えてしまうのだろうと思っていた。でも逆だった。

先代の存在は、少しずつ色を濃くし、はっきりと輪郭がわかるほど鮮明になった。それこそ、どんな時でもそばにいて、熱心に私の心の声を聞いてくれる頼もしい存在だ。私には時々、そんな先代の姿が本当に見えそうになる。先代はいつだって、私を守ってくれているのだ。

けれど、こと代書仕事に関して、先代はかなり素っ気ない。そう簡単にアドバイスをくれたりヒントを出してくれたりしないのである。そこに関しての厳しさは、生前も死後もちっとも変わらず、私を甘やかそうとはしないのだ。

「鳩子が自分の心で考えなさい」

それが、先代のいつもの答えだ。

「私だってね、毎回、苦労して苦労してやっとの思いで書いてたんだから」

これも、しばしば耳にする台詞《せりふ》である。

確かに、そうだったのだろう。先代の苦労や努力にスポットを当てられるようになったのは、自分も代書屋としての仕事をするようになってからだが、先代は決して、天才でもなんでもなかった。そう見えるように装っていたのは、先代なりの強がりというか、見栄だったのだろう。

実際は、努力して、努力して、努力を重ね、のたうちまわるように産みの苦しみを味わって、死ぬ間際まで精進する気持ちを持ち続けていた。

最近になって、私はようやく、先代が最後の最後まで病院のベッド脇の引き出しにしまっていたという人生最後のメモ帳を開ける気になったのだが、そこには、様々な字体で「いろは歌」が綴られていた。

いろはにほへと　ちりぬるを
わかよたれそ　つねならむ
うゐのおくやま　けふこえて
あさきゆめみし　ゑひもせす

この四十七文字の中に、すべての仮名文字が入っている。幼い頃は、それが文字の練習になるからと、それこそ数え切れないくらい、私はいろは歌を半紙に書いて、先代に直してもらったものだ。

今でも、はっきりと思い出せる。

「い」は、向かい合って楽しくおしゃべりをする仲のよい友人達、「ろ」は、湖に浮かぶ白鳥、「は」は空中アクロバットショー。

それぞれの仮名文字に自分なりのイメージや物語を紐づけし、それを筆で描くようにしながら体で覚えた。

私はいつも先代に怒られるんじゃないかとビクビクしながら練習していたけれど、たまに先代が、これはよく書けている、と満足げに褒めてその文字に朱筆で丸をつけてくれた時は、本当に本当に嬉しかった。

今でも、その喜びはそっくりそのまま、胸の底から標本のように取り出すことができる。

だから、褒めるって、大事なんだよなぁ。

すでにぬるくなりつつある京番茶を啜りながら、ここ最近の自分を反省した。

子供達に対しても、ミツローさんに対しても、私はダメ出しをしてばっかりだ。厳しくて、いつも目を三角につり上げていた先代をあれほど毛嫌いしていたのに、気がつけば私自身が鬼の形相になりつつある。

いかん、いかん。

怒りで解決できることなんて、なんにもないのだ。

怒られて、気分がよくなる人が、どこにいるだろう。

髪の毛問題だって、そうだ。感情に任せて相手を非難したところで、解決には至らない。だから、まずは褒める。そして、間違っている点だけを、必要最小限の言葉で、冷静に正す。

「簡単なことでしょ」

また、先代の声がした。

「だといいけどさぁ」

私も先代に返事をする。

生前の先代と、こんなふうに世間話を交わすようなことはほとんどなかった。基本的に私は先代に敬語を使って話しかけていたし、それが当たり前だった。祖母と孫というより、土台にあるのは師弟関係で、タメ口なんてとんでもなかった。

でも今なら、先代にタメ口で話しかけることができる。先代も私に、タメ口で話しかけてくる。たとえどちらかが姿を消してしまっても、関係は続くのだということを、そして生前よりも親しくなれるのだということを、先代が身をもって教えてくれている。親孝行は、親が死んでしまってからでも可能なのだ。


午後、さっそく舞ちゃんに電話をかけ、義理のお母さんの得意料理をインタビューした。

電話の最後に、舞ちゃんがぽつりと言った。

「ゆっこママね、すごくプライドが高いの。プライドが高いっていうのは、いい意味でなんだけど。私から見ても、非の打ち所がないし、プロの主婦って感じの人なんだ。家事だって完璧にこなすし。だからね、手紙読んで自信をなくしちゃうんじゃないか、って、それだけが心配なの。もう料理は作れない、なんて塞ぎこんじゃったらさ、それこそ本末転倒でしょ。とにかく、悲しませたくないんだよねぇ。

何回もさ、自分で言うか書くかしよう、って思ったんだけど、やっぱり私じゃ能力に限界があるっていうの？　だから、ポッポちゃんから代書再開のお知らせが届いた時、あー、これはもうこういう流れなんだー、手紙はポッポちゃんにお任せしなさいってことだな、って思ったの」

舞ちゃんは私に、義理のお母さんを絶対に傷つけない手紙にしてほしいと、訴えているのだ。舞ちゃんらしい婉曲的な言葉遣いで糖衣に包んでいるけれど、本意はそこにあるのだと理解した。

「了解だよ」

心を込めて、私は言った。舞ちゃんの義理のお母さんに対する優しい気持ちは、ちゃんとこの両方の手のひらでしっかりと受け取めた。

舞ちゃんが自分で書かないというのは、逃げではなく、舞ちゃんなりの愛情というか、落とし前なのかもしれない。

「じゃあ、私は何か素敵な手ぬぐいを探してくるね」

弾んだ声で舞ちゃんが言う。

遠く離れた場所で暮らしているなら郵便で送るのも仕方がないけれど、舞ちゃんの旦那さんの実家は鎌倉山だ。定期的に顔を合わせているのに手紙を送るというのも、不自然な気がした。

それよりも、何かプレゼントと一緒にさりげなく手渡した方が相手へのショックを和らげることができるだろうと、私の方から提案したのである。だったら、手ぬぐいにしようというのは、舞ちゃんから出たアイディアだった。

調理する時に手ぬぐいを頭に巻いてみたらどうかと、手紙で義理のお母さんに提案してみることになったのだ。

数日後、いよいよ代書の時がやってきた。

以前、舞ちゃんから頼まれたのは、お茶の先生への絶縁状だった。あの時は目上の先生への手紙ということもあり、墨を磨って正式に毛筆で書いた。けれど今回は、縁をつなぐため、できれば縁を強化するための手紙である。

最近、好んで使っているのは筆サインペンだ。芳名帳などを書くために用いられることが多いようだけど、サインペンと筆ペンのいいとこどりで、手軽に筆文字のような質感の文字を綴ることができる。


先代が知ったら鼻で笑いそうな筆記具だが、これはこれでなかなか使い勝手がよく、私も自分や家族の名前を記入したりするのに、結構な頻度で使っている。なんとなく、この筆サインペンを使って書くと、字が上手になったような気分になれる。

便箋《びんせん》は、舞ちゃんの清潔感を全面に出したかったので、装飾過多になりすぎない、シンプルなものにしたかった。かといって、罫線だけの便箋では面白みがない。いくつかの候補を実際に机の上に並べ、じっくりと吟味して選んだのが、ライフのライティングペーパーだ。

どんな筆記具との相性もよく、相手に威圧感を与えないデザインがいい。内容的に、くだけすぎてもかしこまりすぎてもいけない気がするけれど、ライフの便箋はそのさじ加減を見事に満たしている。

この会社の製品を手にするたび、日本もやるもんだなぁと感心するのだ。しかも、良心的なお値段なのがありがたい。

毎回、代書をする時にイメージするのは、着ぐるみだ。たとえば、今回なら舞ちゃんの姿形をした着ぐるみに、私がそぉっとそぉっと忍び込んでいく。ゆっくりと滑り込んで、静かにその着ぐるみと同化するようなイメージだ。

そうやって、少しずつ舞ちゃんの体温に自分の体温を馴染ませ、呼吸を合わせ、指の感覚や目の感覚をつかんでいく。

その作業が一瞬でできる時もあれば、なかなか馴染ませることが難しくて時間がかかる場合もあるのだが、今回の舞ちゃんの代書に関しては、それがわりとスムーズにできた。

前回の絶縁状で、すでに私は一度舞ちゃんになりきっている。だから今回は、以前ほど難易度が高くない。

舞ちゃんが、普段から義理のお母さんのことをゆっこママと呼んでいるとのことなので、手紙の宛名もそのように統一した。

ポン酢を使えばもっと簡単にできるわよ、なんてゆっこママがおっしゃっていたから、私、あの後自分で作ってみたんです。でも、全然あんな風味豊かな味にはたどり着けませんでした。

材料が同じでも、その分量というか、バランスが難しいですね。ゆっこママに教わった通り、何度も何度も味見を繰り返しながら作ってみたのですが、調味料を足せば足すほど理想の味からはどんどん遠ざかるばかりで、完全に迷走してしまいました。

作り方を、ぜひまた教えてください！　というか、また食べさせてください！（というのが本音です。）

だって、あんなにおいしい冷やし中華、人生で初めて食べましたから。

ところで、今日は折り入って、ゆっこママにご報告です。

このことをゆっこママにお伝えすべきかどうか、ずいぶん長い間悩みました。

もしかしたら、お伝えしない方がお互いのためなのではないかと、こうしてこの手紙を書いている今も、迷っています。

でも、もし自分がゆっこママの立場だったら、と考えて、やっぱりお伝えしようという思いに至りました。気分を害されてしまったら、本当にごめんなさい。

実は、ゆっこママが前回作って届けてくださったパンプキン

大好きなゆっこママへ

このところ、急に暑くなってきましたね。もうすでに、初夏の空です。

もう随分前にゆっこママにレシピを教えてもらったコーヒーゼリーが、今年も大活躍しそうな予感です。

俊雄さんは、このコーヒーゼリーのぎりぎりの柔らかさがたまらないのだそうです。

私も、全くの同感です。ゆるゆるのゼリーに、はちみつと牛乳。それを、スプーンでそっと崩しながら食べる幸せといったら！もう、想像するだけで涼しげな気分になります。

ふだん牛乳をあまり飲むことのない我が家ですが、夏だけは必ず牛乳を常備して、コーヒーゼリーはいつだって冷蔵庫のスタメンです(笑)。

食べ物の話ばかりで恐縮ですが、先日お邪魔した時にいただいた今年初の冷やし中華の味が、忘れられません。蒸し暑い日の冷やし中華、最高でした！あの後、体がスーッと爽やかになりました。

私、冷やし中華のタレを自宅で作れるなんて、思ってもみませんでした。

を作って食べさせてくださり、本当に本当にありがとうございます！

これからますます暑さが厳しくなりますが、どうぞ夏バテには気をつけてお過ごしくださいね。

ゆっこママの次のお料理を、首を長く長ーく伸ばして、楽しみにしております。

舞より

プリンの中に、髪の毛が混入していました。そして、その前にご自宅でいただいたメンチカツにも、同じように髪の毛が入っていたんです。

私も以前、自分では気付かないうちに、息子のお弁当に髪の毛を入れてしまっていて、言われて驚いたことがあります。

以来、台所に立つ時は頭に手ぬぐいを巻くことにしました。髪がぺしゃんこになってしまうのは難点なんですけど……。

もしよかったら、試しに一度、ゆっこママも頭に手ぬぐいはどうですか？

先日、小町にある雑貨屋さんで素敵な手ぬぐいを見つけたので、よかったら使ってみてください。私とお揃いで、月の満ち欠けの模様だそうです。

寮生活の息子が、毎回のように電話で、ゆっこママの料理が恋しいと訴えてます。(ちなみに、私の料理が恋しいとは、一度も言ってくれません！)

ゆっこママがこれまでに作って食べさせてくれたおいしい料理を挙げたら切りがありませんが、もしひとつだけ選ぶとするなら、本当に苦渋の選択ですが、私はおでん、俊雄さんはビーフシチュー、息子は肉巻き卵だそうです。

いつも、おなかをすかせた私達に愛情たっぷりの料理書いている最中は、アドレナリンが出て全然そんなふうに感じなかったけれど、書き終わってからドッと疲れが出た。久しぶりの代書仕事で、緊張していたのだろうか。ここ数年の疲れが一気に体にのしかかってきたような重だるさで、しばらく立ち上がることもできなかった。

書き上がったばかりの便箋を横に動かし、空いたスペースにおでこをつけてそのまま仕事机に突っ伏した。目を閉じたまま、呼吸を整える。一瞬、強烈な睡魔に襲われそうになった。

間が空いてしまったせいで、感覚を取り戻すのに予想を超える莫大なエネルギーを必要としたのかもしれない。スポーツや楽器の練習も、一日休むと元の状態に戻すまでに三日かかる、とはよく言われることだけど、今の私はまさにそれを一遍に実体験している気分だった。

しばらく休んでから、封筒の表に「ゆっこママへ」、裏に「舞より」と記し、二つ折りにした便箋を中にしまう。それを、仏壇の一角に置いた。

気づかないうち、背中に汗をかいてしまっていたので、立ち上がり、冷蔵庫から冷たい炭酸水を取り出す。もうすでにキャップが開けられていて、半分以上なくなっていた。ペットボトルに直接口をつけ、ゴクゴクと一気に飲み干す。

そこへ、ただいまー、とミツローさんが帰ってきた。

今日は自分で営んでいるカフェがお休みの日で、ミツローさんは朝から海へ出かけていたのだ。

鎌倉は、はっきり山派と海派に分かれるが、ここ二階堂は完全な山族の暮らす土地柄である。山族と海族では、人種も明確に異なる。山の方は学者さんをはじめとするインテリっぽい人が多いのに対して、海の方はサーファーなど、サザンオールスターズに代表されるような海文化をこよなく愛する人たちが数多く暮らしている。

そんな住み分けを軽々と超え、ミツローさんは山族から海族へ、華麗に転身を遂げた。ある日、お店の常連さんから海水浴に誘われたのがきっかけだった。そこから、あれよあれよという間にサーファーになった次第である。

最初はただボードに体を預け、たゆたっているだけだったそうだ。それが、周りのサーファー達を見様見真似するうち、ボードに立てるようになった。そして、本人曰く、うまく波にも乗れるようになった、らしい。

ミツローさんが趣味を見つけ、表情が生き生きと輝くのは大賛成だ。私だって、そういうミツローさんをそばで見ていたいと思う。前よりも日に焼けたミツローさんは健康的で潑剌《はつらつ》とし、体幹が鍛えられ、逞《たくま》しくなった。

ただ、その前にミツローさんは三児の父でもある。もちろん、家事だってそこそこ手伝ってくれるし、お店の方も、それなりにまぁ、頑張ってはいる。でも、なんかこう地に足がついていないというか、ふわふわしているというか、言い訳が上手というか、そういう面があるのは否めない。

ミツローさんのマイナス面は、結婚生活を送る中で、じょじょに浮き彫りになってきた。もちろんふだんは目をつむるようにしているのだが、チリも積もればなんとやらで、たまに私の不満が爆発する。

そんな私の胸の内を知ってか知らずか、ミツローさんはすっきりした表情で現れた。

「どうだった？」

「うん、今日はまぁまぁかな」

私があまり、サーフィンの話題が好きではないことを知っているので、控えめに言っているのだろう。でも、ミツローさんの顔を見れば一目瞭然だ。鮮度のいい魚みたいな目になっている。まさに、水を得たミツローだ。

「これ、今日の買い物リストね」

私は手書きのメモを渡す。

「はぁーい」

ミツローさんが、さっき私が飲んだ気の抜けた炭酸水みたいな返事をした。

買い物は、ミツローさんの担当だ。私達は共稼ぎの夫婦なので、家事はきっちり折半するのが鉄則である。たくさんの試行錯誤を繰り返して、ようやく現行のシステムが完成した。

ミツローさんの車にエンジンがかかり、家を出て行く音がする。私は、些細なことで言い争いにならなかったことに、静かに胸を撫でおろした。

家の中というのは、いちばん小さな社会である。生まれも育ちも違う人間同士が、肩を並べ、同じ屋根の下で暮らしている。

当然、生活習慣や価値観の違いから、衝突が起きる。

そういう時、ただ正論を言ったって、解決しない。それよりも、相手の労をねぎらったり、妥協したり、多少嘘でも褒めたり、押してダメなら引いてみたり、根回しして仲間を増やしたり、そういうズル賢さというか、よく言えば小さな工夫が必要になってくる。

短期戦だったらチャンバラごっこで勝負を決めれば済むけれど、家庭の営みというのは長期戦だ。長丁場の戦には、忍耐力が必要である。

私は当初、完璧を目指すあまり、結果的には相手だけでなく自分をも疲れ果てさせていた。今でもたまに、本当にくだらないことでミツローさんとやり合ってしまうけれど、それがどれだけ不毛な戦いかをお互いに学習したので、以前より数は減ったかもしれない。そもそも、子供が三人もいると、喧嘩をしている暇さえない、というのが実情である。

「鳩ポッポ、いるかー？」

忙しい最中に、またひとり、手のかかるお客がやって来た。

まだ顔を見ないうちから、男爵だと声でわかる。一時期のあれは、一体なんだったんだとちゃぶ台をひっくり返したくなるほど、男爵は奇跡の生還を遂げた。

いや、そもそもあれは、単なる心配性の男爵の早とちりだったのかもしれない。あの時は、癌が見つかった、だから妻であるパンティーと息子への手紙を代書してほしいと憔悴しきった表情でツバキ文具店に現れたけれど、お断りして大正解だった。

せっかく渾身の遺書を代書しても、水泡に帰すところだった。今では、癌が見つかったこと自体、疑わしいのである。

近所に、すごく怖がりの犬がいて年中吠えているのだが、人間も一緒で気の小さい人間ほど、自分を大きく見せようと虚勢を張るのだろう。目の前のこの人物がまさにそうで、男爵の一連の言動をつぶさに観察していると、どうしてもそう思えてならない。本当は、蚤《のみ》の心臓なのだ。可愛らしいと言えば、可愛らしいけど。憎たらしいと思えば、大いに憎たらしいのである。

「それで、今日はどんな御用ですか？」

私は、わざとぞんざいな口調で聞いた。本当は、パンティーと息子の動向が気になるところだけれど、その話題にはあえて触れないでおく。

「御用がなかったら、店に顔出しちゃいかんのかよ」

ムッとした表情で、男爵が応戦する。確かに、以前より体は細くなったものの、それは病気の影響というより、加齢のせいという気がした。肌自体の色艶は、すこぶる良い。

「ヒモダンは、どうした？」

「今、買い出しに行っておりますって」

私はムッとして言い返した。

男爵は、私の夫であるミツローさんのことを、ヒモ旦那を略してヒモダンと呼ぶ。ミツローさんはちゃんと働いているし、ヒモではないのだが、どうも男爵の目にはそう映るようで、たまに、そんなふうに嫌味を込めて言うのである。

「男爵だって、似たようなものなんじゃないですかぁ？」

私は男爵に軽く言い返した。

男爵の妻となったパンティーは、なんとなんと、趣味で始めたパン作りのユーチューブチャンネルが人気となり、小学校の先生を辞めて、ユーチューバーに転身したのだ。あの美貌とスタイルと、そして性格の良さと明るさは、ユーチューバーにうってつけだったのである。小学校で先生をしていたから、教え方はお手の物だし。今では、書店にレシピ本が並ぶほどの、ちょっとした有名人だ。

「俺はな、自ら引退したの」

どうしても、ミツローさんとは一緒にされたくないらしい。男爵が、口をとがらせる。

「左団扇《ひだりうちわ》で、最高ですね」

パンティーの稼ぎで葉山に家を新築したのは一昨年だ。でも、そこから先の展開については、気をつけて踏み込まなくてはいけない。

ふん、と男爵が鼻を鳴らした。面白くない話題に触れられ、明らかに不機嫌になっている。男爵が着物の袖に左右の手を交互に入れて腕組みするのは、あまり面白く思っていない証拠である。

「お茶、淹れてきますね」

一呼吸置こうと、席を立つ。以前、男爵が京都のお土産にと持ってきてくれた昆布茶が残っていたのを思い出し、それを用意する。職人さんの手で丁寧にカットされたという細切りの昆布を、急須の底へさらさらと移した。けちったらおいしくならないと散々男爵に講釈されていたし実際にそうなので、昆布茶の昆布は成金よろしくたっぷり入れる。

そこへ、少し冷ましたお湯を注ぐ。

昆布茶の入った急須をお盆に載せて戻ると、男爵はスマートフォンに夢中になっていた。

「そんなにずっと見てると、目を悪くしますよ」

気を遣って言ったものの、案の定、スルーされた。無視されるのには、QPちゃんで慣れている。

こんな贅沢な昆布茶は、ガブガブではなくチビチビ味わっていただくものだから、いつもより小さい日本酒用のお猪口を用意した。

一滴でもこぼさないようにと細心の注意を払いながら、急須を傾ける。男爵が来てくれたおかげで、私も非日常の贅沢な昆布茶のお相伴に与《あずか》ることができた。

「やっぱりおいしいですね」

男爵より先に飲んでしまったと後から気づきながら、私は言った。昆布茶の滋味が、五臓六腑《ごぞうろっぷ》へと染み渡っていく。ここ数日、季節が逆戻りして肌寒い天気が続いていた。

「それで、どうされたんですか？」

男爵が何も言わないまま口を真一文字に結んでいるので、私はつい、男爵をせっついた。

「女心が、さっぱりわからん」

男爵が、ぽつりと言う。

「百戦錬磨《ひゃくせんれんま》じゃないですかー」

私が茶化しても、

「あいつの女心が、さっぱりわからん」

天井を見つめたまま、同じように繰り返した。

男爵も、まさか自分の妻が人気ユーチューバーになり、そこから更に発展してプチ有名人になるとは、思っていなかったのだろう。

葉山に家を建てたまでは良かったのだが、どうやらパンティーに年下の恋人ができたらしいのだ。

もちろん、週刊誌ネタだから真相はわからない。単なる男友達かもしれないし。

でも、早朝、葉山にある県立近代美術館葉山館前の遊歩道を、ロン毛の男性と肩を寄せ合って仲睦まじく歩く女性の瓢簞《ひょうたん》みたいな後ろ姿の写真は、どこからどう見てもパンティーそのものだった。

私だって、そんな下世話な記事、見たくて見たわけではなかったけど。相手は、かつてそこそこ人気のあったロックバンドの、バツイチベーシストだという。

「嘘かホントか、わからないじゃないですか」

もうこの話題に触れてもいい、というかむしろ触れてほしいという男爵からのサインだと判断し、私は言った。ピカピカの一年生ふたり組とミツローさんが帰宅する前に、この話題を片付けてしまいたかった。

「ヒモダン、たつか?」

男爵が、真顔で言った。

たつ、とは?

立つ、経つ、建つ、発つ、断つ、辰、龍。

世の中には、様々な「たつ」が存在する。だけど、やっぱりここは、勃つしか考えられない。まさか、男爵と下ネタの話をするようになるとは予想外の展開だけど、ここは腹をくくるしかないだろう。今更カマトトぶっても、無駄な抵抗なのはわかりきっている。

「ま、若いから勃つわな」

私が答える前に、男爵が答えた。

「お前さんだからこんなこと話せるけど、あいつ、最近激しいんだよ。毎晩、襲ってくる」

襲う、という表現がおかしくて、私はつい、笑いそうになった。

「パンティーに襲われてるなんて、幸せな悩みじゃないですか」

私は言った。そして、夫を襲えるパンティーもまた、幸せな気がする。

私はまだ、ミツローさんを襲ったことはない。不意に襲いたくなったことは、これまでに何回かあるけど。実行には移さなかった。

「応えてやれれば、幸せだろうけどよ」

これって大人の会話だなぁ、としみじみ思いながら、私は静かに頷いた。

「大変なんですね」

男爵の悩みの解決には、なんの足しにもならないけど、それ以外の適切な言葉を見つけるのは不可能だ。

それから少し、男爵と世間話をし、男爵がツバキ文具店を後にする。帰り際、とってつけたようにマジックペンを一本買ってくれた。男爵なりに、気を遣ってくれているのだろう。

「ごちそうさん」

男爵が言うので、

「おもたせですけど」

私が返すと、きょとんとしている。もしかすると、男爵はあの昆布茶をくれたことを、忘れてしまっているのかもしれない。

「以前、京都のお土産でいただいたものです」

私が説明すると、

「あぁ、そうだったなぁ」

男爵が、しんみりと言う。

京都へは、確か久しぶりに夫婦水入らずで出かけたのだ。もしかすると男爵は、そのことを思い出したのかもしれない。

「この近所に、今度俺の弟分が引っ越してくるから、よろしく頼むな」

ふと思い出しように、男爵が言った。

その言い方や表情が、いかにも男爵といった風情だったことに、私はほんの少し安堵した。

一時期、若い奥さんを娶《めと》って子供までできたからか、アロハシャツなんかを着て若作りをしていた時期もあったけど、やっぱり男爵には和装が似合う。

男爵と入れ違いに、ミツローさんが帰ってきた。車のトランクには、わが家の食料や生活必需品がびっしりと詰まっている。

サーフボードを運ぶために車を買いたいと言われた時は、うちにはまともな貯金もないのに、家族よりもサーフィンを優先するのかと本当に頭に来て離婚寸前だったけど、いざ家に車があると、それはそれで便利で助かっている。コンパクトカーに家族五人は少々きついが、仕方ない。

ミツローさんが、まるで業者さんのような手際の良さで、トイレットペーパーなどを次々と車から出して運んでくれる。

それにしても、春はなぜこんなに急ぐのか。

今年も気持ちのいい五月晴れの日は数えるほどで、ここ最近は雨ばかり続いている。しかも、気温が高いので蒸し蒸しする。鎌倉は一年を通して湿度が高いが、特にこの時期は世界に誇れる不快指数だ。洗濯物が全然乾かなくてイライラする。それが目下、いちばんの悩みの種である。

悩みの種と言えば、今朝も、ＱＰちゃんは朝ごはんを食べずに家を出た。中学三年生で難しいお年頃なのは理解できるが、それにしてもその豹変ぶりには舌を巻いてしまう。

下の子ふたりにお弁当を持たせる必要があり、せっかく大好物の卵巻きちらしを作ったのに。ちょっと前まで、あんなに喜んで食べてくれていたのに。ＱＰちゃんの好みを最優先して、卵には砂糖じゃなくて塩を入れてしょっぱくしたのに。

どうしたの？　何か私がＱＰちゃんを傷つけるようなことをしたんだったら教えてほしいんだけど。そういくら懇願しても聞く耳を持たずで、平行線が続いているのだ。ミツローさんや他のきょうだいとは普通に話したり遊んだり出かけたりしているから、不満の矛先は完全に私ひとりに向けられている。

近頃の中学生には第二次反抗期がない子もいるというから、逆にＱＰちゃんの方が自然な反応なんじゃない？

そう呑気に言うママ友もいるけれど、果たしてその言葉を鵜呑みにしてしまっていいのかどうか、私にはわからなかった。

そもそも、イヤイヤ期とも呼ばれるＱＰちゃんの第一次反抗期を、私は知らない。ＱＰちゃんの産みの親である美雪さんの日記を読んでもそのことにはあまり触れられていないし、もしかするとＱＰ

ちゃんにそれが来る前に美雪さんは事件に巻きこまれ、命を落としたのかもしれない。

ミツローさんに尋ねても、うーん、反抗期ねぇ、どうだったっけなぁ、なんておぼろげな言葉が返ってくるだけで、要領を得ない。

今のQPちゃんのそれは、暴力をふるうわけでも暴言を吐くわけでもないけれど、時々舌打ちされたり睨まれたり、長期にわたってひたひたと静かに無視され続けるというのも、それはそれで精神的にかなりきついものがある。

「自分はどうだったのよ？」

QPちゃんの反抗期についてうだうだとマダムカルピスに相談していたら、そう切り返された。今では、マダムカルピスとはすっかり茶飲み友達だ。ツバキ文具店の近くまで来ると、ひょっこり、しかも絶妙のタイミングで顔を出してくれる。もちろん、水玉模様への偏愛は少しも変わらない。

思えば、私の代書屋としての仕事第一弾は、マダムカルピスから依頼を受けたお悔み状だった。あの時は、猿の権之助《ごんのすけ》さんの訃報に接して、飼い主の悲しみを慰めるための手紙を代書したのだ。飼い主さんの名前は、さすがにもう思い出せないが。

「めちゃくちゃ祖母に当たり散らしてました」

当時の自分を思い返すと、穴があったら入りたい気分になる。

「でしょう？　そういうもんなのよ」

したり顔で、マダムカルピスが鼻の穴を膨らませた。

「私の場合は、高校生のある日、いきなり反抗期が襲って来たんです」

いまだに、怒りが吐瀉物《としゃぶつ》のごとく体の中心をせり上がってきた瞬間の、生々しい感覚を覚えている。

気がつくと、私は先代に対して暴言を吐いていた。

「おばあさま、ご苦労なさったでしょうね」

「はい、精神的に相当追い詰められていたと思います」

そのことは、先代が書き送った静子さんへの手紙の中で、赤裸々に綴られていた。

「ねぇポッポちゃん、トキグスリって言葉、知ってる？」

マダムカルピスが言った。

「トキグスリ、ですか？」

「そう、時の薬。時間っていうお薬のこと」

「初めて聞きました」

私が言うと、

「時間だけが解決できる、ってこと。私もさ、人生うん十年もやってると、そりゃいろいろあったわよ。生きるだ死ぬだって大騒ぎしたりしたことが」

「そうなんですか？」

びっくりして、マダムカルピスの顔をまじまじと見た。

苦労なんかとは全く縁遠いような素振りで、飄々《ひょうひょう》と鼻歌まじりに優雅な人生を歩んできたのが、マダムカルピスだと思っていた。

「でもね、今から思えば、そういう嫌なことも全部含めて、すべてが自分の人生の栄養になったって実感するの。

何か起きても、まずはそれに逆らわずにこの手で受け取って、そしてまたそっと水に流して。その繰り返し。ただただ時間が経つのを待つだけね。

途中から、自分ではなーんにもアクションを起こさなくていいんだって気づいたの」

すごく大切なことをマダムカルピスが話してくれている気がしたので、私はただ受け皿のように次の言葉を黙って待った。マダムカルピスは続けた。

「だって、時間が経つことで少しずつ見える景色が変わってくるから。毎日ちょっとずつ変わるから自分では気づかないけど、でもある日、あれ？　随分と目の前の風景が変わったなぁ、って気づくの。それがトキグスリ。

人間にも、本来は自然治癒力ってのが備わっているから、傷だって、ほっとけば自然に治っちゃうでしょ。無駄な抵抗をする方が、逆に溺れたり、水飲んだり、もっと事態を悪くしてしまう気がするなぁ。

そういう時こそ、思いっきり力を抜いて、流れに身を任せちゃう。そうしてればね、最後はぜーんぶ、笑い話よ」

マダムカルピスは、穏やかな表情を浮かべて言った。

QPちゃんとの確執がいつか笑い話になるなんて、今の私には全く想像できないけど。

こういう深い話をマダムカルピスとするのは初めてで、新鮮だった。マダムカルピスも人知れず、苦しんだり悩んだりジタバタしたり、してきたのだ。よく考えれば、当たり前の話だけど。

「ちょっとだけ、気が楽になったかも」

私は言った。マダムカルピスがそんな話をしてくれるということは、私はもしかすると、よっぽど切羽詰まった表情をしていたのかもしれない。

「それと、笑顔ね」

マダムカルピスが、まさに朗らかな笑顔を浮かべて言う。

「大変なときこそ、笑ってみるの。そうすればさ、自分よりもっと大変な思いをしている人の、希望になれるじゃない？」

「私、ここ最近、眉間《みけん》に皺《しわ》を寄せてばっかりだったかも」

反省しながら、私はつぶやいた。

鏡を見て、時々、般若《はんにゃ》が映っているような気持ちになって、ゾッとする瞬間が確かにある。

「生きてくのって、本当に大変よね！」

マダムカルピスが明るく言うと、全然そんなふうに聞こえないけど。

「生きてくのって、本当に大変ですよね！」

私も、マダムカルピスの真似をして、気持ち明るく言ってみた。そうすると、心が少しだけスカッとした。

「きっと、ポッポちゃんのことを試してるんじゃない？　自分を娘としてどこまで本気で愛してくれるんだろう、って。

下の妹や弟にポッポちゃんを横取りされたみたいで、ちょっとしたジェラシーを感じてるのかも。だから愛情の裏返しだと思って、ＱＰちゃん自身の景色が自然に変わるのを、気長に待つしかないわよ。

大丈夫、ポッポちゃん、いいお母さんだから」

マダムカルピスの最後の一言で、グッと踏ん張っていた涙が、ほろりとこぼれた。ここ何年も、誰かを褒めることはたくさんあっても、自分自身が褒められることはほとんどなかった。自分でも、自分にダメ出しばっかりしてきた気がする。

「もっとね、自分を甘やかしてあげて大丈夫よ」

本格的に泣き出してしまった私の背中を、マダムカルピスがさすってくれた。よく考えると、こんなふうに泣いたりすることも、ものすごく久しぶりの気がした。

泣きたい気分になることは日常茶飯事でも、実際に涙を流している余裕などなかったのだ。泣いている暇があったら洗濯物を畳んだ方が有意義だと自分を律して、自らの感情に向き合うことを後回しにしていた。

優しい手の温もりが、背中を通して心の表面へとじんわり伝わる。頑張ってお母さんにならなくちゃ、と気張っていた自分が、健気に思えた。

「さてと」

マダムカルピスが絶妙のタイミングで立ち上がった。

「また、雨が降ってきそうね」

空には重たい雨雲が垂れこめている。

「気が楽になりました。ありがとうございます」

私は言った。

社交辞令ではない。マダムカルピスと話したら、本当に心がふわっとスフレみたいに軽くなったのだ。

「トキグスリね」

マダムカルピスが念を押すように私を見るので、

「はい、トキグスリですね」

私も、念を押して繰り返した。

六月も半ばを過ぎ、今年も、豊島屋《としまや》さんの入り口に美しい七夕飾りがお目見えした。毎年見ているはずなのに、毎回、まるで初めて目にした光景のように、ハッとして思わず立ち止まってしまう。

だって、ものすっごくきれいなのだ。

スッと伸びた背の高い若竹に、青、黄色、赤、ピンク、緑の短冊と、紙で作ったお馴染みの鳩の飾りが揺れている。

白い暖簾に書かれた「屋嶋豊」の文字は誰が書いたのだろうか。気になるのは多分、私が代書業を再開したからかもしれない。普段と読む向きが逆なので、一瞬、誰かの名前のように思えるのはご愛嬌だけど。

店に入って、手早く買い物を済ませた。

二の鳥居にも、緑、黄色、赤、紫と四つの吹き流しがふわふわと風に揺れている。頭上の雨雲なんて、なんのそのだ。強引に夏を引き寄せる勢いの艶やかさに、思わず目を奪われた。

段葛の桜は、案の定、見事なまでの葉桜になっていた。わさわさと、豪快に葉っぱを茂らせている。

それにしても、傘をさして歩く雨の鎌倉も悪くない。

雨の日、鎌倉を歩く地元の人の足元は、長靴派とビーサン派の二派に分かれる。私も以前は、長靴派だった。上半身をレインコートで包み、全身を完全防水にして歩いていた。

でも、子供を産んでからはビーサン派に鞍替えした。足元がビーチサンダルだったら、いくら濡れても、たとえ水たまりに入ろうが、気にすることはない。濡れてもいい短パンとTシャツで出かけ、帰ってからササッと着替えれば、いちいち長靴を履いたりするより面倒が少なくて済む。長靴でもなく、ビーサンでもなく、パンプスや紳士靴などいつもの靴で歩いているのは、よそから来た観光客である。

昨日からさんざん雨が降ったり止んだりしているのに足元を気にせず歩けるのは、補修工事でむきだしの土だった道がコンクリートに覆われたからだろう。それまでは、雨が降るたび足元がぐちゃぐちゃになり、長靴を履かないと安心して歩けなかった。以前より、数段歩きやすくなったことは否めない。

一の鳥居の下に、先に来た舞ちゃんが赤い傘をさして立っている。今日は、舞ちゃんとデートの約束をしているのだ。

舞ちゃんに頼まれて書いた義理のお母さんへの手紙は、無事、成功した。私は内心、このままふたりの仲が断たれてしまったらどう責任を取ろうかと気が気ではなかったのだが、お母さんは怒るどころか、舞ちゃんに感謝してくれたという。

なかなか青にならない横断歩道のあっちとこっちで目配せしながら、手を振りあった。長靴に膝丈のレインコートを着た完全防水の舞ちゃんは、まるでてるてる坊主のように見える。

「ゆっこママね、これでようやく本物の母と娘になれた気がする、って言ってくれたんだ」

先日電話で話した時、舞ちゃんが弾んだ声で教えてくれた。それで、代書のお代も払いたいし、ちょっとだけでも会えないかという話になり、せっかくだから八幡様でお花見をしようということになったのである。

舞ちゃんの家とツバキ文具店のちょうど真ん中らへんにあるのが八幡様なのだ。アルバイトの子に店番をお願いし、サクッと家を出てきた次第である。

ようやく信号が変わったので、舞ちゃんの方へ歩いていく。心なしか、前回会った時よりも、舞ちゃんの顔が晴れ晴れしている。

まずは、源平池に蓮の花を見に行った。

赤い太鼓橋の右が源氏池、左が平家池だ。かつては、源氏の白旗、平家の赤旗にちなんで、源氏池

には白い蓮が、平家池には紅の蓮がそれぞれ咲いていたという。源氏池と平家池は橋の下でつながってい

けれど今は、どっちの池にも紅白入り乱れて咲いている。

るのだから、当然の結果である。

ちなみに源氏池には、源氏の繁栄を願って島が三つ、対して平家池には島が四つある。それぞれ「三」と「産」、「四」と「死」をかけたのだ。当初は源氏池にも四つの島があったらしいのだが、マサコさんが源氏池の島をひとつ壊させ、三つにしたという噂である。

「そういえば、蓮太朗君の蓮って、八幡様の蓮に由来してるの？」

幼稚園の手前まで行って、至近距離で蓮の花を観察しながら、舞ちゃんが尋ねた。

「そう、蓮の季節に私のおなかにやって来たからね。あと、大好きな花だし。蓮は、見るのも食べるのも両方好き。でも最近、レンコン食べてないなぁ。なんかさ、高いんだもん」

私は言った。

「蓮の花見てると、気持ちが穏やかになるよねぇ」

舞ちゃんが言う。私も全くの同感だった。もちろん椿も好きだけど、蓮には独特の包容力がある。

「じゃあ、小梅ちゃんの名前は？」

「小梅は、梅の実が膨らむ季節に生まれたから。小梅って、かわいいし。どっちも、ＱＰちゃんが考えた名前なんだよ」

「えーっ、そうなんだ。てっきり、ポッポちゃんが命名したのかと」

「うん、まぁ親子で話し合いながら一緒に考えたんだけどね。ＱＰちゃんの名前にも菜っぱの菜っていう字が入っているから、植物つながりになるといいなぁ、っていうのは最初から漠然とあって。

でも最終的に決めたのはＱＰちゃんだから、うちではＱＰちゃんが、ふたりの名付け親なの」

会話をしながら、なんとなく源氏池を離れ、今度は平家池の方の蓮を見に行く。

「変わらないよね」

舞ちゃんがクスクス笑っている。

「ほんと、どっちも同じ蓮だよね」

どんなに人為的に色を分けても、時間が経てば紅白入り乱れて自然な形を取り戻していく。この間マダムカルピスが教えてくれたトキグスリというのは、そういうことなのかもしれない。どんなにあがこうが泣き叫ぼうが、時間が経てば結局あるべき姿におのずと落ち着くのだ。

「それでは、手水のところに参りましょうか」

舞ちゃんが、ちょっとおどけた口調で言う。

「そうしましょう」

私達は、連れ立って舞殿の方へ向かって歩く。

手水桶の上に浮かべられた紫陽花《あじさい》は、まるで手毬のようだった。ピンク、水色、紫、薄紫、白、ブルーと、色とりどりの丸い形の紫陽花が、まるで惑星のように水の表面にぽわんぽわんと浮かんでいる。

水に浸かった紫陽花たちは生き生きとして、喜びの歌声が聞こえてきそうだ。蒸し暑かった背中に、スーッと涼風が吹きぬける。

「毎年、この光景を見ると、そろそろ夏が来るんだなぁ、って思うよ」

舞ちゃんが、うっとりとした声で言う。

風が吹くと、舞殿に飾られたくす玉や吹き流しが、スカートみたいに舞い上がった。やっぱり、鎌倉の一年は夏から始まるような気がする。

「久しぶりに、ちゃんと上まで行ってお参りしよっかな」

舞ちゃんが言うので、じゃあ私も、とふたり並んで階段を上がる。

御神木である大銀杏《おおいちょう》が根元から倒れたのは、かれこれ十年以上前だ。

その頃、私はまだ鎌倉に戻っていなかった。ただ、それが鎌倉市民にとってどれほど大きな出来事だったかは、先代がその日の晩、イタリアの静子さんに書き送った手紙で察することができる。


樹齢千年にもなる大銀杏が、根ごと、倒れてしまいました。

老衰でしょうか？


そんな言葉で始まる手紙には、先代の動揺が溢れていた。

その日、ニュースでそのことを知った先代は、生き倒れたその姿を見に行くべきか、それとも元気な頃の姿を記憶の最後にとどめておくか、逡巡した挙句、やっぱり見ておこうと腹を決め、ツバキ文具店を閉めてから、自転車でかけつけたと書いていた。そして、ご冥福を祈りながら、手を合わせたという。

その大銀杏の根から出たという新芽が、この十年ちょっとで、かなり大きく育っている。

先の大銀杏の逞しさと凜々しさにはまだまだ足元にも及ばないけれど、若銀杏もだいぶ背丈が伸び、子供が二、三人寄ってたかってぶら下がろうが揺すろうが、びくともしないくらいの体格にはなっている。がんばれよ、と私は胸の内でエールを送った。

本宮でのお参りを済ませ、くるっと振り向き、眼下の景色を久しぶりに味わう。

「いいねぇ」

「ここからの眺め、最高だよね」

段葛がまーっすぐに続き、やがて海につながる。

なんて美しい町なんだろう。

舞ちゃんは丸山稲荷社《まるやまいなり》の方へ、私は白旗神社《しらはた》から横国大附属小学校のグラウンドの方へ抜ける方が近道なので、ここで別れることになった。

舞ちゃんがごそごそとバッグをあさって、中からポチ袋を取り出す。

「はい、これ先日お願いした代書のお代です。ポッポちゃん、このたびは本当にありがとうございました」

改まってぺこりとお辞儀をするので、私も恐縮しながら両手でポチ袋を受け取った。

それから、ポチ袋と物々交換するように、はい、と豊島屋さんのお土産を手渡す。中に入っているのは、小鳩豆楽《こばとまめらく》だ。私が通称「鳩のエサ」と呼んでいるお菓子で、鳩の形をした一口サイズの落雁《らくがん》である。

ちょっと口さみしい時にこれを頬張ると、ほっこりする。子供達に見つかるとすぐに食べられてしまうから、私はいつも、自分だけの秘密の場所に隠しておき、こっそりと人目を忍んで口に含むようにしているのだ。

ちょうどなくなったので、さっき、自分用のも買ってきた。鳩子の共食いと思うと、なんだか切ない気分にはなるけれど。

「じゃあね」

「お互い、いい夏を過ごそう」

きっと夏休みは育児に追われて、舞ちゃんとこんなふうにのんびりと時間を過ごすことはできないだろうな、と思いながら私は言った。

蔦のからまる家の近くまで行った時だ。私はくるっと踵を返して、八幡様へと逆戻りした。何か、ずっと忘れ物をしているような気がしていたのだ。でも、自分が具体的に何を忘れているのか思い出せなくて、気持ちが悪かった。それが、ようやくわかったのである。

授与所に行って梶《かじ》の葉が描かれた色紙を受け取り、そこにマジックペンで願い事を記す。ミツローさんと、QPちゃんと、家族で迎えた初めての夏、三人で梶の葉の形に切った色紙に願い事を書いたっけ。

ミツローさんは、「商売繁盛!」。

QPちゃんは、忘れもしない、「おとおとか、いもとがほしい。」だった。

私はなんて書いたのだっけ? 人の願い事は覚えているのに、自分のだけは、どうしても思い出せない。

マジックペンを持ったまま、今年はなんて書こうか考えた。

願い事なら、いっぱいある。けれど、たったひとつ、に絞るのはなかなか難しかった。

ようやく思いを言葉にし、色紙を五色の紐に結んで奉納した。

すっきりとした気分になり、帰りは、方々に咲く紫陽花を愛でながら歩いた。時々くるくると、傘を回す。

鎌倉には、四季折々さまざまな花が咲き乱れるけれど、やっぱり一番似合うのは紫陽花だ。紫陽花が、色とりどりのシャボン玉みたいに咲いている。

家に帰ってから、確か入れておいたはずだと思って、玉手箱を開けた。

私が勝手に玉手箱と呼んでいるだけで、先代が衣類を入れるのに使っていた柳行李《やなぎごうり》である。そこに、どうしても捨てられない家族の思い出の品をしまっている。

実際は、ぽんぽんとそこに放り込んでいると言った方が正しい。これらをゆっくりと見て思い出に浸るのが、私の老後の楽しみのひとつだ。

願い事を書いた三枚の梶の葉は、箱の奥の奥の方からようやく出てきた。懐かしいQPちゃんの幼い字と、数年ぶりに再会する。一緒に、母の日にQPちゃんがプレゼントしてくれた手作りのカードや、六歳の六月六日、筆始めの時に書いた半紙も出てきた。

気づいたら、じわじわと涙が溢れている。自分でも、どうしてこんなに涙が出るのか、わからない。わからないけれど、雨が降るように、当たり前に涙がこぼれ落ちてくる。

今すぐ、この手でQPちゃんをぎゅーっと強く抱きしめたくなった。嫌がられても、蹴られても、嚙まれても我慢するから、この胸に、QPちゃんの温もりを感じたかった。QPちゃんを産んだ美雪さんから引き継いだ命が、心の底から愛おしかった。

私も、QPちゃんを愛している。

笑ってしまったのは、自分の書いた願い事が、あの時とほとんど変わっていないことだ。やっぱり私は、家族の健康と平和を願い、みんなが笑顔で過ごせる日々を望んでいる。QPちゃんの書く字は、この数年の間で七変化したのに、私の字はほとんど変わらず同じである。

さっきは願い事がいっぱいあるなんて思ったけれど、集約すれば、ここに落ち着く。これさえ死守できれば、それでいい。そのことを、当時の自分と今の自分が、しっかりとタッグを組んで教えてくれた。

QPちゃんの願い事は、叶えられた。

QPちゃんは、今だったら梶の葉にどんな願い事を書くのだろう。

お昼ご飯に、QPちゃんが手をつけなかった卵巻きちらしをつまみながら、もしかすると私達は、気づかないうちに本物の家族になっていたのかもしれないと気づいた。

どうやら、薄焼き卵に少々塩を入れすぎたらしい。しょっぱい味が、口の中に広がっている。

金木犀

線香花火の最後の火の玉がぽとりと地面に落ちた瞬間、夏が終わった。火の玉はしばらくの間、地面の上でぷるぷると小動物のように震えていたけれど、やがて光が消え、震えもしなくなった。スーッと、暗闇に吸い込まれていくような終わり方だった。

「終わっちゃったねぇ」

あえて、夏が、という主語を隠して私が言うと、

「うん、消えちゃった」

ミツローさんも、同じようにぽつりとつぶやく。

辺りにはまだ、線香花火の匂いが陽炎《かげろう》みたいにふわふわと漂っている。よく考えると、夫婦ふたりっきりで花火をしたのなんて、初めてかもしれない。そこにはいつだって、QPちゃんがいた。

ミツローさんは、地面に散らばっていた線香花火の残りを丁寧に拾い集め、バケツの水につけている。水がこぼれないよう気をつけながら家に戻ると、QPちゃんがテレビを見ながらスマートフォンをいじっていた。

一応、ただいまー、と明るく言ってみるものの、案の定、返事はない。

本当は、下のふたりが揃ってお泊まり会に行っている今夜は、QPちゃんと一対一で話せる絶好のチャンスなのだ。花火だって、そのために準備したのに。

去年の夏、あれだけはしゃいで毎晩のように花火をしたがったQPちゃんは、一体どこへ消えてしまったのだろう。

「スイカ食べる?」

冷蔵庫を開けながら、さりげなくQPちゃんに声をかける。

「いらない」

返事があるだけ、まだましかもしれない。また、ため息が出た。こんな時は、トキグスリ、トキグスリ、とおまじないのように唱えてみる。

夏休みの出来事は、総じて割愛する。


その手紙が郵便受けに届いていたのは、子供達の二学期が始まって数日後のことだった。今時分珍しく、手書きで宛名が書かれている。表には、「ツバキ文具店　御中」とあり、裏を返すと見知らぬ人物の名前が記されていた。てっきり女の人の字かと思ったら、どうやら男性らしい。差出人の住所は、東京都大島町とあり、字の雰囲気からすると、それほど年配の人でもなさそうである。

店に戻ってから、ペーパーナイフを使って開封した。中から出てきたのは、何の変哲もない横書きの便箋だった。読みながら、何度も、まさか、とひとり言をつぶやく。

まさか。嘘でしょう。先代が?

ありえない、ありえない。

最後まで読み終わっても、まだにわかには信じられなくて、もう一度、一枚目から読み直した。二回繰り返し読んでも、書いてある内容に変わりはない。

まさか……。

まさか先代に、付き合っていた男性がいたなんて……。

しかもその相手に、奥さんと子供がいたなんて……。

やっぱりどうしても、私には信じられなかった。

便箋を折りたたんで封筒に戻し、唯一鍵がかかる机の引き出しの奥にそっと納めた。この手紙は、私以外、誰にも見られてはいけない。

手紙を送ってくれたのは先代が付き合っていた相手の親戚に当たる人で、近々上京するので、会えないかという内容だった。

どうやら、ツバキ文具店のことをインターネットで調べたらしく、私の存在がわかったらしい。私に、どうしても渡したいものがあるのだという。

手紙の最後に、上京の日が近くなったらまた連絡しますと書かれていた。

ママ友のママ友だという女性から連絡が来たのは、柿の実が日に日に色づく頃である。代書の相談があるので、指定の場所まで来てほしいという。その方はどうも体の具合が悪く、ツバキ文具店まで足を運ぶことが難しい状況らしいのだ。

なんとなく急がなくてはいけないような気配を感じたので、私は近々《きんきん》に時間がとれる土曜日の夕方、久しぶりに江ノ電に乗った。

晩ご飯は温めるだけにしてすべて用意してきたし、下の子達の面倒はＱＰちゃんが見てくれるというので、心配ない。私の視界に入っていない時のＱＰちゃんは、以前のまま、いや、それ以上に心優しいＱＰちゃんなのである。

その人に指定されたのは、江ノ電の鎌倉高校前駅のホームだった。

約束の時間の少し前にホームに降りると、女性がひとり、ベンチに腰かけて海を見ている。

「こんにちは。茜《あかね》さん、ですよね？」

一歩ずつ近づきながら、女性に声をかける。

茜さんが、微笑みながらゆっくりと立ち上がろうとした。それだけの動作でも、体が悲鳴を上げるのだろうか。表情が大きく歪んで、眉間に深い皺が刻まれた。

お互いに海に向かい合う格好で、並んでベンチに腰かける。

「素敵な場所ですね」

私は言った。右手には江ノ島が、左手には逗子《ずし》の街並みが両手を広げるように広がっている。

「ここからの眺めが大好きで。

毎日、家から四駅だけ江ノ電に乗ってここまで来て、海を見て帰るんです」

茜さんが、穏やかな口調で言う。

「何度も通過したことはあったんですけど、ちゃんと降りたのは初めてかも」

私はそう言いながら、茜さんの気持ちが痛いほどよくわかった。確かに、ここからの海の景色は、鎌倉広しと言えど、ピカイチかもしれない。

「せっかく湘南に家を建てたのに、家からはほとんど、海が見えないんです。海の美しさに気づいたのは、病気になってからでしたけどね。

これが私の、日課なんですよ。散歩じゃなくて、私は旅って呼んでるんです」

そこまで話してから、茜さんは一度大きく深呼吸した。息が苦しいのかもしれない。そして、途切れ途切れに言葉を続けた。

「一日に一回、旅に出て、ここから海を見ると、ザワザワしていた心が、スーッとするというか。海の浄化パワーって、すごいですね。一日、なんにもできなくても、許してもらえるような気になるんです」

「わかります」

そんな言葉を軽々しく口にしてはいけないと思いながらも、私は言った。

共通のママ友を通じて、茜さんの状況はある程度聞いている。けれど、肝心な部分はまだうかがっていなかった。

私は黙って、茜さんの次の言葉を待つ。しばらくして、茜さんは言った。

「まさかね、自分が癌になるなんて、思っていなかったんです。癌になる人、みんなそうだと思います。対岸の火事？　完全に、他人事だと思って生きてきました」

ざぶーん、ざぶーん、と波の音がする。

ひとり、またひとりと、長いボードを抱えたサーファーが、海に向かって集まってきた。沖合には、波待ちをするサーファーたちの頭がぽこぽこと浮かび、まるでアザラシの群れのように見える。

私は、アザラシの群れに混じって波を待つような気持ちで、茜さんの言葉をひたすら待った。屋根のある場所でテーブルを挟んで向かい合うより、こうしてお互いに海を見ている方が、はるかに話を聞きやすい。きっと、茜さんもその方が話しやすいだろう。

だいぶ時間が経ってから、茜さんが続けた。でも、もしかしたら私が沈黙の時間を長く感じただけで、実際にはそれほど時間は経過していなかったのかもしれない。

「生きていられる時間がね、もうそんなに長くはないんです」

横にいる茜さんの顔が見えないから定かではないけれど、泣いている声だった。

「自分でも、こんなにジタバタして、みっともないな、って情けなくなるんですよ。でも、いろんなことを考えると、すぐに涙が出ちゃって。ごめんなさいね」

茜さんが、自分の鞄を探っている。けれど、なかなかハンカチが見つからない。

「バカだなぁ、私。今日に限って、ハンカチ忘れちゃったみたい。すみません、もしティッシュか何かあったら」

茜さんがそこまで言ったところで、私は自分のハンカチを引っ張り出した。

「これ、よかったらどうぞ。今日はまだ使っていないので、きれいですから。大丈夫です。ハンカチ、子供達のお下がりが、まだいっぱいあるんです」

もらい泣きしないよう、必死で感情の防波堤を両手で押さえた。

「お言葉に甘えて」

茜さんがぺこりとお辞儀をしてから、ハンカチを受け取る。

またあのハンカチだ。ＱＰちゃんとミツローさんと、初めて三人でデートをした時の。

私もあの時、ハンカチを持っていなかった。ＱＰちゃんが分けてくれた、デザートのプリンの甘い味が、舌の上にじわじわとよみがえってくる。

よく考えれば、ＱＰちゃんはもう、十分すぎるくらい私にいろんなものをプレゼントしてくれたのだ。だから、今どんな態度で私に接しようが、そんなの取るに足らないことなのかもしれない。

ふと、そんな新たな考えが、そよ風みたいに脳裏をよぎった。

ハンカチをぎゅーっと握りしめ、茜さんが続ける。

「あのね、娘が、もうすぐ結婚するんです。ひとり娘なんですよ。

最初は、ハワイで式を挙げる予定でいたんだけど、私の病気がわかって、急遽、横浜で式を挙げることに変えて。時期も、早めてくれたんです。

でも、私はそれにも、間に合わないんじゃないかな、と思っていて。せっかくのおめでたい時間に水をさすみたいで、申し訳なくって。

娘は私のことを心配して、本当に優しく接してくれるんですけど、なんだか私の方の感情が空回りしちゃって、うまく気持ちを伝えられないんです。

ほんと、愚かな母親なんです。もう時間がないのに、娘に八つ当たりなんかして」

海原の一部を、光が丸く照らしている。

光は、まるで意志のある生き物みたいにゆったりと動いて、やがてスーッといなくなった。茜さんは、続けた。

「私ね、これまで娘に、手紙を書いたことがないんです。だから、せめて一通くらい、手紙を残してあげたいな、って。

でももう、手術の後遺症で肩が痛くて、右手が上がらなくなってしまって、手紙が書けないんです。こんなことになるのなら、元気なうちに、いっぱいいっぱい書いて残しておけばよかったのに。ほんと、おバカさんですよね」

QPちゃんのハンカチが、茜さんの涙を優しく吸いこんでいる。

私は目を閉じて、それからまたゆっくりと目を開けた。

夕陽を受けた海が、見事なまでに輝いている。生きていることを、無条件で祝福している光だった。

「寒くないですか？」

ふと気になって、茜さんに尋ねた。昼間は暑くても、朝晩は急に風が涼しくなる。

「大丈夫です。でも、そろそろ帰った方がいいですね。

次の江ノ島方面が来たら、それに乗ります。ポッポさん、先に鎌倉行きが来たら、乗っちゃってください。わざわざお呼び立てしてしまって、すみませんでした」

「とんでもないです」

私は言った。空には、ところどころ、桜でんぶをまぶしたみたいな明るい色の雲が広がっている。

「普段、山ばっかり見ているので、なんだかこんなふうにじっくりと海を見たのが本当に久しぶりっていうか。海もいいな、って思いました。もしよかったら、また一緒にここで海を見てもいいですか？」

「もちろんです」

茜さんが、微笑みながら答えてくれる。

茜さんが乗る藤沢行きの電車が先に来た。ホームに立って、茜さんを見送る。

茜さんは、すらりと背が高くて、とても美しい人だった。ただ外側が美しいだけじゃなくて、なんていうか女神のような、強さと美しさ、両方を兼ね備えた人だった。

茜さんを見送ったら、さまざまな思いが千々に乱れて、海の前から動けなくなってしまう。もうしばらくここから海を見ていたかったので、次の電車には乗らず、その次の鎌倉行きに乗車した。

七里《しちり》ヶ浜《がはま》、稲村《いなむら》ヶ崎《がさき》、長谷と鎌倉に近づくうちに、どんどん空が暗くなり、江ノ電の鎌倉駅ホームに降り立つ頃には、外が真っ暗になっていた。土曜日なのになぜかホームにもほとんど人がいなくて、不気味なほど、ひっそりと静まり返っている。

家に近づいたら、中から子供達の元気な笑い声が聞こえてきた。

QPちゃんも、年下の妹と弟に交じって、ゲラゲラ笑っている。また、音がうるさいと、隣家の気難しい中年女性から苦情が来るかもしれないと不安になった。

けれどそんなの、菓子折りを持って私かミツローさんが謝りに行けば済むことだ。それよりも、今一番大事なことは、三人の子供達がおなかの底から本気で笑えることだと思った。

私は、しばらくその場所に立って、三人の笑い声を聞いた。

空には、大根を真っ二つに割ったような見事な半月が浮かんでいる。足元では虫達が、ひっそりと秋のコーラスを奏でていた。

翌週から、なんとか時間を工面して、可能な限り茜さんに会いに出向いた。毎回、鎌高前のホームで待ち合わせして、一緒に海を見る。ただそれだけのことなのに、私は今日も茜さんと会えると思うだけで、ほんのり心が茜色に染まるのだった。

海を見ながら、茜さんからお嬢さんの話を教えてもらう。生まれた日のこと、幼い頃の思い出、いろんなエピソードを聞きながら、時に一緒に笑ったり、泣いたりした。

ご家族の写真も、見せてもらった。茜さんの書き文字も、ほぼ把握できた。もちろん、茜さんが元通りの元気な体に戻ったら、どんなにいいだろう。そのことを願う気持ちは、持ち続けた。けれど、実際問題として、急がなくてはいけないのもまた、事実だった。

鎌高前のホームで茜さんと会えたのは、その週の金曜日の午後が最後だった。台風が接近中で、ベンチに座っていると塩辛い波しぶきが飛んできた。

波しぶきは、まるで小石のように硬く、おでこや頬を容赦なく打つ。茜さんは、レインコートのフードを目深にかぶり、運命と対峙するかのような厳しい眼差しで、荒れ狂う海を見つめていた。ふたりで、風に飛ばされそうになりながら、私が持ってきたはなさんの太巻き寿司を頬張った。

山はちょっとやそっとでは動かないけれど、海は常に、怪獣のおなかみたいに動いて流動的だ。炎と同じで、海もまた、見飽きるということがない。

その日はほとんど言葉を交わすこともなく、お互い、ただじっと海を見て過ごした。

家に帰ってから、筆記用具と便箋を準備する。イメージはすでに、帰りの江ノ電の中でできつつあった。茜さんから託されたお嬢さんへの思いを、少しも減らすことなく、傷つけることなく、変色させることなく家まで持ち帰って、手紙という形にする。それが、私に課せられた使命だ。私は今、そのために生きている。

結局、残るのって紙の方なんですよね。

二回目か三回目に会った時、茜さんがふともらした言葉が胸に響く。

デジタルの技術が進み、写真も映像もデータとして半永久的に残せるようになった。でも、デジタルは一瞬で消えてしまう。それを再現する環境がなければ、立ち現れないという危うさもある。

確かに、紙は一見もろそうだけれど、絵だって写真だって手紙だって、ちゃんと保存すれば、大昔のものが残っている。燃えたり濡れたりしない限り、長く生き続けるのだ。先代が静子さんと文通した手紙が、いい例である。

朝書くべきか夜書くべきか悩んだ末、私は夜書くことにした。

夜書く手紙には魔物がひそんでいるから、なるべく夜の手紙は慎むようにと先代は事あるごとに言っていた。でも、今回茜さんから頼まれた代書に限っては、夜のような気がした。夜でなければ書けない手紙というのもまた、存在する。

ミツローさんに事情を話し、なるべく物音を立てたり話しかけたりしないようお願いした。下の子達はとっくに夢の中だし、ＱＰちゃんも自分の部屋に引き揚げた。

ミツローさんは、両耳にイヤホンを押し込んで、テレビでスポーツニュースを見ている。お気に入りの大リーガーがホームランを打ったらしく、音を立てずに静かにガッツポーズを作って喜んでいた。

私は、先代とスシ子おばさんの仏壇に手を合わせ、無事に代書の仕事ができるようお祈りした。

かえちゃんへ
初めて手紙を書きますね。
かえちゃん、まずは結婚、おめでとう。
お母さん、本当にうれしいです。
かえちゃんがお嫁に行ってしまうのが寂しくないっていったら嘘に
なるけど、でもその寂しさの何倍も、何十倍も、うれしいです。
人生の良きパートナーに巡り会えるというのは、最高に幸せな
ことだと思います。しかもかえちゃんの場合は、それが初恋の人
だなんて、素敵なことです。
大ちゃんと、これからいい家庭を築いてください。
月並みなことしか言えないけれど、お母さん、心から応援

しています。
かえちゃんのこと、いつもちゃんと見守っているから。安心して、
前を向いて歩いてね。
最近よく、かえちゃんが生まれた日のことを思い出します。
かえちゃんは、未熟児ではなかったけれど、とても小さな体で
生まれた赤ちゃんでした。
予想はしていたけれど、初めてかえちゃんを見た時、お母さん、
あんまり小さすぎて抱っこするのも怖くなったのを覚えています。
それでも、かえちゃんは小さな体で、必死に生きようとしてました。
お母さんのおっぱいを探し当てて、ちゅっと吸い付いてくれた時、お母
さんね、本当に本当にうれしくて、幸せで、この子の母親になれて

本当によかった、って思いました。今も、その気持ちは全く変わっていません。

小さい頃のかえちゃんは、よく男の子に間違えられました。髪の毛がなかなか伸びなくて、しかもお父さんもお母さんもブルーが好きだから、よく青い服を着せていたの。かえちゃんも、青い色がとっても似合ってたし。かえちゃんを連れて歩いてると、よく、男前ですねえ、なんて褒められて。いえ、この子は女の子なんです、って伝えると、みなさん、目を丸くしてましたっけ。

「楓」っていう名前は、最初にお父さんが考えて、お母さんもそれに一票を投じた形で決まりました。木のように地に足をつけて、風のように軽やかに生きてほしい、そんな願いを込めた名前です。

難しいことだけれど、かえちゃんならきっとそれができる、ってお父さんもお母さんも信じてます。

結果的に、かえちゃんは一人っ子になったね。

かえちゃんと共に過ごした十九年間は、本当にあっという間でした。
かえちゃんが高熱を出して、おでこに牛肉を貼りつけたこととか、お父さんがそのお肉をもったいないからって後日ステーキにして食べたこととか、かえちゃんが小学生の頃は毎夏、キャンプに行ったこととか、どれかひとつなんて選ぶのは無理で、すべての毎日に宝物が埋まっていた、そんな気がするのです。

これまでかえちゃんとはずっと仲良し親子だったけど、お母さんが病気になってから、何回か本気で喧嘩しましたね。あの時、意固地になっちゃってごめんね。かえちゃんの気持ちをわかってあげられなくて、未熟なお母さんだったこと、許してください。

かえちゃん、どんなことがあっても、お願いだから、予定通り、式を挙げてね。かえちゃんの幸せを願うお母さんの気持ちは、お母さんがそこにいようがいまいが、全く変わりません。

平均的な親子より、一緒にいる時間は短いかもしれないけれど、でもね、人生は生きた時間の長さじゃないって、お母さん、最近になってそのことに気づきました。負け惜しみを言ってるんじゃないよ。本当に、人生は濃さだと思うから。

かえちゃん、ありがとう。

悠麻書

お母さんのおなかに来てくれたこと、お母さん、かえちゃんに心から感謝しています。

きっとかえちゃんは優しいから、お母さんがいなくなったら、もっとお母さんにああしてあげればよかったとか、あんなこと言わなきゃよかったとかって、くよくよしちゃうかもしれない。

でも、そんなふうに思う必要は、全くないよ。

かえちゃんがお母さんとお父さんの子供として生まれてきてくれたこと、それだけでもう、かえちゃんは十分、お母さんに恩恵をもたらしてくれているのです。

かえちゃんに会って、お母さんの人生は変わりました。

考え方や行動も変化しました。もちろん、いい方に、です。

かえちゃん、これから先も、思う存分、自分の人生を生きてください。
笑顔で、わが人生を楽しんでください。人生ってね、自分が思っている
よりもあっという間だから。やりたいこと、全部やって謳歌してください。
これを、お母さんからのはなむけの言葉として贈ります。
もう一度、繰り返します。
結婚、おめでとう。
幸せになってください。

母より

すべて、茜さんの言葉だ。

茜さんが、海を見ながら私に語ってくれた言葉達だ。それを私が、茜さんに代わってお嬢さんの楓《かえで》さんに伝える。代書とは、右にあったものを左に移す、ただそれだけのことでもある。気がつかないうちに、ミツローさんは寝室へ引き揚げたらしい。茶の間には、もう誰もいなかった。


翌朝、手紙を読み返した。内容は、これでいいと思う。けれど、何かが胸に引っかかる。どうも、もやもやとして釈然としないのだ。何度も何度も読み返しながら、その原因に探りを入れる。

字が違うのかもしれない。

そんな思いにたどり着いたのは、部屋に掃除機をかけ、文塚の水を取り替えて手を合わせている時だった。

なんとなく、すらすらと書けすぎているんじゃないかという気がしたのだ。

字は、確かに茜さんの書き文字と瓜二つで、その点だけを見れば成功している。でも、もしかすると大事なのは、そこじゃないのかもしれない。

左手で書いてみたらどうだろう？

ふと、そんな考えがよぎったのは、アルバイトに来てくれている美大生の女の子が、向田邦子という作家が書いた『父の詫び状』というタイトルの文庫本のあとがきを読みながら、へぇ、と声を上げたからだった。

「どうしたの？」

横で在庫の整理をしていた私が声をかけると、

「このエッセイ、この人が全部左手で原稿を書いたんですって。病気の後遺症で右手が使えなかったから」

　アルバイト女子は、狐につままれたような素っ頓狂な顔で言う。

「私なんて、メモすらスマホで打ち込んじゃうのに。すごい執念っていうか、よっぽど書き残しておきたかったんですかね？」

　彼女は、不思議そうにそう言いながら、文庫本のページを閉じた。

　茜さんの手紙を左手で書くという案がひらめいたのは、この時だった。

　だって、茜さんも言っていたではないか。何度も自分で書こうとやってみたと。でも、痛くてどうしてもできなかったと。

　右手で書けば、もちろんきれいに、読みやすい字を書くことができる。それを左手に替えれば、当然字は右手よりも上手に書けないし、時間もかかる。でも、一文字一文字に籠もる思いは、左手で書いた方が重たくなるはずだ。

　茜さんのお嬢さんに対する思いは、それくらい、ずっしりとして重みがあるはずである。ならば、左手で書くことにも意味があるかもしれない。

　引き続きアルバイトの女の子に店を任せ、午後、もう一度同じ文面を左手でしたためた。多少文章が違うところは出てきたが、気にせず書き進める。

　何度も何度も、立ち止まりながら。

　私は、茜さんと楓さんが共に歩んだ時間を追体験するような気持ちで、時に筆を休め、そこから見える景色や風の匂いを堪能しながら書き進めた。

かえちゃんへ

初めて手紙を書きますね。

かえちゃん、まずは結婚、おめでとう。

お母さん、本当にうれしいです。

かえちゃんがお嫁に行ってしまうのが寂しくなかったら嘘になるけど、でもその寂しさの何倍も、何十倍も、うれしいです。

人生の良きパートナーに巡り会えるというのは、最高に幸せなことだと思います。しかもかえちゃんの場合は、それが初恋の人だなんて、素敵なことです。

太ちゃんと、これからいい家庭を築いてください。

月並みなことしか言えないけれど、お母さん、心から
応援しています。
かえちゃんのこと、いつもちゃんと見守っているから。
安心して、前を向いて歩いてね。
最近よく、かえちゃんが生まれた日のことを思い出し
ます。
かえちゃんは、未熟児ではなかったけれど、とても小さ
な体で生まれた赤ちゃんでした。
予想はしていたけれど、初めてかえちゃんを見た時、
お母さん、あんまり小さすぎて抱っこするのも怖くなっ
たのを覚えています。

それでも、かえちゃんは小さな体で、必死に生きようとしてました。お母さんのおっぱいを探し当てて、ちゅうと吸い付いてくれた時、お母さん[redacted]ね、本当に本当にうれしくて、幸せで、この子の母親になれて本当によかった、って思いました。今も、その気持ちは全く変わっていません。

小さい頃のかえちゃんは、よく男の子に間違えられました。髪の毛がなかなか伸びなくて、しかもお父さんもお母さんもブルーが好きだから、よく青い服を着せていたの。かえちゃんも青い色がとっても似合ってたし。かえちゃんを連れて歩いてると、よく、男前ですねえ、なんて褒められて。いえ、この子は女の子なんです、って伝えると、みなさん、目を丸くなってましたっけ。

「楓」っていう名前は、最初にお父さんが考えて、お母さんもそれに一票を投じた形で決まりました。木のように地に足をつけて、風のように軽やかに生きてほしい、そんな願いを込めた名前です。難しいことだけれど、かえちゃんならきっとそれができる、ってお父さんもお母さんも信じてます。

結果的に、かえちゃんは一人っ子になったよね。

かえちゃんと共に過ごした十九年間は、本当にあっという間でした。

かえちゃんが高熱を出して、おでこに牛肉を貼りつけたこととか、お父さんがそのお肉をもったいないから、って後日ステーキにして食べたこととか、かえちゃんが小学生の頃は毎夏、キャンプに行ったこととか、どれかひとつなんて選ぶのは無理で、すべての毎日に宝物が埋まっていた、そんな気がするのです。

それまでかえちゃんとはずっと仲良し親子だったけど、お母さんが病気になってから、何回か本気で喧嘩しましたね。あの時、意固地になっちゃってごめんね。かえちゃんの気持ちをわかってあげられなくて、未熟なお母さんだったこと、許してください。

かえちゃん、どんなことがあっても、お願いだから、予定通り、

式を挙げてね。かえちゃんの幸せを願うお母さんの気持ちは、
お母さんがそこにいようがいまいが、全く変わりません。
平均的な親子より、一緒にいる時間は短いかもしれない
けれど、でもね、人生は生きた時間の長さじゃなくって、お母さん、
最近になってそのことに気づきました。負け惜しみを言ってる
んじゃないよ。本当に、人生は濃さだと思うから。
かえちゃん、ありがとう。
お母さんのおなかに来てくれたこと、お母さん、かえちゃんに
心から感謝しています。
きっとかえちゃんは優しいから、お母さんがいなくなった
ら、もっとお母さんにああしてあげればよかったとか、

あんなこと言わなきゃよかったとかって、くよくよしちゃうかもしれない。

でも、そんなふうに思う必要は、全くないよ。

かえちゃんがお母さんとお父さんの子供として生まれてきてくれたこと、それだけでもう、かえちゃんは十分、お母さんに恩恵をもたらしてくれてはるのです。

かえちゃんに会って、お母さんの人生は変わりました。考え方や行動も変化しました。もちろん、いい方に、です。

かえちゃん、これから先も、思う存分、自分の人生を生きてください。

笑顔で、わが人生を楽しんでください。人生ってね、自分が思っているよりもあっという間だから。やりたいこと、全部やって謳歌してください。

これを、お母さんからのはなむけの言葉として贈ります。

もう一度、繰り返します。

結婚、おめでとう。

幸せになってください。

母より

同じ内容を書いた二通の便箋を、別々の封筒にしまう。左手で書いた方が文字が大きくなった分、便箋の枚数も多くなった。

両方を茜さんに見てもらい、どっちがいいか、茜さんのいい方を選んでもらおうと思っている。

宛名は、一度書こうとして、けれどやっぱり書かずにそのままにした。もし可能なら、茜さんに書いてほしい。

数日後、今日は少し調子がいいみたい、と茜さんから連絡がきたので、二通の手紙と手紙を書くのに使ったペンを持って、茜さんの自宅を訪ねた。在宅勤務に切り替えたというご主人が、茜さんの部屋に案内してくれる。

茜さんは、可動式のベッドで横になっていた。明らかに、前回会った時よりも具合が悪そうに見える。私が来たことに気づき、茜さんが薄く微笑んでくれた。私には、茜さんが過酷な運命のすべてを受け入れているように感じられた。

「お嬢さんへのお手紙、持ってきました」

茜さんの耳元で、囁くように私は言った。

ありがとうございます、という表情で、茜さんが私を見る。

「同じ内容なんですけどね、一通は右手で、一通は左手で書いたので、茜さんがご覧になって、いい方を選んでいただけますか？」

そう言うと、茜さんが数回、ゆっくりと首を縦に動かす。

私は、それぞれの手紙を茜さんに広げて手渡した。

茜さんが、文面に目を通している。

茜さんのイメージぴったりの洋風のリビングルームには、大きな花瓶に白い百合の花が活けられていた。百合の花が、甘い香りを放っている。

「こっち」

茜さんが、この日初めての声を出す。手にしているのは、左手で書いた方だ。

「もしよろしかったら、茜さん、封筒に宛名を書きませんか？　私もお手伝いするので」

茜さんがなんて答えるだろうと思いながら、私は提案した。

茜さんは、しばらくその意味を考えている様子だった。そして、全身の力を振り絞るような声で、書きます、と答えた。

ご主人を呼んでベッドを起こしてもらい、右手の下にタオルをはさんでなるべく茜さんの体に負担がかからないような体勢を整える。私は、茜さんの右手に、キャップを外したペンを握らせた。けれど、指に力が入らないので、ペンはすぐに茜さんの手のひらからこぼれ落ちてしまう。ご主人が、黙ってその様子を見守っていた。

何度めかの挑戦で、茜さんの親指と人差し指の間にうまくペンが挟まった。封筒を手のそばに近づけ、茜さんが宛名を書くのをサポートする。

茜さんは、ゆっくり、ゆっくり、文字を綴った。これまでのすべての人生を、その文字に込めているかのようだった。

楓ちゃんへ

書き終わったら、乾くまで少し待って裏返し、今度は「母より」と記す。

茜さんは、それだけでもう精根尽き果てた様子で、ベッドを元の位置に戻すと、すぐに目を閉じ寝息を立てはじめた。

右手で書いた方の手紙は、ペンと一緒に、再び鞄の中にしまう。

鎌高前駅のベンチで、楓さんがちょっと前までムーミンに夢中だった、そして本当は、茜さんと一緒にフィンランドへ旅行に行きたがっていたという話をしてくれたので、最後、家から持ってきたムーミンのシールを貼って封印した。

手紙は、表を上にして、茜さんが眠る枕元にそっと戻しておく。

こんな力強い字、どんなに逆立ちしたって、私には書けない。

今だから、今の茜さんだから書けた「楓」という字には、茜さんのみずみずしい生命力がぎっしりと詰まっている。

「またお会いしましょうね。茜さんにお会いできて、嬉しいです」

私は、茜さんにだけ聞こえる声で囁いて席を立つ。

もしかしたら茜さんと会えるのは今日で最後なのかもしれない。そう思いつつ、いやいやまた一緒に鎌高前駅のホームのベンチから海を見る日が来るかもしれない、と期待した。

茜さんが旅立ったのは、それから半月後のことだった。家族に見守られ、茜さんらしい穏やかな旅立ちだったという。

手紙は、楓さんの結婚式の際、茜さんに代わってご主人が代読したそうだ。そして無事、娘である楓さんに手渡された。


そうこうしているうちに、彼の上京の日がやって来た。私が、あまり時間がないんです、と言ったら、向こうがわざわざ鎌倉まで来てくれるという。どこか会うのにいい場所はないかと聞かれ、とっさに答えたのがブンブン紅茶店だった。

裏駅から七、八分歩いたところにある、昔からの紅茶専門店である。そこなら、知り合いに会う確率が低くなる。

そもそも、夫以外の男性と会うという行為が、結婚以来初めてなのだ。しかも相手は、先代が付き合っていたという妻子ある男性の親戚筋だ。

誰かに見つかっても、説明できない。

ならば、誰にも見つからない場所でひっそりと会うのが賢明だろう。

ということで、とっさにひらめいたのがブンブン紅茶店だったというわけである。

横須賀線の線路を越え、市役所の前を通ってトンネルをくぐる。鎌倉駅西側の佐助という地区は、よっぽどの用事でもない限り、なかなか足を踏み入れることのないエリアだ。

ばっちり化粧をしてよそ行きの服を着るのも変だしなぁと思いながら、気持ちおしゃれな普段着で家を出てきた。先代のプライバシーに関わることなので、ミツローさんには一切このことを話していない。よって、これから見知らぬ男性に会うこともまた、秘密、いや極秘なのである。

その人の苗字は美村《みむら》で、下の名前は冬馬《とうま》さんという。美しい村の冬の馬だなんて、まるで一枚の完成された絵ハガキみたいなお名前だ。私は、もうそれだけでうっとりしてしまう。

まだ話したことはないので、文字からの情報しかなく、歳もわからないが、手紙の文面から察する限り、とても感じのいい人だ。冬馬さんは、女性のような、繊細な文字を書く。

店に入ってぼんやりしながら席に着いていると、冬馬さんが現れた。私には、すぐにその人が冬馬さんだとわかった。

こんにちは、と声をかけると、向こうも、こんにちは、と爽やかな笑顔を見せる。好感度抜群の、好青年ではないか。歳は、私より二つか三つ下だと見た。

まずは、一通り時候の挨拶を交わす。それからメニューを開き、冬馬さんに注文を選んでもらう。

鳩子さんは？　と冬馬さんに聞かれたので、私はポットティーとケーキのセットにして、ケーキはスノーフレークケーキにします、と答えると、じゃあ僕も同じものをとなり、お店の人を呼んで注文した。

でも、実は内心、心臓がドキドキしていた。だって、初対面の男性から、いきなり下の名前で呼ばれたのだ。動揺を隠すため、私はしつこいくらいにメニューに見入って、様々な紅茶の名前と説明に目を走らせた。けれど、文字はただ脳を素通りするだけで、目を通した一瞬のちには消えてしまう。でも、そうやってなんとか自分を落ち着かせた。

スノーフレークケーキには味が二種類あるので、林檎とベリーを一種類ずつ頼んだ。まるでイギリスの片田舎にいるような気分になる店内には、若い女性の姿が多く、ほとんどの客が写真映えのするスノーフレークケーキを食べている。

「場所、すぐにわかりましたか？」

「はい、西口の方から出るように教えてもらっていたので、迷わず来れました。

ここにはよくいらっしゃるんですか？」

「実は、初めてなんです」

お見合いしているわけでもないのに、冬馬さんと向かい合っていると、なんだか気恥ずかしくなった。

確か、この店のことを教えてくれたのは、紅茶好きのバーバラ婦人である。鎌倉で、とびっきりのおいしいお紅茶が飲める店があるのよ、と。

しばらくの沈黙の後、冬馬さんが本題に入った。

「それで」

「はい」

「僕のおじと、鳩子さんのおばあさまが」

「はい。でも、なんか全然信じられないっていうか」

「ですよね。僕もそうだったので、わかります。なので、痕跡を持ってきました」

冬馬さんが、トートバッグの中から小さな箱を取り出す。

デジャヴのように感じるのは、以前も同じように留学生のニョロが突然やって来て、私の前に先代が書き送ったという手紙を山のように積み上げたからだ。

実際には、積み上げたわけではなく、小洒落たスーパーの袋に入れて袋ごと渡されただけだったけど。手紙は、イタリアに暮らす文通相手、ニョロのお母さんの静子さんに向けて書かれたものだった。

「どうぞ」

箱の蓋をそっと持ち上げると、先代の文字が目に飛び込んでくる。裏返して差出人の名前を確認せずとも、先代が書いたというのは一目瞭然だった。

どの手紙の宛名も、「美村龍三様」となっている。

「中、読んでもいいですか?」

なんとなくの勘だけれど、もう美村龍三《りゅうぞう》氏はこの世にいないのだろう。いないから、こうして手紙がここにあるのだろう、と思った。

ゆっくりと便箋を広げ、読み始めようとしたところで、冬馬さんが釘をさす。

「結構、刺激的な内容が書かれています」

私が手紙に目を通す間に、紅茶とケーキが運ばれてきた。テーブルの上の物を整理し、ふたり分のティーポットとケーキの皿を置くスペースを作る。

スノーフレークケーキは、まるで巨岩のようなケーキが、危ういバランスでクリームの上にのっている。迫力満点だった。

それにしても、手紙には、先代が書いたとは思えない、情熱的で赤裸々な内容が綴られている。頭を一発、ガーンと金槌で殴られたような気分になって、私はしばらく言葉を失った。怒りでもなく、悲しみでもない。かと言って、喜びでもない。

これまで想像もしなかった先代の姿をいきなり目の前につきつけられて、太刀打ちできない私は、ただただ天井を見上げて呆然とするしかなかった。またしても、先代にしてやられた。

そこには、ひとりの女として生きる先代がいた。

「やっぱり、驚いちゃいますよね」

先に紅茶に口をつけた冬馬さんが、ぽつりとつぶやく。

「おじさん、晩年は地元で議員をやってて、めちゃくちゃ堅物な人で有名だったから」

「同じく、うちもです」

さっき通読した先代のラブレターの内容を思い出すと赤面しそうになるので、なるべく思い出さないようにしながら私は答えた。

「私には、さんざん厳しかったくせに」

自分は、道ならぬ恋に走っていたのだ。

私は少し、先代から裏切られたような気持ちになっていた。どこからどう見ても清廉潔白なのが先代だと、私はそう信じて疑いもしなかった。

憂さ晴らしでもないけれど、私は多少の憤りを込めて、目の前のケーキをフォークで木っ端微塵にする。こうやって形を崩してごちゃ混ぜにして食べるのが、スノーフレークケーキの正式な食べ方なのだという。

だからここは、正々堂々ぐちゃぐちゃにして構わない。目の前の冬馬さんは、少々遠慮気味にフォークを動かしている。

まだすべてのラブレターに目を通したわけではないから、ふたりの関係がいかほどまでに親密だったかはわかりかねるが、それにしても、だ。文字自体が、濡れている。未だに、言葉が濡れているではないか。

「女だった、ってことですかね」

先代の面影を思い出しながら、しんみりとした気持ちで私は言った。どんなに心の中を探っても、その言葉しか出てこなかった。

しつこいぐらいに混ぜたからか、スノーフレークケーキは、そこはかとなく味わい深いものになっていた。カスタードクリームと生クリームとメレンゲと林檎の甘酸っぱい味が、口の中で狂喜乱舞《きょうきらんぶ》する。

ふと、皿の上でぐちゃぐちゃになっているケーキの姿が、美村氏の腕の中で乱れる先代の、あられもない姿に重なった。

「愛し合っていたんだと思います」

フォークの窪みに崩したスノーフレークケーキをのせたまま、冬馬さんがつぶやいた。

店を出てから、しばらく人気のない住宅街を冬馬さんと並んで歩く。

冬馬さんは、伊豆大島で陶芸をしているそうだ。東京都内で生まれ育ったが、環境のいい土地を求めて、三年前、誰にも使われず放置されていたおじさんの家に移り住んだという。

「そこで荷物の片付けをしていたら、かし子さんからの手紙が出てきて。封筒に、『極秘』ってあったから、気になるじゃないですか。ヘソクリか、とか。それで即行で開けてみたら、ラブレターだったから驚きました」

「ふたりは、どういうつながりだったんでしょうね」

私は、ゆっくりと歩きながら言った。

先代は鎌倉にいたわけだし、相手の美村氏は伊豆大島に暮らしていた。そう頻繁に会うことはできなかったはずである。

「出会ってしまったんでしょう」

冬馬さんが静かに答えた。私からの質問の答えにはなっていなかったけれど、その一言が、じわりと胸に余韻を残す。

「このまままっすぐ行って、案内の看板に従って歩くと、銭洗弁天《ぜにあらいべんてん》に着きますから」

本当は、鎌倉が初めてだという冬馬さんに私が名所を案内できればよかったのだが、さすがにそろそろ帰らないとまずい。それでも、最短距離で帰らず少し遠回りしてこっちへ来たのは、久しぶりにあのトンネルを通りたくなったからである。

「では、見つかったらまた、ご連絡します」

私は言った。

冬馬さんは、きっと先代の遺品の中にも美村氏が書き送った手紙があるはずだ、というのである。見つけ出して、本人たちのためにそれらをまとめて弔おう、というのが、今日わざわざ鎌倉まで会いに来てくれた理由だった。

「また」

バイバイ、と手を振るのはいくらなんでも親しすぎる気がして、私は言った。冬馬さんは、二、三回お辞儀をしながら遠ざかっていく。

肩に下げていた鞄が、急にずっしりと重くなった。中には、先代が書き送ったとされる幾通ものラブレターが入っている。

ゆっくりゆっくり、まるで先代と並んで歩いているような気分で、坂道をのぼる。もやい工藝の前を過ぎると、少しずつトンネルが見えてくる。

「このトンネル、好きなのよねぇ」

先代と一緒に通ったのは、一回か二回しかないはずだけど、その声は妙にはっきりと思い出せる。

私も、この道が好きだ。

細いトンネルの出口の向こうに、木々の緑が小さく見える。歩きながら、なんだか万華鏡を覗いているみたいな気持ちになった。先代もまた、万華鏡みたいに、くるくると形を変えて、私を鮮やかに翻弄する。

「鳩子」

ふいに、先代の声がした。

「ちゃんとひとりで歩けるようになったじゃない」

トンネルを歩きながら、当時幼かった私は、怖くなって先代の手をぎゅっと握りしめたのだ。そのことを思い出した。

「そうだね。ひとりでも、歩けるようになったね」

だけどまだ、夜ここをひとりで歩くのはさすがに怖いかもしれない。

「寄り道しないで、早く帰りなさいよ」

先代が、いつもの調子でピシャリと言う。

「はーい」

私は間延びした返事をしながら、トンネルの外に出た。

いつの間にか、陽が沈んで暗くなる時間が早くなった。夜になると、鎌倉は急に別人の顔になる。良い子は早く家に帰りなさい、と急かされるようで、私は歩くスピードを上げた。暗くなってもまだ外にいると不安な気持ちになるのは、大人になった今でもちっとも変わらない。

先代と美村氏との関係を直接先代に聞いてみたい気もしたけれど、私はあえて、そのことには触れなかった。先代だって、きっと若い頃に書いた昔のラブレターを孫に読まれるのは恥ずかしいに違いない。

さっき、先代の声がなんとなくよそよそしかったのは、恥ずかしさを誤魔化していたからだろう。どうせ家に帰ったら、先代があの世でどんなに拒もうが罵ろうが、私はじっくりと隅から隅までラブレターを読むことができるのだ。

横須賀線の踏切の、カンカンカンカンを聞いたら妙に気持ちがやわらいだ。知っている場所に戻ってきたという安堵感に、体と心が尻餅をつく。

同じ鎌倉でも、佐助という土地は自分にとってあまり馴染みがないから、知らず知らず緊張していたのかもしれない。しかも、今日初めて会う冬馬さんから、先代のラブレターを預かったのである。この秘密を共有しているのは、世界中で私と冬馬さん、ふたりだけなのだ。

線路を越え、二の鳥居前の信号を渡って駐輪場に置いてあった自転車をピックアップする。今夜の夕飯は、メンコロ定食だ。メンチカツとコロッケは、お肉屋さんで買ってきたのを冷凍保存してある。

キャベツの千切りは、ミツローさんの得意技なので、すでに切ったものが冷蔵庫にスタンバイしているはずだ。私は、家に帰ってメンチカツとコロッケを揚げるだけでいい。

私の毎日は、更に忙しさを増した。

美村龍三氏が先代に送ったであろうラブレターを探しつつ、わが家のオッパイ星人の相手をし、QPちゃんに睨まれながらも、毎日、洗濯物を干して、畳んで、所定の位置にしまい、ツバキ文具店に来てくれるアルバイトの子達のスケジュールを調整し、依頼を受ければすみやかに代書の仕事に応じる。

小梅の人形遊びに付き合いつつ、ミツローさんの靴下にできた穴を繕うこともしなくちゃいけない。もう、手が十本あっても足りないくらいなのだ。

その上、おばさんがひょっこり出戻ってきたのである。

おばさんというのは、この界隈を気ままにうろつく地域猫だ。どこからどう見ても後ろ脚の間に立派なふぐりがあり、元はオスだったことが一目瞭然なのだが、去勢も済んでいることだし、わが家では相変わらず親しみを込めて「おばさん」と呼んでいる。命名したのは、ミツローさんだった。

よって最近の私は、おばさんの食事の世話まで抱えている。少々太り気味のおばさんに、カロリー控えめのダイエット食を与えるのが日課である。

そんな折、大きな仕事が舞い込んだ。

大きな、というのは、ギャラの額が私の感覚からすると半端ないという意味である。

女将《おかみ》さん、いてはる？　という第一声を聞いて、店番をしていたアルバイトの子が、私のところに飛んできた。私はちょうど、外で小梅と蓮太朗の運動靴を洗っている最中だった。

「こ、こ、こ、こ、怖い系の人が、女将さんいるかって」

アルバイトの女の子は、明らかに動揺している様子で言った。

「怖い系の人？　女将さんって、私のこと？」

「はは、はい、多分そうだと思います」

脳裏に一瞬、母であるレディ・ババのことがよぎった。

しばらく鎌倉界隈を放浪していたようだけど、最近はまた男でも作ってどこかへ転がり込んだのか、音信不通である。もしもレディ・ババに関連する人物だったら即刻帰ってもらおうと、私は勢い勇んで店の方へ向かった。アルバイト女子が、金魚の糞《ふん》の如く後ろをくっついてくる。

「いらっしゃいませ」

いつもの声で挨拶しながら相手の姿を見た瞬間、凍りついた。そこに立っているのは、どこからどう見ても知的なヤクザである。

知的ヤクザは、レイバンの真っ黒いサングラス越しに私を見ながら言った。

「女将さんに、ちょっとお願いしたいことがありますねん」

完璧な関西弁だった。

本物のヤクザに面と向かうのは、さすがに初めてで緊張する。

「これ、お土産どす」

知的ヤクザが、風呂敷から包みを取り出す。とっさに、指がちゃんと五本ずつあるかを確認したけれど、動きが早くてよく見えない。

神奈川県にも確か、暴力団排除条例があったはずだ。ここは、すみやかに警察を呼ぶべきだろうか。

けれど、目の前の知的ヤクザは、何をしたわけでもなく、ただ私にお土産を渡そうとしているだけである。事件になってからでないと警察も動いてくれないというし、ここはまず、冷静に様子を見るしかない。

「どうぞ、こちらにおかけになってお待ちください」

深呼吸してから、私は言った。お土産にいただいた包みを持って、奥に下がる。

さっき、知的ヤクザは確かお願いしたいことがあると言ったはずだ。ということは、代書の依頼である。どんなお客にも、飲み物を出すのがツバキ文具店のしきたりだ。同じ場面で、きっと先代もお茶くらいは出したはずである。

さて、知的ヤクザに何を出そうか。

このところ私がまた飲み始めている京番茶は、確かに私の口にはおいしく感じるけれど、外国で食べる寿司があんまりおいしくないのと一緒で、関東で飲む京番茶は、もしかすると関西人にとってはあまり嬉しくないかもしれない。

ならば、関東らしい飲み物を出すのが適切だろう。けれど、鳩サブレーとかクルミッ子とか鎌倉を代表する銘菓はあっても、鎌倉らしいお茶となると、はて？　すぐには思い浮かばない。早くしなきゃ早くしなきゃと焦れば焦るほど、思考が空回りする。

その時ふと、茎ほうじ茶を煎り直して出したらどうかとひらめいた。古くなったほうじ茶を煎り直すと香ばしくなって味が良くなると、以前、スシ子おばさんが裏技を教えてくれたのである。

知的ヤクザの様子を見に、一度さりげなく店に戻ってみると、彼は興味深そうに文房具を眺めていた。

「ちょっとお時間かかりそうなんですけど、よろしいですか？」

私が恐る恐る声をかけると、

「お時間ならぎょうさんありまんがな」

流暢な関西弁で返してくる。

私は手早くほうろくの中へ茶葉を入れ、火にかけた。その間にお湯を沸かし、茶葉から香ばしい香りが立ち上ってきたところで火をとめ、煎ったほうじ茶を急須に移す。熱湯を注ぎ、急須と湯飲みをお盆にのせて店に戻った。さっきからアルバイト女子が、所在なく私の周りをうろうろしている。

なんのことはない、話してみれば、普通に気さくな関西のおっちゃんだった。しかも彼は、男爵の弟分だという。そういえば、いつだったか男爵に、そんなような人物が鎌倉に越してくるからよろしく頼むと言われたような気もする。

けれど、あまりにスーツ姿が決まっているのとレイバンのサングラスのせいで、どうしても知的ヤクザに見えてしまう。自分でもそれを意識しているのか、

「おっちゃん、こう見えても怖ないでぇ」

なんて笑顔を見せる。警察を呼ばなくて、正解だった。

男爵とは、はとこだそうだ。私の名前と一緒ですね、と伝えたら、一瞬目を丸くして、その後そんなに笑わなくてもいいのにというくらいおなかを抱えて笑い転げた。

女将さんという呼ばれ方にはどうしても違和感が拭えないものの、また笑いが止まらなくなると話が前に進まないので、言わないでおく。

どうやら、煎りたてのほうじ茶が、知的ヤクザのお眼鏡にかなったらしい。

「いやぁ、関東のお茶はおいしおすなぁ」

背筋を伸ばし、知的ヤクザが真剣にほうじ茶を啜る姿は、なんとも様になっていた。

「何茶ゆうんですか？」

「ほうじ茶です」

なぜか私まで関西のアクセントが移って、おかしな言い方になった。

「ほうじ茶ですかぁ。初めて飲みましたわ」

「関西では、ほうじ茶、あんまり飲まないんですか？」

まるで関東弁と関西弁が押し相撲をするような会話に、自分で話していておかしくなる。

「あんまり飲まへんのとちゃいまっかね。よう知らんけど。

関西でお茶呼ばれる時は、だいたいがお抹茶か緑茶ですわ。あと、生菓子」

「すみません」

何か気のきいたお菓子がないかと探したのだが、あいにく、小鳩豆楽もちょうど食べきったところだった。

「かまへんかまへん。わて、甘い物好きやさかい」

そう言って、高級そうな革の鞄から、一口サイズの羊羹を取り出す。

知的ヤクザは器用に外側の包みを解くと、羊羹を半分に割り、包まれていた紙の上にのせた。

「はい、女将さんと半分こどす」

「ありがとうございます」

予想外の展開に、ぺこりと頭を下げてお礼した。

羊羹を口に含むと、外側が乾いていてしゃりしゃりする。中には、ぎっしりと粒あんが入っていた。

「おいしいです」

思わず笑顔になった。

「干し羊羹ゆうんですわ。女将さんが淹れてくれたほうじ茶と合いますなぁ」

知的ヤクザが、鞄からハンカチを取り出し、指先を拭いた。とろりとした絹のような質感の光沢のあるハンカチは、カラフルな色使いで、ビシッとアイロンがかけられている。

「夜はね、これを薄うく切ってレモンかけて食べると、これがまた、お酒のあてにええんどすわ」

知的ヤクザも笑顔を浮かべる。

「お酒、お好きなんですね」

私が言うと、

「ほんの少々、たしなむ程度ですけど」

知的ヤクザがはにかんだ。最初はただただ怖い世界の人かと思って身構えたけれど、まるで見当違いでおかしくなる。

知的ヤクザと和気《わき》藹々《あいあい》お茶を飲み、なんだか、このまま世間話をして終わりそうな雰囲気になった。けれど、そこはさすが、知的ヤクザである。決めるところは、ビシッと決めてきた。

「実は、女将さんに折り入って相談がありますねん」

姿勢を正してそう言うと、知的ヤクザは続けた。

「わてのかわいいかわいい弟分がな、ちょっと困ってるんですわ。それで、兄貴から女将さんのこと聞きまして、お力を貸してもらえへんやろかと、こうして参上した次第なんどす」

その後、長々と説明を受けたが、要するにこういうことだった。

知的ヤクザの弟分が、親戚一同に借金をして、海外から良質なペットフードの輸入販売を始めた。物自体は確かに品質がよく、オーガニック認証を受けた野菜や肉、魚を使った、人間でも食べられる高品質のフードだという。

今、日本はペットブームで、犬や猫の飼育数の方が、十五歳未満の子供の数よりも多くなっている。ペットにかけるお金は昔とは比較にならないほどで、ペットを自分の子供のようにかわいがる人も増えており、高品質なペットフードの需要は必ずあると見込んで輸入販売を始めたのだが、どうもうまく軌道に乗らない。

知的ヤクザ曰く、ペットフードの中身ではなく、売り方に問題があるとのこと。宣伝にもっと工夫をこらせば、ユーザーを増やせる。けれど、大々的に広告を打つような資金力はない。そこで考えられたのが、商品と一緒に発送する手書きの手紙なのだという。

「女将さん、ここはひとつ、一肌脱いでもらえまへんやろか？」

いきなり、知的ヤクザが立って頭を下げるのでびっくりした。

「ギャラは、これだけ用意するゆうてます」

椅子に座り直した知的ヤクザが、電卓を取り出し私の前に提示した。

一、十、百、千、右からゼロの数を順々に数え、いやいやそんなはずはないと、今度はもう一度、左から順に指を動かしながらしっかり数える。

思わず、鼻血が出そうになった。ふだんの代書仕事ではありえない金額だ。心臓がパクパクする。たとえゼロがひとつ少なくても、私には十分な大金である。

「ちょっとだけ、考えさせてもらってもいいですか？」

そんな大役の依頼に、即答できるわけがない。

「もちろんでんがな、女将さん。よう考えてください。ほな、わてはまた一週間後くらいにおじゃまするさかい」

そう言いながら、知的ヤクザは革のカバーのかけられた分厚いスケジュール帳を出し、そこに何やらメモを書き込んだ。

「手紙って、ええもんですなぁ。わてもたまぁに書くんどすけど、なんや、優しい気持ちになりますねんな。どんな高価なプレゼントより、もろうて嬉しいのが手紙とちゃいまっか」

知的ヤクザがどんな字を書くのか、想像したけれど皆目見当がつかない。けれど、どんな文房具が好きかは、なんとなくだけど想像できた。この華奢な手には、ペリカンの万年筆が似合いそうである。

「おおきに。ごちそうさんどした。

ここはひとつ、売れる文字を期待しておりますんで、よろしくお願いします」

ひときわ朗らかな声で知的ヤクザが言い、ツバキ文具店を後にする。

さっそく、お土産にいただいた包みを開封した。丁寧に包まれた若草色の包装紙の中から現れたのは、麩《ふ》の焼きというお菓子である。アルバイト女子と試しに一枚ずつ立ったまま味見したら、おいしくて止まらなくなった。

薄く焼いた甘いお煎餅みたいなお菓子で、食感が軽いからいくらでも入るのだ。空いた缶は、文房具を整理するのに重宝しそうである。


一週間は、あっという間だった。その間私は、引き受けるか、お断りするか、何度も何度も逡巡した。

これまで、ほんの数回の例外を除き、代書仕事は基本的にほぼすべて引き受けてきた。断るような身分ではないというのがまずあるし、目の前に手紙が書けずに困っている人がいるなら手を差し伸べる、それが先代からの一貫した姿勢である。

けれど、今回の依頼は今までとは少々異なるのも事実だ。

これまで、代書の依頼はすべて個人が相手だった。けれど、今回の相手は企業である。しかも、純粋な代書仕事ではない。

たまたま私のところにお鉢が回ってきただけで、その仕事にふさわしい人物はもっと他にいるかもしれない。いや、確実にいるはずである。

それでもやっぱり、破格のギャラは魅力的だった。

生きていくということは、食べること、つまりおなかを満たすことでもある。でも、食べ物はタダで手に入らない。この世の中、どうしたってお金が必要なのだ。

しかも、わが家には育ち盛りの子供が三人もいる。きれい事ばかり並べても、生きていけない。

来年、QPちゃんは高校生になる。公立の高校に進むつもりで準備を進めているようだけど、私立に行く可能性だってなきにしもあらずだ。このまま隣家との騒音問題が深刻化すれば、ここを引っ越さなくてはいけない日が来るかもしれない。

世知辛い話だが、先立つものは、お金である。ミツローさんのお店だって、この先どうなるか……。

かつて、先代は言った。

代書屋というのは、町のお菓子屋さんみたいなものだと。誰かにお菓子の折詰を持って行くとき、自分でお菓子を手作りできる人はそれを相手に持っていけばいい。でも、そうでない人は、自分がおいしいと思うお菓子を買って、相手に届ける。

手紙も一緒。自分で自分の気持ちをきちんと言葉にして伝えられる人もいれば、そうじゃない人もいる。そうじゃない人たちのために、代書屋が存在するのだ、と。

でも、もし今回の仕事を受けるとなると、今までひとつひとつ手作業で作っていたお菓子を、機械で大量生産するようなものだ。表面的には似たような姿形のお菓子ができるかもしれない。でも、そこに込められている気持ちというか、心というか、魂というか、それはきっと、同じではない。機械で大量生産したら、どうしたってそこに込められたものは薄まってしまう。

とは言え、自分だって、代書屋再開のお知らせをプリンターで印刷したではないか。それに、本だって、作家が書いた手書きの原稿を活字にし、それを印刷して大量生産している。今は、パソコンで書いているのかもしれないけど。

「どうしたらいいんでしょうねぇ?」

もう何回口にしたかわからない同じ台詞を、またおばさん相手につぶやいた。

さっきからおばさんは、熱心に缶詰のウェットフードをむさぼっている。試しに使《つこ》てみてください、と後日私が不在の時に知的ヤクザがいくつかサンプルを届けてくれたのだ。味さえつければ、人間が口にしても普通においしく食べられる中身だという。

おばさんの食べっぷりはすこぶるよろしいが、今まであげていたカリカリのローカロリーフードには、見向きもしなくなってしまった。ダイエットは、また一からやり直しである。

売れる文字かぁ。

知的ヤクザの放ったひとことが、頭の中でずっとブーメランのように踊っている。

私がどうしたものかと迷っている間、もうひとつ別の代書の依頼があった。どうやら、食欲と読書の秋以外に、手紙の秋というのもあるらしい。

その男性は、自分で自分の退職届が書けず、困っていた。そんなもの、インターネットで調べればいくらでも例文が出てくる。

私は、いつぞやの武田君を思い出した。編集者の卵だった武田君は、ある評論家の先生への原稿の依頼状を代書してほしいと、ツバキ文具店にやってきたのだ。

その依頼を、私は無下に断った。

丁寧に、とは決して言い難い乱暴な断り方になってしまったことは若気のいたりで反省しているけれど、お断りしたこと自体に悔いはない。後日、武田君からは直筆の手紙が届いたっけ。

私から言わせれば、自分の退職届くらい自分で書くのが筋である。

けれど、マダムカルピスの旦那さんからの紹介ということで、正直、断るのもまた面倒だった。仕事を続けていく上ではお付き合いというのも大事であり、冷や汗をかいて断るくらいなら、いっそどーんと受けてしまった方が、のちのち気が楽ということもある。

辞める手紙と言っても、退職願や退職届など、それを出すタイミングや状況によって種類が異なる。

辞表は、社長や部長など役職のあった企業人や公務員が、その職を辞する時に届ける書類だ。

今回の依頼者はサラリーマンで、四半世紀勤めた会社を早期退職するという。本人は口が裂けてもその表現だけは絶対に使わなかったが、実際のところはリストラだった。

つまり、彼の場合は、すでに退職することが決まっているので、提出すべきは辞表ではなく退職届だ。

気をつけなくてはいけないのは、退職の理由で、一身上の都合により、というのが一般的だが、会社都合による退職の場合は、やや具体的に自分の都合で退職するのではない、という事実を明記する点である。そうしておかないと、後々もらえるはずの雇用保険や退職金が、受け取れなくなる恐れが発生するからだ。

彼の将来にも関わることなので、事務的になりすぎず、かと言って感情を込めすぎないよう加減しながら、私は依頼者の神田川さんと一緒に万年筆を持っている気持ちで退職届を書き上げた。

使ったのは、先代が愛用していた勝負万年筆で、インクはあえてブルーブラックではなく、漆黒を選んだ。

ただ、縦書きの場合、インクが乾かないうちに書き進めると、自分の手のひらについたインクで紙を汚してしまう恐れがあるので、そこは慎重の上にも慎重を重ね、まるで薄氷の上に足を乗せるような気分で書き進める。

一歩、また一歩、と私は時間をかけてゴールを目指した。

退職届

私儀

このたび、業績不振に伴う部門縮小のため、
令和四年十二月三十一日をもって退職いたします。

令和四年十月一日

第二営業部
神田川武彦

株式会社 光和
代表取締役社長 佐藤博殿

決して難しい仕事ではない。ごくごく簡単な代書というか、正確には代筆である。早く、この仕事をやっつけてしまいたいという気持ちが、どこかにあったことは否めない。

文字が完全に乾くのを待つ間、神田川さんに飲み物を出す。ドリップパック式のいただいたコーヒー豆があったので、珍しくコーヒーを淹れてみた。神田川さんと向かい合って、ブラックコーヒーを飲む。

「本当に、助かりました」

湯気の向こうで、神田川さんが薄く笑うのがわかった。

「いえいえ」

お安い御用です、という言葉をブラックコーヒーと共に飲み込んだ。

「私ね、絶対にこれ、自分で書きたくなかったんです」

きっと、不本意ながらも退職を迫られたのだろう。神田川さんのその言葉に、悔しさが滲み出ている。

「自分なりに、精一杯がんばってやってきたんですけどね。なかなか、会社からは評価してもらえなくて。

でも最後にこうして、ビシッと格好いい退職届を書いてもらって、気持ちがスッキリしました」

これからどうやって暮らしていくのか、次の働き口は決まっているのか、本人を前にすると、なかなか聞き出せなかった。

それでも、たかだか退職届を書いたくらいでこれほどまでに感謝されることに、私自身、戸惑っていた。神田川さんの、どうしても自分ではこれを書きたくなかった気持ちが、なんとなくだけどわかる気がした。

インクの乾いた退職届を、まずは下から三分の一のところで折りあげ、更に上から三分の一のところからも折って三つ折りにする。封筒に入れ、神田川さんの前に差し出す。

封筒の表に書かれた「退職届」の三文字を、神田川さんが食い入るように見つめている。それから、ふと顔を上げると、じっと私の目を見て言った。

「ありがとうございました」

はるかに歳下の私に、深々と頭を下げてお辞儀をする。

私は神田川さんに、心の中でエールを送った。

この退職届が、神田川さんの人生の、新たな出発点になりますように、と。


私には一見つまらないように感じられた仕事だったけれど、神田川さんにとってはとても意味のある代書だったということに、私は後になって気がついた。だから、実際にやってみなければわからないのだ。最初から断ってしまったら、そこですべてが終わってしまう。

あれからきっちり一週間後、しかもほぼ同じ時間に再度ツバキ文具店へ現れた知的ヤクザに、私は伝えた。

「謹んで、お受けいたします」

これではなんだかプロポーズを受けたみたいだと内心にやけそうになったけど、顔は至って真面目である。

「女将さん、おおきに」

ありったけの感謝の気持ちが込められているような湿った声で、知的ヤクザが言った。

男爵といい知的ヤクザといい、一見やさぐれて見える人ほど、根は優しいのかもしれない。ちなみに「やさぐれる」とは、すねた投げやりな態度のことではなく、本来は「香具師《やし》」の隠語で、家出をする、放浪するという意味だ。

「ほな、こんな感じでお願いしますわ」

またしても場面をスカッと変えて、知的ヤクザが革の鞄から書類を取り出す。

「全くこのまんまやなくっても、ええです。逆にちょこっと、女将さんなりの言葉遣いとか工夫なんかを入れてもろうたら、より素敵になるのとちゃいまっかね」

一通りの文面に目を通してから、私は言った。

「わかりました。何日かお時間いただきますけど」

「かまへん、かまへん」

知的ヤクザが、相好を崩す。

「それじゃあ、商売成立の証に、拳固めといきまひょか。女将さん、悪いんですけど、こないだのほうじ茶、また淹れてもらえます？　今日は、ええお茶菓子を持ってきたんどす」

ほくほくした顔でそう言うと、知的ヤクザがまた風呂敷から箱を取り出した。

「これ、わての好きなフルーツ大福なんですわ。ちょうど若宮大路に店ができてましてな。八つ買うてきたんで、残りはみなさんで食べてください。いろんな種類がありますから、女将さん、好きなんとって」

蓋を開けると、定番の苺だけでなく、柿や桃、メロンや無花果《いちじく》など、様々な味のフルーツ大福が入っている。悩んだ末に、みかんを選んだ。

「女将さん、お目が高おすなぁ。一番高いの選びはった」

すみません、と恐縮すると、

「褒めとるんですがな」

知的ヤクザがフォローする。知的ヤクザが選んだのは、無花果だ。

「京都の実家に、おっきい無花果の木がありましてなぁ」

私が奥でほうじ茶を用意する間、知的ヤクザが話している。

「それをお袋が、毎年秋になると天婦羅にして食べさせてくれたんですわ」

お茶のセットを運んで行くと、知的ヤクザが大福の用意をして待っていた。

「こうやって、糸で半分に切るんですわ」

知的ヤクザが左右の手に持った糸を引っ張ると、大福はきれいにふたつに分かれ、無花果の断面が現れた。

「かわいい」

私が感嘆の声を漏らすと、

「女将さんもやってみなはれ」

糸を渡される。みかん大福の立派なウエストに糸を巻きつけ、きゅっと絞った。

「楽しいですね」

子供達にも自分でやらせてあげようと思いながら、私は言った。それから、前回もらった麩の焼きのお礼をまだ伝えていなかったことを思い出し、慌てて付け加えた。

「先日いただいたあの薄いお菓子、最高においしかったです」

すると、

「喜んでもらえるのが、わての幸せどすねん」

知的ヤクザが当たり前のように言う。一体どんな仕事をして、どうして鎌倉に住んでいるのかなんにも知らないけれど、悪い人でないことだけは確かだ。

きれいな断面を上にしてフルーツ大福を懐紙に並べ、知的ヤクザとほうじ茶を飲む。

「幸せです」

私は言った。

普通にただみかんを食べた方がおいしいんじゃないかと、一瞬でも思った自分が恥ずかしくなる。みかんの周りを、うっすらと白あんが包み、それを更に柔らかなお餅がまとめている。

目の前にあったはずのみかん大福が、もう私のおなかに消えてしまい、ぽつんと懐紙だけが残っている。

「女将さん、よかったら無花果も半分、味見してみぃひん？　わてはまた、いつでも買いに行けますんで」

さっきから気になっていたことを、知的ヤクザに見事見破られた。

出産前の私だったら、遠慮してやせ我慢していたと思う。けれど、三児の母となった私は、にっこり微笑んだ。

「おおきに」

なんとなく、知的ヤクザの真似をして、自分も関西弁を使ってみたくなった。

「うーん、六十八点どすな。まだまだ関東弁が残ってまんがな」

知的ヤクザが笑いながら言って、私の懐紙に無花果大福の半分を瞬間移動させる。無花果は無花果で、また違った醍醐味がある。

今日はたまたまアルバイト女子が風邪をこじらせ、私が店番をしていたのだ。こんなふうにここでお茶とフルーツ大福のお菓子が食べられるなんて、なんともラッキーな午後だった。

「ほな、あっちの方、よろしくお願いします」

知的ヤクザが、店の入り口で律儀にお辞儀をする。

智に働けば角が立つ。情に棹《さお》させば流される。意地を通せば窮屈だ。とかくに人の世は住みにくい。

これを書いたのは、夏目漱石ではなかったか。確か、『草枕』の冒頭である。

結局のところ、正面衝突を避けながらにょろにょろと身をかわして生きて行くのがよいということだろうか。鎌倉に戻って、約十年。私にも、いっぱしの処世術が身についたのか。背に腹はかえられない。

知的ヤクザを見送ったら、久しぶりに、『草枕』が読みたくなった。先代の本棚に、古い文庫本があったはずである。

このたびは、たくさんのペットフードの中から私どもの商品をお選びくださり、心からの感謝を申し上げます。

ところで、医食同源という考え方をご存じですか？

病気を治す薬と食べ物は、本来の根源は同じもの。日頃から栄養バランスのとれた食事をすることで、病気を防ぎ、治療しようという考えです。

わたくしどものペットフードは、まさにこの医食同源の考えのもと、最高にいい食材を使い、まごころを込めて手づくりしております。

わんちゃんやねこちゃんが、日々、食べる楽しみや生きる喜びを感じながら、幸せに生きてほしい。そんな願いを込めて、お届けします。

ご家族であるわんちゃんねこちゃんと、どうか素敵な時間をお過ごしになってくださいね。

もし、フードに関してのご質問やご要望などがございましたら、いつでもご連絡ください。インターネットサイトへのレビュー投稿も、お待ち申し上げております！

何度目かの挑戦で、ようやく、これかな、というのが書けた。ペンは、よくある水性ボールペンを使った。これを、まるで一枚一枚誰かが手書きで書いたような風を装い、便箋に印刷するのである。最後にふと、いいアイディアがひらめいた。次女の小梅は、動物のイラストを描くのが得意なのだ。それで彼女にお願いし、犬と猫の絵を描いてもらい、それを便箋の模様にするのである。

だけど、こんな簡単な仕事であんな高額のギャラを受け取って、本当にいいのだろうか。自分は罰当たりなことをしているのではないかと、後ろめたいような、罪悪感のような気持ちがないわけでもない。いや、確実にある。

でも、世の中の仕組みとはそういうものなのだと、ちらっと状況を話したら、ミツローさんが教えてくれた。

ミツローさんも一時期、サラリーマンとして広告代理店に勤めていた経験があるのだ。同じ仕事内容でも、広告になるととたんにギャラが跳ね上がるのだという。それを知って、私は少し、安心した。

完成したことを伝えると、さっそく知的ヤクザが受け取りに来た。いつもの代書仕事とは、また違った緊迫感がある。

ドキドキしながら、知的ヤクザに紙を渡す。

一体全体、何回読み返しているのだろうかと不思議に思うほど、知的ヤクザは微動だにせず、姿勢を正して私が書いた文字を見つめている。

奥に下がり、またほうじ茶のお茶っ葉をほうろくの中で乾煎《からい》りした。お茶菓子は、知的ヤクザが持ってきてくれる手筈である。

「ええどすなぁ」

ようやく顔を上げたのは、私がお茶セットをのせたお盆を店に運び、知的ヤクザの前にほうじ茶を差し出した時だった。気のせいかもしれないけれど、なんだか目が潤んでいる。

「字が、にこにこわろぅてはる」

「私の字、笑ってますか？」

「もちろん、いい意味ですがな」

ひとまず、知的ヤクザも納得の仕事ができて、ホッとした。字が笑うだなんて、知的ヤクザもキザな言い方をするものだ。

せっかく煎りほうじ茶を用意したのに、知的ヤクザは急な予定が入ったようで、すぐに次の訪問先に向かわなくてはいけないらしい。

本日の手土産は、シュークリームだった。由比ガ浜通りに新しくできた洋菓子店、グランディールなんとかのものだという。

「ほな、またゆっくりお邪魔させてもらいますぅ」

おおきに、という声を残して知的ヤクザが風の如く去っていく。

急須にたっぷり残ったほうじ茶を飲みながら、しばらく高額なギャラの使い道について考えた。

半分は将来の軍資金として貯蓄に回すとしても、残り半分は、家族のお楽しみのために気前よく使おうと思っている。


それにしても、この秋は、代書の依頼が引っ切り無しに舞い込んでくる。ここしばらく育児休業していた分、集中してしまったのだろうか。書いても書いても、また次の依頼者が訪ねてくる。

「戸籍には、生きている人間が私ひとりしかいないんです」

晩秋、まるで近所へ野菜を買いにやってきたような格好でふらりと現れた年配の女性は、いきなり身の上を話し始めた。

「お友達はね、たくさんいたんですよ。でも、だんだん、顔と名前が一致しないようになってきて、途中で、誰と話しているのかわからなくなるようになっちゃったんです。相手に失礼がないか不安で、人と会うのが怖くなってしまって……。

こういう状況でどっぷりと身も心も預けられる人っていうと、なかなか思いつかなくてね。やっぱり、こういう時に頼れるのは、家族しかいないみたいです。だから家族のいない私は、自分に頼るしかないんですよ」

それは、認知症になった自分に宛てた手紙を書いてほしいという、珍しい依頼だった。依頼者は、まだ五十代後半の女性である。独り身で、子供もなく、両親も他界し、兄弟姉妹もいないという。

若年性認知症の人に会って話を聞くのは初めてだ。ただ、こうして世間話をしている分には、特に何かが深刻であるとは感じなかった。けれど、本人曰く、もう漢字はほとんど書けないし、家事もできないことが増えているそうだ。

ミスが続き、記憶力も低下しているので、仕事は最近やめたばかりだという。時々自分の名前も思い出せなくなると言って、いつも肌身離さず持ち歩いているというノートを開いて見せてくれた。

そのノートには、「私の名前は、小森蔦子《こもりつたこ》です」と書かれている。

「でもいつか、この言葉の意味も、見知らぬ外国語みたいに読めなくなってしまうのかもしれません。最悪、自分の名前だけは最後まで書けるようにしておこうと思って、毎日百回ずつ書く練習をしているんです」

それで蔦子さんの右手の中指に、ペンだこができているのかもしれない。

「もともとはね、私、自分で言うのもなんなんですけど、キャリアウーマンだったんです。大企業の管理職として、バリバリ働いてました。よく働き、よく遊ぶ、をモットーに、時間を作っては海外旅行に出かけて。

いろんな国の人たちと、友達になりましたよ。とにかく人と会って話すのが好きだから、英語、フランス語、スペイン語、ロシア語、って語学の勉強も熱心に続けたりして。

でもある時、信頼している部下から、同じ質問を何回もする、って指摘されて、自分でもちょっと、アレ？　って感じることが増えて、それで病院に行ったんです。そしたら、アルツハイマーだってことがわかりました。

早期発見できたのは、部下のおかげなんです。今は、お薬を飲んで症状が進むのを抑えてますけど、でもこの先どう変わっていくのかは……。

早い話が、どんどん記憶を失っていく病気なんです。

だから、自分がどういう人間で、どういう人生を歩んできたのか、同じ手紙で構わないので、定期的に自分に送られてくるシステムを、今のうちに確立しておこうと思いまして」

小森蔦子さんは淡々と話した。

「あれ、これってなんていう飲み物でしたっけ？」

しばらくしてから、小森さんが顔を上げて質問する。

「飲んだことはあるはずなんだけど、名前が思い出せなくて」

「カルピスです」

私は言った。

「今日は寒いので、ホットカルピスにしてみました」

「あぁ、カルピスですね。カルピス、カルピス。覚えておこう。

そういえば四十代の頃かな、一時期ラトビアの男性とお付き合いしていたんですよ。その彼の大好物がこれで、私、日本からラトビアに遊びに行くたび、このパックを運んでました」

まるでコップの底がラトビアという土地につながっているかのような眼差しで、小森さんがホットカルピスの入ったコップを覗きこんでいる。

私と、何が違うんだろう。私だって、年々、昨日の夜何を食べたかが思い出せなくなってきているし、たまにミツローさんを息子と間違えて蓮ちゃんと呼んでしまったりする。

歳を取るほど記憶が薄くなっていくのは通常の流れだけど、認知症という病気の場合は、そのスピードが不自然に加速するということだろうか。

「明日目を覚ましたら、昨日までのことをすべて忘れて、自分が何者かわからなくなっているんじゃないか、って想像すると、急に不安になって眠れなくなることがあるんです」

それでも、こうしてなんとかその対策に励もうとしている小森さんは、人生の勇敢なチャレンジャーだと思った。そのことを本人に伝えたら、

「そんなんじゃありませんよー」

小森さんは笑って否定した。

「私、今までさんざんひとりの人生を楽しんで生きてきたじゃないですか。それで、いっぱいエネルギーを貯めてあるんです。だから、なんていうかこれは、自分への落とし前をつけるっていうか。それとね、両親に感謝しなくちゃいけないんですけど、私、根がものすっごくポジティブなんです。仕事でどんなに困難なことが起きても、なんとかなる、って思えたんですよね。根拠のない自信なんですけど。

でも、それで本当になんとかなっちゃうんです。そういう風に、もう心も体もできてるというか。

反射神経みたいなものです。

もちろん、この歳でもうアルツハイマーだなんて、人生最高に落ち込みましたよ。でも、自分じゃどうすることもできないわけじゃないですか？　もちろん、お薬とかは飲みますし、進行を遅らせる努力は最大限しようと思ってます。

だけど、あとは身を任せるしかない、っていうのも事実で。

こういう時ね、私、自分が神様に試されてるんだ、って思うことにしているんです。神様が、私がどこまでできるか能力を試していて、これは人生におけるテストなんだ、って。

このテストに合格したら、きっといいことがあるに違いない、神様からご褒美がもらえるはずだ、って信じているんです」

こんな過酷な状況にあっても、小森さんはまだ笑顔を浮かべている。なんて強い人なのだろう。

「わかりました。小森さんが、ご自分に宛てて書く手紙の代書ですね。手紙は、どのくらいの頻度でお送りしますか？」

「そうですねぇ」

小森さんが、首を傾げる。

「一ヶ月じゃ間が空きすぎる気がするし、一週間ではちょっと早い気がするので、半月に一回、たとえば、そうだ、満月と新月に合わせて投函していただく、というのはどうでしょうか？　私、月を見るのが好きなので」

「それ、いいですね。素敵かもしれません」

私は言った。満月と新月の晩、私は小森さんの人生をまとめた手紙を小森さん宛てに送る。

もしかするとお月様が、小森さんの記憶を長引かせるささやかなお手伝いをしてくれるかもしれない。

小森さんのノートに書いてあった住所を、私は自分のノートに書き写した。

「えーっと、これってなんていう飲み物でしたっけ？」

最後、コップの残りを飲み干しながら小森さんが私に尋ねた。

「カルピスです。今日は寒いので、お湯で割ってホットカルピスにしてみました」

私は、同じ説明を繰り返した。

「小森さん、ラトビアの男性とお付き合いされていたんですよね？」

私が言葉を続けると、小森さんが笑顔になる。

「よく知ってますね！　彼、これが大好きだったんです」

小森さんの表情が更にほころび、まぶしいほどの笑顔になった。

数日後、ふと、美しい紅葉が見たくなった。

それで日曜日の午前中、家族で紅葉狩りに出かける準備をする。

ＱＰちゃんにも声をかけたら、珍しく、一緒に行くというので、大慌てでお弁当を作った。お弁当といっても、ただのお結びと沢庵だけど。

それにしても、こんなふうに家族五人揃ってでかけるのは、久しぶりだった。いつも、誰かがいなかったり、二対三に分かれて行動したりしているので。最近はよく、ミツローさんとＱＰちゃんがふたりで出かけている。私は仲間外れにされているようで少々悔しかったりもするけど、父と娘が仲良くしている姿を見るのは気分がいい。

下のふたりも、近頃は私が間に入らなくてもふたりだけで遊んでくれるようになったし。手がかかる手がかかると嘆いていたけれど、子供だって、いつまでも赤ん坊でいるわけではない。成長し、いずれ親元を巣立っていく。

空気がひんやりとして気持ちよかった。

途中から山道に入って、紅葉を愛でる。赤や黄色に色づいた葉っぱの間から、木漏れ陽が注いで家族を照らす。

獅子舞《ししまい》に行くのは、何年ぶりだろう。

確か、まだミツローさんと結婚する前、QPちゃんと三人で行ったはずである。いや、違うか。結婚した年の暮れに、三人で行ったんだっけ？

帰りにQPちゃんが、空に向かって「風船おじさーん」と叫んだ時の声だけは、鮮やかすぎるくらい記憶に残っている。

私だって、あと二十年もしたら、どんな状況になっているかわからない。小森さんと同じように若年性認知症になっているかもしれないし、そもそもまだ生きているかだって、わからないのだ。先のことは、誰にもわからない。

ふと、茜さんの横顔が脳裏をよぎった。

あの時、鎌高前駅のホームで一緒に海を見た茜さんの魂は、今どこにいて、どんな景色を見つめているのだろう。

小森蔦子《こもりつたこ》さん

お元気《げんき》ですか？　体調《たいちょう》は、どうですか？
あなたの名前《なまえ》は、小森蔦子《こもりつたこ》です。
両親《りょうしん》は、もういません。あなたはひとりっ子で、結婚《けっこん》もしませんでした。
けれど、心配《しんぱい》しなくても大丈夫《だいじょうぶ》ですよ！
あなたの両親《りょうしん》は、あなたに、とても強《つよ》くて明《あか》るい心《こころ》を残《のこ》してくれました。
あなたは、いつだって勇敢《ゆうかん》に戦《たたか》う戦士《せんし》です。あなたは、とても前向《まえむ》きです。
あなたには、世界中《せかいじゅう》にたくさんの友達《ともだち》がいます。
あなたは、決《けっ》してひとりぼっちじゃありません。
あなたの好《す》きな花《はな》は、ラベンダー。
あなたの好《す》きな色《いろ》は、緑《みどり》。

あなたの誕生日《たんじょうび》は9月《がつ》15日《にち》。
あなたの好《す》きな食《た》べ物《もの》は、ビスケット。
あなたの好《す》きな言葉《ことば》は、友愛《ゆうあい》。
あなたの好《す》きな果物《くだもの》は、シャインマスカット。
あなたの好《す》きな動物《どうぶつ》は、アルパカ。
あなたの好《す》きな作曲家《さっきょくか》は、バッハ。
あなたの好《す》きな楽器《がっき》は、チェンバロ。
あなたは、若《わか》い頃《ころ》、とても仕事《しごと》のできる優秀《ゆうしゅう》な人《ひと》でした。
働《はたら》くことも遊《あそ》ぶことも大好《だいす》きで、自分《じぶん》の人生《じんせい》を心《こころ》から楽《たの》しんでいました。
あなたは、忘《わす》れん坊《ぼう》の病気《びょうき》です。
忘《わす》れずに、きちんとお薬《くすり》を飲《の》んでくださいね。

すべての漢字にふりがなを打ち、封筒に入れ、小森さんが開けやすいよう、マスキングテープで封印した。それを、獅子舞からの帰り道、赤いポストに投函する。

もうすぐ、満月がやってくる。これは、過去の小森さんから未来の小森さんに宛てた手紙である。

永福寺跡《ようふくじあと》で、少し早めのお昼を食べることにした。

子供達が、こっち、というので付いていくと、遊歩道と書かれた山道の階段を少し上ったところに開けた場所があり、そこにそっけなくベンチが並んでいる。

こんな場所があるなんて、全く知らなかった。

大人組と子供組のふた手に分かれ、ベンチに腰かける。子供組はすぐにベンチから離れ、そこら中を走り回りながらお結びを食べている。QPちゃんも、下の子達と一緒にはしゃいでいる。

なんの変哲もないお結びでも、どうして外で食べるとこんなにおいしく感じるのだろう。水筒に入れてきた温かい鳩麦茶を、ミツローさんと交代交代で飲みながら、私はぼんやり空を眺めた。

ザ・冬の青空である。今年も、あと少しで一年が終わってしまう。

「ミツローさんはさぁ、どんなふうに人生を終えるのが理想?」

唐突かな、と思いつつ、私はミツローさんに質問した。茜さんのことといい、小森さんのことといい、老いも病も決して他人事ではない。最近、嫌でも人生のおしまいを意識するようになった。

「そうだなぁ」

普段、そんなことを話題にすることはないので、ミツローさんが戸惑っている。でも、そういうことを夫婦で話し合っておくことは、とても大事な気がするのだ。

「鳩ちゃんより、先に死にたいよ」

ミツローさんが言った。それは、以前もミツローさんから聞かされている。

結婚の報告をしにミツローさんの実家のある高知へ行った時、帰りの車の中でミツローさんに言われた。後から思えば、あれが私達のハネムーンだった。

でも私は、そんなこと忘れているふりをして、とぼけて言った。

「自分だけさっさと先に死んじゃうなんて、そんなのずるくない？　大体男の人ってさ、どうせ奥さんよりも先に死ぬから、面倒なことは全部奥さんがやってくれるって甘えてるでしょ？」

更に、

「私だって、ミツローさんに看取られたいんですけど」

私は口を尖らせた。

誰だって、愛する人に見守られながら人生を終えたいというのが、本音なのではないだろうか。

「僕は、寝ている間に、楽しい夢を見ながらそのまま死ぬのが理想かも」

ミツローさんが言う。私は、言った。

「まぁ、それは本人にとって、幸せだね。でも、ある日突然、ミツローさんがいきなり死んじゃってたら、周りはびっくりするっていうか、後悔したり、するんじゃない？」

ミツローさんの前の奥さんである美雪さんも、ある日突然、人生を終えた。いや、強制的に終えさせられた。だから、私にとってもミツローさんにとっても、このテーマは、なかなか重い。でも私はあえて、ミツローさんとこのことについて話しておきたかった。

「きちんとお別れができるのは、やっぱり癌だね」

ミツローさんが、意外なことを口にする。

「そうだよね。癌だったら、残された時間がわかって、それなりの準備ができるもん」

だから、実のところ、私も癌で人生を終えるのがいいんじゃないか、と思っていた。

「だって急に死んじゃったらさ、恥ずかしい手紙とか、誰にも見られたくない写真とか、そういうの、処分できないよ」

私は言った。

「鳩ちゃん、そんなのあるの？」

ミツローさんに、お母さんではなく、鳩ちゃんと呼ばれたのが新鮮だった。

「ミツローさんは、ないの？」

「うーん、汚いパンツとか、そういうのは残して死にたくないな、って思うけど。例えばさ、事故で死んじゃって、その時汚れたパンツとかはいてたら、恥ずかしいなぁ、とは思う」

「それは、嫌だね」

「でしょ」

その時、向こうから、お母さん見てー、と蓮太朗の声がした。また虫か何かを見せられるのだろう、と身構えていたら、紫式部をひと枝、手に持って走ってくる。

「きれいでしょ」

枝には、紫色のつぶつぶがたくさんついていて、誰かが苦心して作った宝飾品のようだ。少し遅れて、ＱＰちゃんと小梅も合流する。

「はい、お母さんに、プレゼント」

蓮太朗が、紫式部をくれた。

「こっちも」

今度は小梅が、ドライフラワーになった紫陽花を手渡してくれる。

「ありがとう。お店に飾るね」

私が受け取ると、小梅ははにかんだように笑ってQPちゃんを見上げ、蓮太朗はさっと私の胸元に手を伸ばし、タッチする。

「こら！」

ミツローさんが、大声で野良猫を追い払うようにたしなめた。

こういう時の蓮太朗の手は、ものすごく素早くて、本当に油断も隙もないのだ。私はどうしても、ミツローさんのようには厳しく怒れない。怒ったら後々トラウマになるんじゃないかとか、いろんなことを考えてしまう。

「ありがとう、って言葉で人生を終えられたら、幸せだよね」

私は、ふと思い出してさっきの話の続きをした。子供達は、またどこかへ行って遊んでいる。

「もし、僕がボケちゃってオムツとかになっても、鳩ちゃん、平気？　面倒見てくれるの？」

ミツローさんが、真顔で聞いた。

「だって、そのために夫婦になったんでしょ。それに、私の方が先にそうなるかもしれないし。その時は、ミツローさん、逃げないでよ」

もしかすると、もう遠い先のことではないのかもしれない。時間はあっという間に過ぎて、気がつけば、ミツローさんも私も、おじいちゃんとおばあちゃんになって、ふたりともボケちゃって、相手が誰だかわからないなんてことだって、大いにありえる話なのだ。

「QPちゃんさぁ」

こんな時でもなければ話せない気がして、私はもうひとつ、大事なことを口にした。さっき蓮太朗と小梅がくれた小さな花束を、指先でクルクルと回しながら。

「私のこと、嫌いになっちゃったのかなぁ」

そう言うそばから、自分でもびっくりするほど、涙がボロボロこぼれてくる。

これだけは、なんだか決定打を打ってしまうようで、自分の中で言葉にしないよう避けてきた。でも、ずっとずっと、そのことが気になって、私はまるで、小学生の女の子が大好きな友達に嫌われているんじゃないかと不安になるような苦い気持ちを味わっていた。

「心配するなって」

ミツローさんに、ふわりと肩を抱かれた。

子供達もそばにいないし、そのままミツローさんの肩に頭を預けて空を見る。

空は、相変わらず完璧な冬の青空だった。

真っ青なキャンバスには、画家が刷毛《はけ》で一気に抽象画を仕上げたかのような薄い雲が広がっている。

私にはその一部が、一瞬だけど天使に見えた。もうしばらくそうしていたくて、今度は目を閉じて、ミツローさんの鼓動に耳を澄ませた。

どっくどっく、どっくん、どっくん。

どっくどっく、どっくん、どっくん。

ミツローさんが生きている証の音がする。

どさくさに紛れて、こっそり、ミツローさんとキスをした。

どうやら先日の台風で、金木犀の花が返り咲いたらしい。

どこからか、爽やかな甘い香りが流れてくる。

椿

このところ、どうもアルコールの量が増えている。出産・育児を機に、私はほとんどお酒を飲まない生活になっていたのだが、去年のクリスマス前くらいからだろうか、寝酒が日課になった。

きっかけは、美容室でたまたまめくった旅の雑誌に載っていたグリューヴァインの記事で、ドイツでは、クリスマスの時期になると赤ワインを温めて飲む習慣があるのだという。レシピが出ていたので、さっそく試しに家にあるもので作ってみたら、これがなかなかツボにはまるおいしさだった。

以来、ミツローさんの店で赤ワインが残ると、持ってきてもらい、小鍋にシナモンやクローブ、八角などのスパイスとはちみつを入れて火にかけ、ホットワインにして飲んでいる。あれば、薄く切ったオレンジやリンゴの輪切りなんかも入れる。

先代から譲り受けた古い日本家屋をだましだまし修理しながら住んでいるので、冬は凍えるような寒さだが、これを飲むと体がじんわり温まってくる。その温もりが、やめられなくなった。

お酒を飲むと、踵が地面から少々浮いた感じになるのも心地よい。面倒なことを全部忘れて、寝る前のほんのひととき、私は自分ひとりの世界に埋没する。

眠気が襲ってきたら、ミツローさんの帰りを待たず、迷わず布団に潜り込んでコトンと寝てしまうのだ。そうすると、早寝早起きの循環がスムーズになる。

下のふたりが自分のお世話を自分でできるようになってきたので、私はまた、こんなふうに私自身とサシで向き合う時間を持てるようになった。それが何よりも喜ばしい。この家にひとりで暮らし、バーバラ婦人と気軽なご近所付き合いをしていたあの頃を思い出す。

家に受験生がいる手前、年末年始はどこへも出かけず、ここ鎌倉の山奥で冬眠のごとく静かに過ごした。どうやらQPちゃんは県内でもトップクラスの進学校に進みたいらしく、目下、自室にこもって猛勉強に励んでいる。

どうやら、というのは、私には一切進路の相談がなされないからで、この件に関しては、ミツローさんが窓口になっている。

おせち料理は、毎年高知からミツローママが大量に送ってくれるので、私はクレソンと鳥一《とりいち》さんの合鴨ひき肉をお団子にした、雨宮家伝来のオリジナル雑煮を作ればいいだけだ。

年賀状の宛名書きは小梅の出産以来ほぼやめているし、個人的な年賀状も暗黙の了解で年々数を減らし、メールでの挨拶に移行している。

例年、年末年始はツバキ文具店も一週間ほど連続してお休みにしているので、私にとっては久しぶりに文字通りの骨休めになった。ホットワインに味をしめ、すっかり、飲んだくれている。


それを見つけたのは、お正月休み最後の、夜九時過ぎのことだった。

夏目漱石の『草枕』を読んだのが呼び水となり、私は立て続けに日本の古典文学になんとはなしに目を通していたのだが、先代の本棚から次に何を読もうかと、とある文庫本のページをパラパラとめくっていたら、まるで押し花のようにそれがぱらりとページの間から舞い落ちたのである。

床に落ちたのは、一枚の絵ハガキだった。

絵ハガキの写真は、椿の花だ。紅と白の椿の花が、二輪、寄り沿うように地面に転がり、黄色い花粉のたっぷりついた数多《あまた》の雄しべを空に向けて広げている。ただし、カラー印刷の色彩はかなり色褪せ、どちらかというとセピア色に近くなっていた。

床にしゃがんで絵ハガキを拾い上げ、裏返した瞬間、息が止まりそうになる。角ばった見知らぬ筆跡が、私のよく知る人物の名を堂々と綴っているではないか。

「雨宮かし子様」

差出人は美村龍三氏で、間違いなく伊豆大島から出されたものだった。ただし、差出人の具体的な住所は明記されず、「大島より」としか書かれていない。絵ハガキの写真は、伊豆大島の椿を写したものらしい。

「あった」

ぽかんとしたまま、その一言だけがかろうじて声になる。冬馬さんが探している美村氏から先代に宛てて送られた手紙が、確かにこの家にあったのだ。

手に残された文庫本の表紙には、『眠れる美女』とある。作者はあの、川端康成だ。私の脳裏に、懐かしい顔が風船のようにぽっかりと浮かび上がった。

やすなりさんを愛してやまない富士額さんは、お元気にされているだろうか。また、ハガキでも書いて送ってあげよう。

そんなことを考えながら、私は美村氏が綴った文面に目を走らせた。

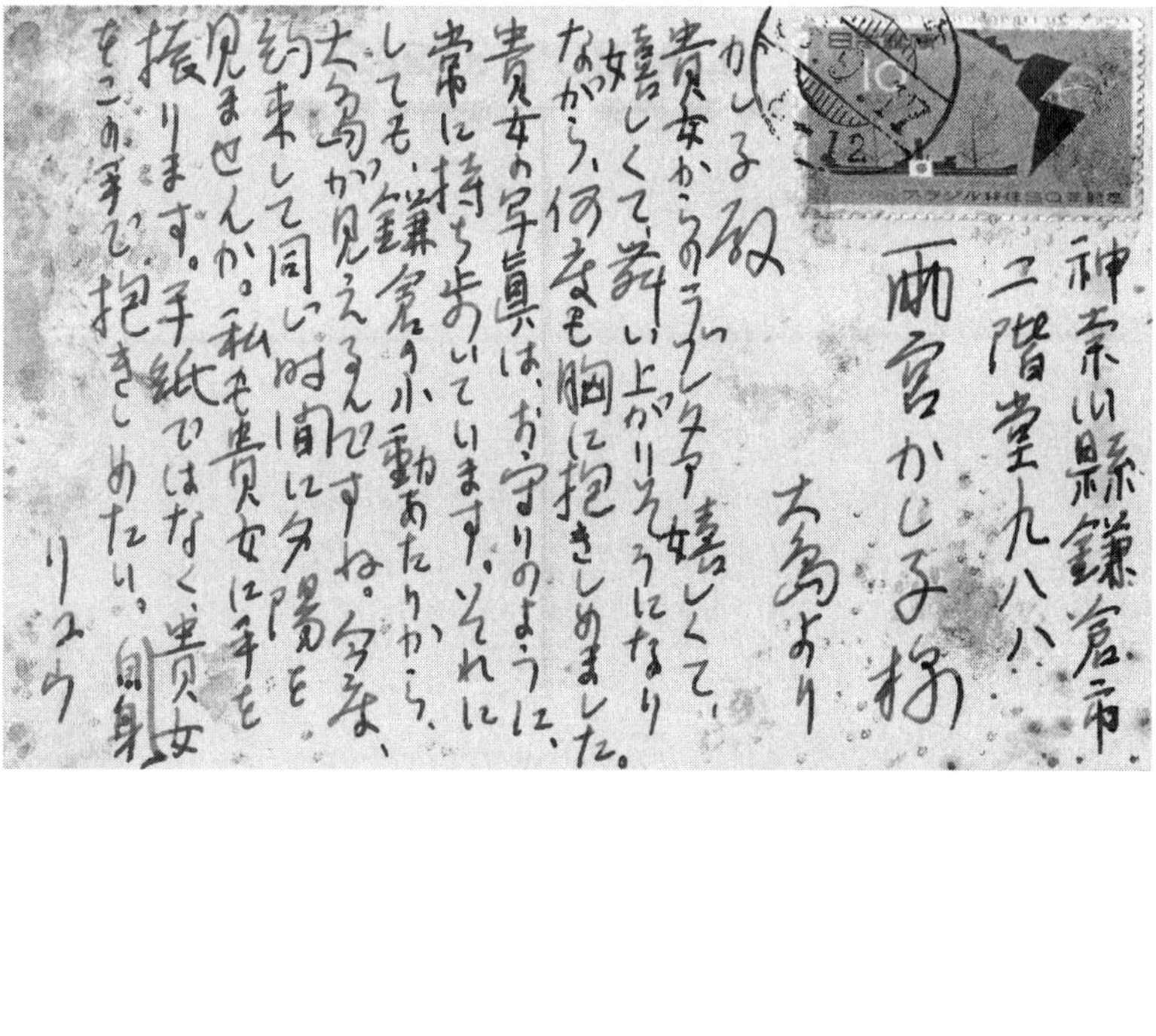
神奈川縣鎌倉市
二階堂九八八
西宮かし子様
大島より

かし子殿
貴女からのラブレター嬉しくて、嬉しくて、舞い上がりそうになりながら、何度も胸に抱きしめました。貴女の写真は、お守りのように、常に持ち歩いています。それにしても、鎌倉の小動あたりから、大島が見えるんですね。今後、約束して同じ時間に夕陽を見ませんか。私も貴女に手を振ります。手紙ではなく、貴女自身をこの手で抱きしめたい。
リュウ

小動なんて地名、久しぶりに目にした気がする。小さいに、動くと書いて、コユルギと読む。江ノ電の腰越駅からすぐの、海にぽっかりと突き出た小動岬に小動神社があるのは知っているけれど、行ったことはまだない。

ざっくりと考察するに、先代と美村氏が付き合っていたのは、今から半世紀くらい前のことになる。先代はまだ私の母（レディ・ババ）を出産する前で、二十代の若さだったはずだ。おそらく、美村氏は先代より少し歳上だが、まぁ同世代といっていい年頃である。美村氏はすでに結婚しており、お子さんもいたことが推測される。

身内の複雑な色恋沙汰に素面《しらふ》で向き合うのは無理な話で、私はいつもより多めにミルクパンに赤ワインを注ぎ、火にかけた。そこへ、適当にスパイスを放り込む。はちみつが残り少なくなっていたので、代わりにマーマレードを入れ、くるくるとスプーンでかき混ぜた。

この絵ハガキを受け取った時の先代は、今の私より若いはずだ。理屈ではなんとなく理解できても、自分より若い先代を、どうしても地に足をつけてイメージできない。

これまで私は、自分の祖父についてなど、微塵も考えたことがなかった。本当に、その人物について一度も思いを巡らせたことがないのだ。私にとっては先代がすべてであり、そこにはレディ・ババの存在すら影が薄く、私は先代と太いチューブで直結している。そう思っていた。

けれど、男と女がいなければ、子はなしえない。ということは、レディ・ババにも、そして当然ながら先代にも、その相手となる男性がいたということで、だから今、こうして私が存在している。今更ながら、その事実に腰を抜かしそうになる。

右手に美村氏の絵ハガキを、左手になみなみとホットワインを入れたマグカップを持ってコタツの方へ移動した。ミツローさんは、お店の仕込みがあるので今夜は帰りが遅いという。

冬の夜は、長い。

私は、冬馬さんがわざわざ鎌倉まで持ってきてくれた、先代が書いたラブレターの入った箱をコタツのテーブルの上に置いた。

そっと蓋を開け、手紙の束を取り出す。全部で、五通ある。そのうちの四通には、二十円切手が貼られている。

美村氏からの絵ハガキには、ブラジル移住五十年記念の十円切手が添えてあった。剝がれそうになっている切手を、上から押さえて平らに伸ばした。

それにしても美村氏の字は、美しいとも汚いとも言い難い、独特な個性を放っている。どんな容貌の人物だったのか、字からはさっぱり想像もつかない。背は高いか低いか、太っているのか痩せているのか、字を見ると書き手の大体のシルエットが浮かび上がるものだけれど、美村氏に関しては全然イメージできなかった。

誰かが誰かに宛てて書いたプライベートな手紙を読むのは、どんな場合でも気が引ける。しかも、先代が書いたラブレターとなれば、尚更だ。

何も知らないまま人生を終えたかったと思うが、知ってしまった以上、後に引けない。まるで身にまとっている衣服を本人の意に反して脱がすような後ろめたさを感じつつ、私は封筒から便箋を取り出した。

そして、覚悟を決めて読み始めた。

ゾウさん

お元氣ですか。この間のお手紙に風邪をひいて熱っぽいと書かれてましたけど、もう大丈夫かしら。一日に何度も、ゾウさんのことを考えます。いえ、正直にいえば、一日中、ゾウさんのことばかり考えています。

本当はね、海にざぶんと勢いよく飛び込んで、ゾウさんのいる大島まで泳いで会いに行きたいのです。大島までの距離が、かし子には憎らしくてたまりません。

手を長く長く長ーく伸ばして、ゾウさんのお顔に触れられたらいいのに、ネ。

こないだ、おみかんを食べていたら、ふいにゾウさんの唇の感触を想像して、たまらない氣持ちになりました。毎日毎日、朝、昼、晩、ゾウさんと唇を重ねることができたらどんなに幸せでしょう。そんなこと、望んではいけないとわかっていても、想像して欲情する自分がいるみたいです。

ゾウさん、また、夢の中でかし子を抱いてくださいネ。

かし子は、ゾウさんに抱かれている時が、いちばん幸せなのですから。

ゾウさんの前でなら、どんなにか不格好な自分もさらけだすことができます。

本当に不思議なのですが、恥ずかしく感じないのです。

それよりも、ゾウさんに近づきたい。もっとそばに寄りたくて、ただ体を重ねているだけで満たされます。

ゾウさんに抱かれる夢を見るたび、かし子は嬉しくて、その日一日、幸せになれます。

どうか、夢が現実になりますように。

今夜も、ゾウさんと会えますように。

かし子

ラブレターの中にいる先代が、あまりにも初々しくて、眩しくて、私はその光を直視することができなかった。

美村氏は、もしかして、先代にとって初めての相手だったのだろうか。先代は、雷に打たれるような偶然と必然の重なりの結果、美村氏のことを好きになってしまったのだろうか。恋に落ちてしまったのだろうか。

愛するという、たった一本のまっすぐな道しか、先代の前には選択肢がなかったのだろうか。

ふと思いついて、さっき本の間から姿を現した美村氏からの絵ハガキを、仏壇に供え、ろうそくに火をつけ、線香を灯す。鈴《りん》の音が、静かな部屋に染み入るように響き渡った。それから両手を合わせ、まぶたを閉じる。

「見つけちゃったよ」

私が語りかけると、

「見つかっちゃったかい」

先代は、悪戯がばれた子供のようにぺろっと舌を出した。

「大恋愛だったそうで」

私が茶化すと、

「柄にもなく、大恋愛しちゃったのよ。鳩子が生まれる、ずっとずっと前の話だけどさ。私にもね、そういう時代があったの」

先代との会話が、いつになく弾む。

「一生にひとりでも、そんなふうに脇目も振らず無我夢中で愛する人がいるって、素敵なことだね。龍三さんに会えて、よかったじゃん」

わかったように私が言うと、

「細く長く愛するか、太く短く愛するか、愛なんてもんはさ、所詮どっちかしかないだろ？」

先代が、意味深な発言をした。

「たくさん、長く愛するっていう選択肢は、ないの？」

「さぁ、それは自分でやってみればいいじゃないか。それより、他の手紙もちゃんと見つけて、処分しておくれよ」

「どうして？」

「だってもう、必要ないから。今更そんなの明るみに出されても、恥ずかしいだけだし」

「ラブレターには、何ひとつ恥ずかしくない、って書いてあったくせに」

「そりゃ、あの人の前では、って意味でしょ」

「まぁ、わかるけど」

「じゃあ、頼んだよ」

「ちょっと、あとどのくらいあって、どこに隠したのか、教えてよ」

「本人だって、そんな昔のこと、覚えてないよ」

「龍三さんのこと、今でも好き？　愛してる？」

私が最後の質問をすると、

「まぁね。いい男だったから、つい惚れちゃったの」

先代はしれっと言い放った。それから、跡形もなく雲隠れした。

いつの間にか、眠ってしまったらしい。ふと顔を上げると、まだ線香から煙が立ち上っている。

仏壇に供えた美村氏からの絵ハガキを、両手で持ち上げる。それを、先代が書き送ったラブレターの上にそっと重ねて、元の箱の蓋をした。箱の中で、ふたりは間違いなく、今この瞬間も睦み合っている。

睦み合うのは何も、体だけではないのだ。文字と文字でだって、触れ合い、たわむれ、睦み合って交わる。そんな世界があるなんて、私はこれまでの三十数年間、ずっと知らずに生きてきた。

再び、睦み合うふたりの箱を、秘密の引き出しの奥へ戻しておく。

一月六日、陽もかげってきたことだし、そろそろ店じまいをしようと立ち上がったところで、男爵がふらりと現れた。

「はい、いつもの」

相変わらずの仏頂面で、手にしていた袋を私に突き出す。

「毎年ご丁寧にありがとうございます」

お礼を言いながら、両手で袋を受け取った。もう、わざわざ中身を確認しなくてもわかる。中には、春の七草が入っている。

「あけまして、おめでとうございます。今年も、よろしくお願いします」

なんだか毎年順番が逆になるなぁと思いながらも、男爵に新年の挨拶をする。

ざっと見たところ、前回会った時と特に変わった様子は見られないが、実際のところはよくわからない。私としては、あれからパンティーとの仲がどうなったのか気になるところだが、本人が明かさない以上、こちらから聞くこともしないでおく。

男爵は、他にも七草を届けるところがあるらしく、足早にツバキ文具店を後にした。

ついさっきまでなんの疑問も持たずに根っこを張って、土の中でのんびりと過ごしていたかのような七草達を、ボウルに張った水に移す。七草達は、すでに水できれいに洗ってある。パンティーが、洗ってくれたのかもしれない。

翌朝、お粥に入れる前、七草爪をやった。

まずは自分の指先を七草の泳ぐボウルの水につけ、それから爪を切る。

去年は、やろうと思っていて結局できなかった。一昨年も、バタバタしていてそれどころじゃなかったはずだ。

そんなことをぼんやりと思い出しながら、爪を短く切りそろえた。

これをすると、その一年、風邪を引かないのだという。先代が毎年欠かさずやっていたことだけど、もしかしたら先代も今の私と同じように、どうせ眉唾だろうと思いながら、でも表向きは神妙な顔をしてやっていたのかもしれない。

下の子ふたりを呼び、インターネットで調べたばかりのにわか知識を鼻高々にお披露目する。

「これが、せりね。こっちが、なずな。ごぎょう、はこべら、ほとけのざ、すずな、すずしろ」

ひとつひとつ指でさしながら、偉そうに教えている自分がおかしくなる。すずなは蕪で、すずしろは大根のことだというのだって、ついさっき知ったばかりだというのに。

「これをね、今から刻んで、お粥に入れて食べるんだよ。その前にこのお水に爪をつけて、柔らかくしてから爪を切るよ。そうすると、一年間、風邪を引かずに元気に過ごせるからね」

私は、なるべくふたりの小学一年生にもわかるよう言葉を選んで説明した。けれど、それを聞いたふたりは、ほぼ同時に声を上げる。

「うっそー」

小梅も蓮太朗も、ケタケタとおなかを抱えて笑い転げた。

「でも、昔の人はそれを信じていたし、お母さんも、それは本当かもしれない、って思っているよ」

一体、何がそんなにおかしくて笑っているのかわからなかったけど、私は意地になって続けた。

確かに、直接的な因果関係はないかもしれないけれど、偽薬みたいな作用はあるかもしれない。いや、きっとある。その気になって心でしっかりガードすれば、風邪だって引かないのだ。

お粥の火加減を気にしつつ、幼子ふたりの爪をパッチンパッチンやっていたら、寝不足なのか、いつも以上に不機嫌な顔でＱＰちゃんがゾンビのように現れた。

「おはよう」

ダメ元で声をかけたものの、やっぱり返事はない。けれど、

「七草粥、食べる？」

その問いには、かすかに首を動かした。更に、

「それよりも、爪」

唇を尖らせながら、ＱＰちゃんが言葉を発する。

「風邪引きたくないしぃ」

あくまでも好戦的な態度だが、言っていること自体は微笑ましかった。

受験生で風邪を引きたくないので、自分も七草爪をやりたいと申しているのである。

ちょっとでも反応してくれたことが嬉しくて、私はその場でガッツポーズをしそうになった。でもここはグッと気持ちに蓋をして、こちらも極力クールに言い返す。

「どうぞ。爪切り、ここに置いとくから」

小さい頃、繰り返して七草爪を毎年やったことが、こんなところで実を結ぶとは。

過去の自分が、今の私に助け舟を出してくれたのだ。あの頃の自分を、思いっきり褒めてあげたか

った。先代にも、改めて感謝しなくちゃいけない。すると、

「ふいてる」

ドスのきいた低い声で、ＱＰちゃんがお粥を炊いている鍋の方を顎で示す。

「あらあら」

私は急いで火力を弱めた。ここからは、軽く蓋をして弱火で静かにお粥を炊く。

お米の、のほほんとした甘い香りが、冬の台所で万歳している。なんだか、いい一日になりそうな予感がした。

火を止めたお粥に刻んだ七草をパッと放つと、そこにだけ、一足早い春がやって来た。


「ごめんください」

その女性が訪ねてきたのは、凍えるような寒い日の午後のことである。ツバキ文具店のシンボルツリーである藪椿にも、ぽつぽつと赤い花が咲いているが、さすがに寒いのか、お上品なおちょぼ口になっている。

家の中にいても冷えるので、私は指先だけ出るタイプの手袋をして、パソコンで事務仕事をこなしていた。アルバイトの子はふたりとも実家に帰省中で、うちひとりは海外だ。よって一月中旬まで、私がほぼひとりで店番をしなくてはならない。猛烈な寒波が接近中らしく、数日後の天気予報には雪マークがお目見えしている。

女性には、ただならぬ緊張感がみなぎっていた。これは間違いなく、代書の依頼である。

「どうぞ、こちらにおかけください」

私はいつもの丸椅子へと案内し、奥に下がって飲み物を用意した。昨日子供達のおやつ用に作った

甘酒が、まだ少し残っている。温め直し、カフェオレボウルに注いで店に戻る。

女性は、五十代前半といったところだろうか。鎌倉の住人、しかも山族であることは疑いようのない雰囲気だった。

「どちらからお越しになったんですか？」

甘酒を出しながらさりげなく質問すると、案の定、

「扇ガ谷から来ました」

女性が答える。やっぱり、と私は心の中で舌を鳴らした。

扇ガ谷と書いてオウギガヤツと読むことは、鎌倉の住民であっても知っている人はなかなかいない。実は私も、最近そう読むことを知ったひとりである。

それから少し、代書の依頼者と世間話をした。彼女が、近所に新しくできたという、朝しか開いていないベーグル屋さんのお店を教えてくれたので、私もお返しに、この辺りのレアなお店情報などを伝える。

こういう地元民同士の口コミが、雑誌なんかよりずっと早くて正確だ。

彼女の名前は、ジャコメッティさんといった。どこかで以前もお会いしたような気がするのは、そのせいかもしれない。確かに、ひょろりとした全体のシルエットが、ジャコメッティの作品に似ている。もちろんあだ名であるが、私もそう呼ばせていただくことにする。

世間話が一区切りしたタイミングで、ジャコメッティさんが静かに切り出した。

「実は、今日こちらに伺ったのは、父のことでご相談がありまして」

さっきまで笑っていたジャコメッティさんの表情が、一瞬にして今日の空模様と同じトーンになる。

「同居されているんですか？」

私が尋ねると、

「扇ガ谷に、二世帯住宅を建てて住んでおります。母は、一年ほど前に転んで骨折したのがきっかけで、それ以来、老人ホームのお世話になっているんです。父は今年、八十四歳になります」

ジャコメッティさんが、途方に暮れた様子で答えた。

「父、まだ自分で車を運転しているんですよ。扇ガ谷って、なかなか不便なところで、鎌倉からも北鎌倉からも、結構距離があるんですね。それで、父の不便も理解できるものだから、ついついまだ大丈夫かな、と思っているうちに、父も歳をとってきて。

父の運転が上手なのは確かです。本人も自分でそう思っていて、運転にはかなりの自信を持っています。

でも、さすがに年齢のことを考えると、何かあったら取り返しがつかないので、家族としては、そろそろ免許証を返納してほしいんです。

ただ、免許返納を父に勧めようとすると、激昂してしまって、全然話になりません。俺の手足をもぎ取るつもりかって怒り狂ったかと思うと、だったらもう死んだ方がマシだと言い出したり。

この間は、これは魂の殺害だって、子供みたいにわんわん泣いて。

ご近所の皆さんも、父の運転にはかなりハラハラしているのがわかります。本人が怪我をするだけだったら、それは仕方がないって納得もできるんですけど、誰かに怪我をさせるとか、最悪、どなたかの命を奪ってしまったらと想像すると、本当に夜も眠れなくなってしまうんです」

ジャコメッティさんは一気に話した。

そういえばつい最近も、高齢者の運転する車が幼稚園児の歩く列に突っ込み、何人かの幼い命が犠牲になった。アクセルとブレーキを踏み間違えたという。

「扇ガ谷は、バスとかもないですもんね」

私は言った。

ここ二階堂はまだ、駅から離れているとはいえ、バスがある。けれど、扇ガ谷は道も狭いし、坂も多くて、横須賀線以外の公共の交通機関がない。

「もし免許証を返納してくれたら、タクシー代は私達夫婦が負担するし、買い物だって全面的に協力する、って言っているんです。

以前は、父の代わりに今度は私が免許を取ろう、なんて話もあったりしたんですけど、なんだかそれも気が進まなくて。

私も主人も、ふたりとも免許自体持っていなくて、運転しないんです。お互い家で仕事をしてますし、今のところは元気なので車がなくても自転車だけでなんとかなっているんですけど、父にとっては車が移動の大本命というか、体の一部になってしまっているので……。

本人としては、行動の自由が奪われることに対して、ものすごい恐怖心があるみたいです。一度主人が、車のキーをこっそり隠したんですよね。その時の父の半狂乱ぶりはこっちが命の危険を感じるほどでした。

歳を重ねると、感情のコントロールが難しくなるんですかねぇ。

そんなことがあって、主人はこの件に関してなるべく関わりたくないという態度だし、私も、父と血がつながっている分、どうしても言葉が容赦なくなってしまい、いくら最初は冷静に話し合おうとしても、毎回最後は激しい口論になるだけなんです。

この一年、このことで心身共に疲弊してしまいました。それでもう、これを身内だけの力で解決するのは無理だなと判断しまして」

話しているうちに、ますます寒くなってきた。背中にぞわぞわと震えが広がるので、私はストーブの火力を最大限にすべく立ち上がった。今にも雪がちらつきそうな重たい冬空である。

最後、ジャコメッティさんは目をうるうるさせながらつぶやいた。

「父が七十代前半の頃は、私達もまだ父の運転する車のお世話になっていたんです。急用ができて北鎌倉まで急がなくちゃいけない時とか、飼い猫の具合が悪くなって夜中に病院に運ばなくちゃいけない時とか。そんな時でも、父は嫌な顔ひとつせず車を出してくれて。

そのことを思い出すと、時々自分が父に対してすごく残酷な仕打ちをしているようで苦しくなります。

子供の頃は、毎年夏、車で母の田舎に連れて行ってくれたりもしましたしね。私自身、父の運転で遠出するのが大好きな子供でしたから。

でも、このままいつまでもハンドルを握らせるってわけにもいきませんので。本当に難しい問題です」

「本当に難しいですよねぇ」

私は言った。運転する高齢者のいる家では、どこも他人事ではなく、頭を抱えている問題かもしれない。

身内である分、遠慮もなくなるし、言葉だってきつくなる。目の前のジャコメッティさんからは想像もつかないけれど、きっと彼女もこれまでに幾多の修羅場をこえてきたのだろう。私と先代の関係が、そうであったように。

「お父様が、黙って言うことを聞くようなお相手は、いらっしゃらないんですか？」

そんな人がいたらジャコメッティさんがこれほど苦労することもないだろうから、きっとそういう人はいないのだろうと思いつつ、私は尋ねた。すると、ジャコメッティさんから意外な答えが返ってくる。

「うちの父、母の言うことなら、聞くと思うんです。父は、母のことがいまだに大好きなんですよ。母の方は、こう言っちゃなんですけど、父に対して、別にって感じなんですけどね。あのツンデレな態度で、父をつなぎ止めているのかもしれませんが。

ただ、父は父でものすごい頑固で、自分の考えを持っているし、自信があるので、なかなかそう簡単に母の言うことを聞くわけではないんです。そこがまた、父の厄介なところで」

「つかぬことを伺いますが、お父様、お仕事は？」

「医者をしてました。今はさすがにもう引退しましたけど、でも、結構最近まで、現役のお医者さんだったたんです。

だから尚更、人の言うことに聞く耳を持たない一面がありまして……」

ジャコメッティさんが、大きな大きなため息をつく。

なんとなく、パパジャコメッティの輪郭が見えてきた。確かに、一筋縄ではいかなそうな手強い相手ではある。

「もうすぐ、両親の結婚記念日なんですよ。父はそのために、今、母へのプレゼントを用意していて、多分、予告せず母のところに行って、サプライズでお祝いしようって企んでるんです。

でも、その日は雪の予報で……。

だから、絶対に絶対に父にハンドルを握らせたくないんです。できればもう一日でも早く、免許証を返してほしくて。雪道でスリップ事故でも起こしたら、それこそせっかくここまで積み上げてきた父の人生が、台無しになってしまう気がして……」

「お母様も、お父様の運転には？」

「大反対です。今はスマホでも画面越しに会えるんだから、わざわざ車で会いに来る必要はないし、買い物だって、宅配を利用すればいい、って。どうしても車が必要な時はタクシーのお世話になれば済むことだから、マイカーはもう必要ない。さっさとどこかに売っちゃってほしいって言ってます」

「ずいぶん、進歩的なお母様ですね」

私が言うと、

「そうなんです。母はものすごくさばけた人で」

ようやく、ジャコメッティさんの表情に陽が差した。

「母は、こうなったらもう離婚しても構わないとまで言ってるんです。どうせもうすぐお別れが来るのだし、生きている間に別れるのも死んでから別れるのも、そんなに大した違いはない、って。老人ホームに入ったのだって、家にいると、なんやかんやと父が母に対して面倒を見ようとするから煩わしいんです。

父は、自分がものすごく周りに気を遣って生きているって思っているんですけど、実際は逆で、周りがものすごく父に気を遣っているんですよ。本人がそれに気づいていないだけで」

私の家には父親という存在がいなかったので想像するしかないけれど、きっとそういう「お父さん」は世の中に多いのかもしれない。

「母への愛情は、本当だと思います。でも、それはあくまで自分にとって都合のいい愛情なんです。こうしろああしろ、これはダメ、って母に対してもいちいち世話を焼きたがるから、母はもう放っておいてほしくて、それで自ら老人ホームに移りました。

そこでちゃっかり年下のボーイフレンドまで見つけて、なかなか楽しくやっているんです。父には口が裂けても言えませんけど」

「まぁ！」

話を聞いているうちに、ママジャコメッティに会いたくなってきた。

「ここに、母が以前書いた離婚届があります」

ジャコメッティさんが、クリアファイルに挟んで持ってきた封筒の中から、緑色の線が印刷された薄い紙を取り出す。

「これと一緒に渡す、母からの最後通告の手紙を書いていただけないでしょうか？

本当は母が自分で書いてくれたらいいんですけどね。このことを母に相談したら、自分は年老いて目もよく見えないし、そんなの面倒臭くて嫌だって断られてしまって」

「じゃあ、お父様への説得自体は」

「母も納得済みで、了承を得ています」

だったら、離婚と引き換えに免許証返納を迫ることはできるかもしれない。

問題は、パパジャコメッティが激昂し、その怒りの矛先をママジャコメッティに向けることだったが、それを伝えたらジャコメッティさんが安堵の表情を浮かべて言った。

「私も、ちょっとだけそのことを心配していたんですけどね、母は父の性格をお見通しで、かなり自信があるようなんです。

だって、父は、自分が母を手のひらの上で転がしているつもりでいますけど、実際は母の手のひらの上で転がされているのが父なんです。

母の方が一枚も二枚も上手《うわて》だし、役者ですから、その点については、それほど心配していただかなくても大丈夫だと思います。

途中までこっちでお膳立てしたら、あとは母がすべてうまくまとめてくれるはずです」

「お母様、さすがですね」

私が言うと、ジャコメッティさんは、冬の朝陽のような澄んだ笑みを顔いっぱいに広げて頷いた。

「母には、本当に一日でも長く生きて、私達のそばにいてほしいです」

そんなふうに母親への愛情を素直に口にできるジャコメッティさんが、私はとても羨ましかった。

「わかりました。がんばってなるべく早く仕上げます」

なんとしてでも、この家族の力になりたいと本心から思いながら、私は言った。

パパジャコメッティが素直に納得して、自ら免許証を返納するような手紙である。書けるだろうか。

でも、プロの代書屋を名乗る以上、結果を出せなければ意味がない。

こういうことはこれまでお願いしたことはないのだけど、と思いながら、私は最後に付け加えた。

「あの、もしこの最後通告の手紙の件が成功したらなんですけど」

帰り支度をしていたジャコメッティさんが、手を止めて私の方を見る。

「お母様に、会わせていただくことって、できますか？　本当に、図々しいお願いで恐縮なんですが」

すると、いきなりそこに太陽が現れたかのような表情で、ジャコメッティさんが声を弾ませた。

「もちろんですよ！　ぜひぜひ。母も若い人が会いに来てくれたら、喜びます。

私達、子供ができなかったので、母は孫世代の若い方を見ると、積極的に話しかけて親しくなろうとするんです」

なんだか、大きな目標ができた。ママジャコメッティ会いたさで、代書仕事にも気合が入る。

「完成したら、すぐにご連絡します」

私は言った。まだそんな時間ではないはずなのに、外はもう一気に一日が終わりそうな薄暗さに包まれている。

「本当に、歴史的な大寒波が来てますね」

ジャコメッティさんが、首をすくめながら外に出た。

「気をつけてお帰りください」

外気に一瞬触れただけなのに、寒さで震えが止まらなくなった。

ツバキ文具店のガラス戸を閉めてから、私は早速仕事に取りかかった。何となく、手紙の内容はジャコメッティさんと話をしている時から、ぼんやりと霞のように出来上がっていた。

その霞が色褪せないうち、鳩居堂のオリジナル縦書き便箋を用意し、そこに筆ペンで文字をしたためる。

離婚届に書いてあるママジャコメッティの字を参考にしながら、意志の強そうな文字を綴る。

あなた、長い間、本当にお世話になりました。あなたと共に歩んだ、六十年。楽しい思い出が圧倒的に多いのは、あなたのおかげです。

あなたは、最高にすばらしい伴侶であり、最高にすばらしい父親でした。

だから尚更、私はこのような形であなたとお別れすることが、悲しくてなりません。あなたとは、生涯を添い遂げるつもりで生きてきました。

けれど、残念ですが、あなたは私より、車を愛していらっしゃるようです。

あなたが、医者として、多くの命を助け、人の幸せに貢献してきたことは、本当に私にとっても大きな誇りです。それなのに、あなたは、自分が運転する車で、誰かを傷つけてしまってもいいのですか？

あなたが事故を起こし、あなたが傷つき、最悪の場合命を落としても、それは自業自得で済まされます。

けれど、誰かを傷つけ、その人の人生を奪ってしまったら、せっかくあなたが大勢の人々の命を救ったことが、台無しになってしまうのです。

本当に、そんな人生の終わり方でいいのですか？

私は、加害者の妻として人生を終えるのは、断固お断りします。

ですから、あなたが車の運転を止めない以上、私はあなたと別れるしか方法がありません。

私を選ぶのか、それとも車を選ぶのか、どっちになさるのか、今すぐここで結論を出してください。

両方というのは、ありえません。

私は本気です。

あなたと別れても、これから先の人生、もうそれほど長くはないですから、手元にあるものだけで十分生きていけます。

離婚届を同封します。

この先も車を運転なさりたいのであれば、まずはこの離婚届を提出してからにしてください。

目先の便利さとプライドで、人の命を奪うなど、言語道断です。

事故が起こってからでは遅いのです。

人の命の重さを、あなたは誰よりも知っていらっしゃるはず。

ただ、もしもあなたが、車よりも私を選んでくださるのであれば、今度、ゆっくりと鉄道で巡る旅をしましょう。

私、九州新幹線にもまだ乗ったことがありませんし、もう一度、ハネムーンにでかけるつもりで、楽しい旅をご一緒しませんか？

列車の旅も、いいものです。私の車椅子、押してくれますよね？

私は、あなたのご判断を尊重します。

今一度、これから先の人生をどういう形で歩んでいきたいのか、そしてどういう顔で自らの人生を終えたいのか、冷静になって考えてください。

もし、結婚記念日に車で来てお祝いしようなんてお考

（楷書・行書の別なし）

えでしたら、それは私の方から先にお断りします。大きな
危険をおかしてまで、来ていただかなくて結構です。
もしかすると、これが、あなたに書く最後の手紙になる
かもしれませんので、もう一度、同じ言葉を繰り返します。
長い間、本当にお世話になりました。

離婚届の名前を確認しながら、ママジャコメッティの本名を記す。

筆ペンの文字が完全に乾いてから、手紙を、離婚届と共に封筒に入れた。

離婚届の証人の欄には、すでにそれぞれ違う筆跡で名前や住所などが書かれている。苗字と住所が同じだから、おそらくジャコメッティさんとそのご主人だろう。

家族が一丸となって、パパジャコメッティへのメッセージを伝えようとしているのだ。ここはなんとしてでも、成功に導かなくてはならない。

大雪になったら手紙の受け渡しもできなくなってしまうので、子供達に夕飯を食べさせてから、ジャコメッティさんの元へ手紙を届けることにした。

本来なら一晩、封を開けたまま仏壇に納めて、翌朝もう一度読み直してから封をするのだが、そう呑気なことも言っていられない。ニュースではしきりに、数十年に一度の大寒波が来ると騒いでいる。

念には念を入れて、防寒対策を講じた。出かける前に鏡を見たら、まるでこれから雪山登山に行く人みたいになっている。少々大袈裟かもしれないと思ったけれど、この先、何があるかわからない。無事に家に戻れることを祈りつつ、もしもの時のため、リュックに小鳩豆楽を入れて出発する。途中までバスで行き、そこから先は徒歩で向かう。

それにしても、瞬間冷凍されそうな寒さだ。寒いというより、痛かった。小さな小さな氷の棘《とげ》が、まぶたや頬に容赦なく刺さってくる。時刻はまだ八時前のはずなのに、まるで真夜中のように誰も人がいない。なんだか、人が住まなくなった限界集落を歩いている気分だ。

ジャコメッティさんが自宅の場所を丁寧に教えてくれたにもかかわらず、気がつくと私は迷子になっていた。浄光明寺《じょうこうみょうじ》の前で降参し、ジャコメッティさんに電話をかける。すぐにジャコメッティさんが迎えに来てくれた。その場で手紙を渡してもよかったのだが、一応不備がないかを確認してもらいたかったので、家に上げてもらった。

ジャコメッティさんが建築家で、ご主人はインテリアデザイナーとのこと。扇ガ谷の二世帯住宅は、自分たちで図面を引いて建てたという。どうりで、わが家とは対極にある、モダンで機能的な美しい住まいだ。

手紙に目を通してもらう間、私は玄関先で待っているつもりだったのだが、ジャコメッティさんが寒いから中に上がってくださいと譲らず、結局、家の中で待たせていただく。

本当に、わが家の暮らしとは別世界だ。どこからか静かにクラシック音楽が流れ、ジャコメッティさんのご主人が食後酒を飲みながらソファでくつろいでいる。

二匹の猫はお上品で、愛想がよく、すぐにダミ声で威嚇してくる野良猫のおばさんとは大違いだ。家の中に置いてある家具や調理道具もすべてが洗練されていて、ため息が出た。

けれど、私をもっともびっくりさせたのは、床暖房だった。ポカポカとして暖かく、今すぐ床の上にうずくまりたくなる。この家で暮らす猫達が、心底羨ましい。

最初にジャコメッティさんが、次にご主人が手紙を読む。いつだって、この場面は緊張する。心臓がパクパクして、どこに目を向けていいのかわからず、挙動不審になってしまう。

「ありがとうございます」

最初に声を上げたのは、ご主人の方だった。夫婦がふたりで頷きながら目配せしている。

「大丈夫でしょうか？」

恐る恐る、私は夫婦の本音に探りを入れた。

「完璧だと思います」

ジャコメッティさんが、穏やかに笑いながら言う。

「早く、お母さんにも見せたいね」

今度はご主人の方を見て、同意を求めた。

私がジャコメッティさんの家にいる間に、雪が降り始めた。八重桜がそのまま落ちてくるような大粒のぼた雪が、息つく暇もなく降ってくる。

再びダウンジャケットに袖を通し、帰り支度をした。早く家に帰らないと、帰り道が雪で閉ざされてしまうかもしれない。

「これ、よかったら使ってください」

帰り際、ジャコメッティさんがカイロをくれた。

「本当はもっとゆっくりしていただきたいんですけど、この雪は心配ですものね。わざわざ手紙を届けてくださって、すみません。今度、わが家にご飯でも食べにいらしてください」

ジャコメッティさんが、屈託のない笑顔を見せる。

フードをかぶり、外に出た。今度こそ迷子にならないよう、横須賀線の線路を手すりのように意識しながら夜道を歩く。

確かに、この場所でマイカーに頼らず生活するのは、並大抵ではない。山のふもとを切り崩す形で、ぎりぎりにまで家が建っている。

ふと気になって、ジャコメッティさん宅を振り返った。駐車場に一台、車が置いてある。私は車に全然詳しくないけれど、ころんとした丸い形の、かわいらしい車だった。

パパジャコメッティがあの手紙を受け取るのは、明日の朝になるのだろうか。とにかく、人事は尽くした。あとは、穏便に事が進むことを祈るしかない。

途中からバスに乗りたかったのだけど、次のバスが来るまでにまだかなり時間があるので、結局、家まで歩いて帰った。

雪は思いのほか長く降り、しっかり積もった。郵便ポストもお地蔵様も、マシュマロみたいな綿帽子をかぶっている。子供達、特に下のふたりは大はしゃぎで、雪だるまを作ったり、小さなカマクラを作ったり、ソリで遊んだり、白い世界を思う存分楽しんでいた。

大人も子供もみんな長靴を履いて、雪だるまみたいに着膨れして、あっちでもこっちでも、容赦なく滑っている。滑るだなんて、受験生の前ではご法度だけど。私も一回、雪道で思いっきり滑った。本当にマンガみたいな滑り方で、転んだ瞬間、笑いが起こる。雪がクッションになってくれたのか、派手な転び方をした割にはほとんど痛くなかったけど。

雪でお客さんが誰も来ないかと思いきや、ミツローさんのお店は開店以来の大繁盛だったという。みなさん、雪が降ったことで非日常の雰囲気に浮かれていたのかもしれない。大変だ大変だと口にしながらも、どこか楽しそうにはしゃいでいる。ひとりで楽しむ雪見ホットワインもまた、乙な味だった。

このまま雪に閉ざされるのも悪くないかも、なんて思っていたら、ある日、カーテンを開けるようにパーッと青空が広がって、一気に雪が解けた。雪解け水が、今度は小川となって道路の横を流れている。

こうなると、季節が大股でジャンプするように、梅の蕾がぷっくりとお餅みたいに膨らんでくる。雪に包まれていた日々が、まるで嘘のように思えた。

ＱＰちゃんの受験勉強もいよいよラストスパートだし、ここはひとつ、ジャコメッティさん一家を見習って、わが家も家族一丸となって難局を突破しようではないか。

青空を見上げていたら、いつになく心が筋肉質になり、逞しくて前向きな気持ちが芽吹いた。

パパジャコメッティは、ママジャコメッティからの離婚届付き最後通告を受け取ってすぐ、その日のうちに運転免許証を返納したそうだ。

やっぱり、実物の離婚届が功を奏したらしい。激昂もせず、号泣もせず、ただ淡々と手続きを済ませ、早々に車も手放したという。

ママジャコメッティの勝算は、見事に的中した。

「これまで、母の方からは一切、免許証の返納に関して言わなかったのがよかったのかもしれません」

電話で報告をくれたジャコメッティさんは、はきはきと明るい声で言った。

「母は、いつかこういう日が来て家族が困るだろうって、もう何年も前からわかっていたんですって。だから、その時が来たら自分が一発で解決できるように、あえてそれまでは口出しせず、状況を静観していたんですよ」

「さすがですね」

私は言った。

ということは、私は近い将来、ママジャコメッティに会わせてもらえるのだ。

「母も私達と一緒になって、父にあーだこーだと免許返納を迫ってたら、父は臍を曲げて、完全に意固地になっていたでしょうね。そうしなかったからこそ、母のトドメの手紙がピンポイントで最大限の効果を発揮したんだと思います。

それもこれも、すべて鳩子さんのおかげです。本当に、ありがとうございました。

母もすごく感謝してまして、直接お礼を伝えたいって申しております」

凍えそうになりながら、誰もいない夜道を黙々と歩いて手紙を届けに行ったことも、無駄ではなかったのだ。あー、よかったと、私は心の底から安堵した。

「ご両親、第二のハネムーンに行かれるんですね！」

電話口で私が言うと、

「父は、自分が仕切るって張り切って、今、一日中パンフレットとにらめっこしてますよ」

ジャコメッティさんが声を弾ませる。

「いいご夫婦ですね」

きっと先代も、美村氏と、本当はそんなふうに時を重ねたかったのかもしれない。そう思ったら、なんだか鼻の奥がツーンとなった。

「今度、母が老人ホームから一時帰宅する時、ご連絡しますね。よかったら、わが家へ遊びにいらしてください」

ジャコメッティさんの言葉に、私は笑顔で頷いた。

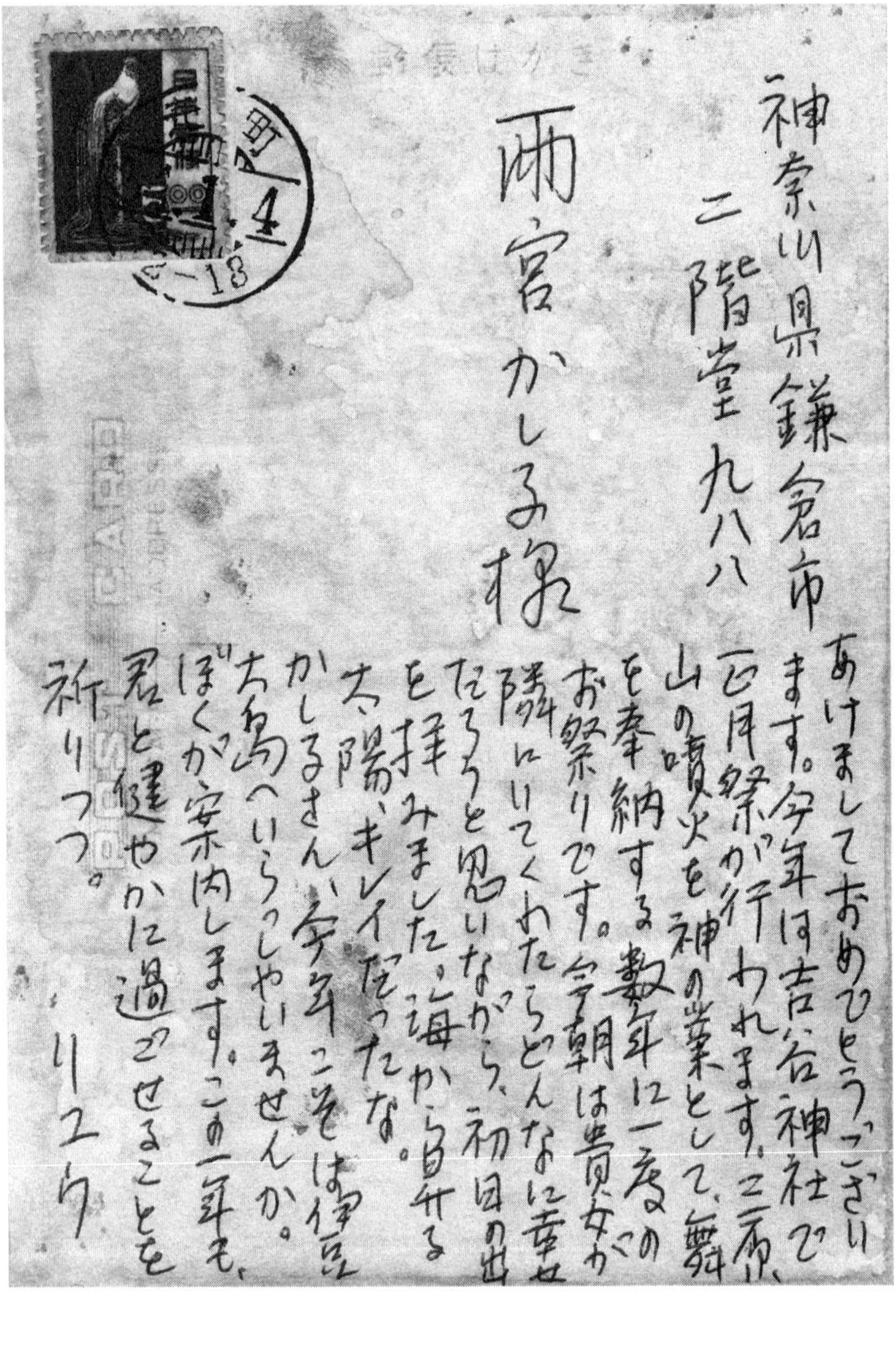
郵便はがき

神奈川県鎌倉市
二階堂九八八
雨宮かし子様

あけましておめでとうござい
ます。今年は吉谷神社で
正月祭が行われます。三原
山の噴火を神の業として、舞
を奉納する数年に一度の
お祭りです。今朝は貴女が
隣にいてくれたらどんなに幸せ
だろうと思いながら、初日の出
を拝みました。海から昇る
太陽、キレイだったな。
かし子さん、今年こそは伊豆
大島へいらっしゃいませんか。
ぼくが案内します。この一年も、
君と健やかに過ごせることを
祈りつつ。
リュウ

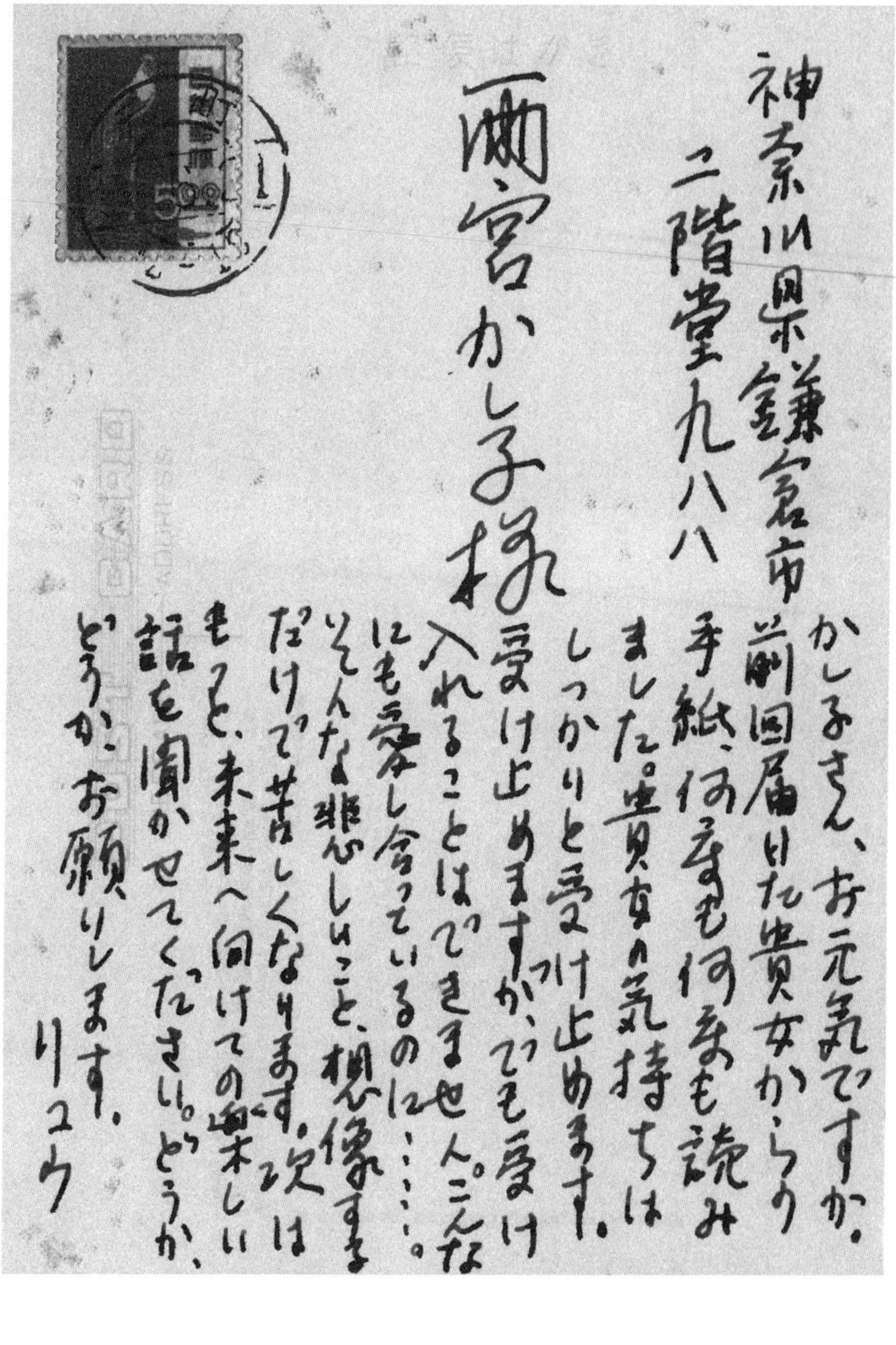
神奈川県鎌倉市
二階堂九八八
雨宮かし子様

かし子さん、お元気ですか。
前回届いた貴女からの
手紙、何度も何度も読み
ました。貴女の気持ちは
しっかりと受け止めます。
受け止めますが、でも受け
入れることはできません。こんな
にも愛し合っているのに……。
そんな悲しいこと、想像する
だけで苦しくなります。次は
もっと、未来へ向けての楽しい
話を聞かせてください。どうか、
どうかお願いします。
リュウ

美村氏からの二通目と三通目のハガキも、やっぱり本の間から現れた。

先代は、彼からのハガキを栞《しおり》として使っていたのだろうか。それとも、挟んであったページに、実は重要なメッセージでも隠されていたのだろうか。

もうどこのページに挟んであったかはわからないので、たとえそうだとしても、今更先代からのメッセージを読み解くことは難しいのだが。

一体、美村氏は何通の手紙を伊豆大島から先代に向けて送ったのだろう。

美村氏のハガキには日付が書かれていないし、消印もほとんど読み取れないので明確にはわからないが、こうやって点と点をつないでいくと、ぼんやりとだが先代と美村氏との関係が浮かびあがってくる。

私は、時間を見つけては、先代の本棚に並んでいる本を一冊ずつ抜き取って、ページとページの間にハガキが挟まっていないかを検分した。

その封書が出てきたのは、万葉集と古今和歌集の間だった。ページの間に挟まれていたのではなく、本と本の間に滑り込ませるような形で挟まっていた。

表書きに、「美村龍三様」とあり、美村氏の住所が記され、切手も貼られている。印象深い緑色の梵鐘の六十円切手には、けれど消印は押されていなかった。裏には、差出人としてツバキ文具店の住所と先代の名前が記されている。

もしも封がしてあったら、私はそのまま闇に葬るつもりだった。けれど、先代はまだ封をしていなかった。

もう一度読み直すつもりだったのかもしれないし、他にも何か入れるつもりだったのかもしれない。

とにかく、封がされていなかったのを理由に、私は中から便箋を取り出し、読み始めた。

先代に、心の中で謝りながら。

前略、ごめんくださいませ。

ご無事ですか？

テレビのニュースで、三原山が噴火しそうだと知り、ここ数日、テレビ画面にかじりついて状況を見守っておりましたが、ついに夕方、大噴火を起こしたようです。

もう何年も、いや十年以上もご無沙汰してしまっているのに、いきなりこんな手紙を送りつける不躾を、どうかお許しください。けれど、私は美村さんのことが心配で心配で、いてもたってもいられません。

地震も続いているとのこと。鎌倉でも少し、揺れを感じました。

黒い煙が舞い上がって、赤々とした炎が大地から吹き出す映像に、震えが止まりません。あの映像を繰り返し見るたび、あなたが無事であるよう、祈るような気持ちでおります。

引き続き、噴火活動が活発化しているそうです。元町に向かって、溶岩が流れている様子です。元町って確か、あなたが私を迎えに来てくれた港ですよね。

知り合いが、神奈川県内の高台からも噴火が見えると話してました。一刻も早く自衛隊への出動要請が出ないものかと、気が気でなりません。

そしてついに、全島避難の指示が出たそうです。

とにかく、溶岩が来る前に逃げてください。お願いします。

真っ暗な中、着の身着のまま東海汽船の船に乗る人々の中にあなたがいないか、目を皿のようにして探しております。けれど、まだ見つけることができません。

どうか、あなたも、あなたのご家族も、ご無事でありますように。

船に乗れますように。

ただただ、それだけを念じております。

雨宮かし子

美村龍三様

前略。

島に取り残された犬や猫が多数いるとのこと。あなたのお宅で飼われていた牛のことが気がかりです。

大島の海面の温度が上がり、海水が赤くなっている様子が、映像から見てわかりました。地震もまだ続いているようです。地下活動は、収まる様子がありません。

さっき崖崩れの様子を見ていたら、涙が出て止まらなくなってしまいました。あなたと手をつないで歩いた椿のトンネルや、あなたの好きな波治加麻神社、海を前にして焚き火をした砂の浜、あなたが案内してくれた樹齢八百年の椿の大木。

色々なことを思い出し、胸が苦しくて苦しくてなりません。まるでわたしとあなたが過ごした時間までが、溶岩に飲み込まれてしまうようで……。

三原山のことを、あなたは御神火様とおっしゃってましたけど、本当にそうなのだと納得しました。

島民の方々は、避難先の稲取から、東京都が用意した施設に移られたとのことですが、あなたも、ご家族と共にスポーツセンターに移られたのでしょうか。

そこに行けば、あなたにお会いできますか。

一目でいいから、あなたの無事をこの目で確かめたいと思っております。

伺っても、よろしいですか？

どうか、大変な状況とは思いますが、お体もお気持ちも、健やかでありますよう。

かしこ

前略、失礼します。

本当に恐ろしいですね。全島避難が無事に済んでいたことだけが不幸中の幸いです。地面から勢いよく立つ火柱を呆然と見つめながら、あなたと過ごした時間を思い出しています。

この先、伊豆大島はどうなってしまうのでしょう。

島民の方々は、また大島に戻りたいとおっしゃっていると聞きました。着の身着のまま、取るものも取りあえず命からがら避難されてこられたことを思うと、本当に気の毒でなりません。

避難所での生活はいかがですか？ 何か足りないものや、必要なものはないですか？

少しでも、私が何かのお役に立てればと思うのですが、もしかすると、私が駆けつけることで逆にあなたにご迷惑をおかけしてしまうのではないかと、そんなことを想像すると、なかなか身動きがとれなくなってしまいます。意気地なしで臆病な自分が、本当に情けない限りです。
たった一言でいいから、あなたからご無事だという声を聞きたい。

かしこ

封筒に収められていた便箋は、全部で七枚だった。それぞれ、別のタイミングで書かれたものらしく、筆記用具も筆跡も、微妙に異なる。

おそらく、投函しようと思って書いたものの、結局出さなかったのだろう。確かに、その時伊豆大島の美村氏の家の住所に送っても、避難中でそこには誰もいないわけだし、そもそも郵便物自体、届かないに違いない。

強引に、避難先と思われるスポーツセンターに送ることもできたかもしれないが、先代は結局それもしなかった。

調べると、島外避難指示は約一ヶ月後に解除され、避難していた島民の人達は大島に戻っている。ということは、美村氏もまた、家族と共に住み慣れた伊豆大島に戻ったと考えるのが自然だ。

何枚もの便箋に手のひらを重ねながら、この手紙を書いていた当時の先代の心模様に光を当てる。

本当は、避難先まで会いに行きたかったのに違いない。でも、実際には会いに行かなかった。いや、行きたくても行けなかった。美村氏は独身ではないのだし。家族と共に避難している美村氏を見るのが、怖かったのかもしれない。だから自分のことを、先代は「意気地なしで臆病」と非難しているのだと思った。

実は、冬馬さんがわざわざ鎌倉まで届けてくれた先代から美村氏宛てに書かれた手紙の入った箱には、一通、開封されていない手紙が含まれている。これは、三原山の噴火の際に書いたものの結局出さなかった手紙とは違い、実際に投函され、海を渡って美村氏の自宅へ届けられたものだ。

けれど、開封はされず、美村氏に読まれることはなかった手紙である。

消印を見ると、そんなに昔に出された手紙ではない。おそらく先代が、最晩年に書き送った手紙である。

もしかすると、美村氏が先代に送ったハガキはまだ他にもあるのかもしれないが、ひとまず、出てきたことを報告するため、冬馬さんに連絡した。本棚の本は一通り端から端まで一冊ずつ調べたので、もっと他にもあるとすれば、別の場所ということになる。

「美村龍三さんが祖母に宛てて書いた手紙、見つかりました」

私がメッセージを送ると、

「やっぱりありましたか！」

ほどなく、冬馬さんから返信が来た。

「ふたりの手紙、どうしましょう？」

私がメッセージを返すと、

「僕としては、一緒に成仏させてあげることを希望します」

冬馬さんが提案した。

実は私も、ふたりの手紙を供養してあげたいと考えていた。

私は、自分が毎年行っている手紙供養について、冬馬さんに説明した。すると、冬馬さんから、またほどなくメッセージが送られてきた。

「だったら、おばあさまとおじ、ふたりだけのために、旧暦の二月三日、特別に供養するというのはどうですか？」

すぐにカレンダーで、旧暦の二月三日がいつか調べる。それはちょうど、ＱＰちゃんの受験の日から数日後だった。タイミングとしては、ちょうどいいかもしれない。

「どこで？」

取り急ぎ私が敬語なしで返すと、しばらく時間が経ってから、

「できれば大島でやってあげたい」

冬馬さんからも、敬語なしで返事が来た。

しばらく考えた末、また私から返事を打つ。

「では、そうしましょう。ふたりがやりとりしたすべての手紙を持って、私が大島に行きます。そこで、手紙を全部燃やして、灰にしましょう。祖母も、それを望んでいるような気がします」

確かに、ふたりの思い出の場所で供養してあげれば、ふたりは喜んでくれるに違いない。

「いいですね。その頃だったら、まだ椿の花がきれいです。伊豆大島を案内しますので、また近くなったら連絡を取り合いましょう」


胸の奥がざわざわする。やましいことなど何ひとつないけれど、夫以外の男性に会うため伊豆大島に行くことを思うと、なんだか喉が渇いて水が飲みたくなった。日帰りでも行けなくはないが、やはり一泊以上した方が、時間を気にせず先代と美村氏の面影に向き合うことができる。

ミツローさんに、どう説明すればいいだろうか。

事情をすべて明るみにすれば、ミツローさんはいいよ、と笑顔で送り出してくれるに決まっている。けれど、そうすると先代の道ならぬ恋について、ミツローさんにも話さなくてはいけなくなる。

先代の恋は、どうしてもミツローさんに秘密にしておきたかった。先代が、それを強く望んでいるような気がしたのだ。


ミツローさんがしたたかに酔って夜遅くに帰宅したのは、それから一週間後のことである。

まさに、泥酔だった。もともとミツローさんも、私と一緒でそれほどお酒は強くない。強くはないが、決して嫌いではない。でも、酔っぱらうと気が大きくなって何も仕事をしたくなくなるので、店ではいくらお客さんに勧められても、飲まないように気をつけていた。それなのに、

「鳩ちゃーん、鳩ちゃーん、ポッポちゃーーーーーん」

すでに布団に入って寝ていた私にいきなり覆いかぶさって、冷たい唇を重ねようとする。思いっきりアルコール臭かった。ミツローさんの服や髪の毛から、外の世界の匂いがぷんぷんする。

無理やり舌を入れようとするので、断固、拒否した。いくら夫婦といえど、いや夫婦だからこそ、TPOをわきまえてほしい。今、私にはこれっぽっちも、その気がない。夫婦の間でも、強引に体を押さえつけられたりするのは、不愉快だ。

ちょっと羽目を外して、飲みすぎてしまったのだろう。そう大目に見ていたら、次の日も、そしてまたその次の日も、ミツローさんは同じように酩酊状態で帰宅した。

さすがに、何かあったのかもしれないと不安になる。もう半分寝ているところを無理やり起こされて不機嫌だったものの、ミツローさんのことも心配ではあるので、私は起きてミツローさんの話を聞くことにした。

生前、先代が愛用していた半纏《はんてん》に袖を通し、コタツのスイッチを入れる。ミツローさんには白湯を用意する。ミツローさんにもコタツに入ってもらい、向かい合った。

「どうしたの？　何かあった？」

ミツローさんの目を見て問いかけると、ミツローさんが痛いのを我慢する子供みたいに、ぼたぼたと大粒の涙をこぼした。酔っ払いの相手をするのは面倒臭いなぁ、と内心苦々しく思いながら、ミツローさんの前にティッシュの箱を移動させる。

「泣いてちゃわかんないでしょ」

私は言った。ミツローさんが泣く姿を見るのは、久しぶりかもしれない。

ミツローさんは貝のように押し黙っているし、さすがに私も眠くなって、そろそろ布団に戻ろうかな、と思っていた矢先、ミツローさんがごにょごにょと何かをつぶやいた。

「え、何？　聞こえないんですけど」

私がやや突き放した感じで言うと、

「鳩ちゃんさぁ、鳩ちゃんさぁ」

ミツローさんがまた、痛いのを我慢する子供みたいな泣きべそをかく。いい加減酔っ払いの相手をするのにうんざりし、私は強い口調で言った。

「だから何？」

こっちだって子供達の面倒で忙しいのだから、と愚痴のひとつも言いたくなってくる。

「また明日の朝ちゃんと話そう。もう寝るからね」

私が立ちかけると、ミツローさんはようやく口を開いた。

「鳩ちゃん、好きな男ができたの？」

「はぁ？」

あまりにミツローさんが突拍子もないことを言うので、私は思わず大声を出した。藪から棒に何を言い出すのかと思ったら。

「そんな暇、あるわけないでしょ」

不機嫌になって私が言い返すと、

「だって、鳩ちゃんが去年の秋、知らない男と喫茶店で会って楽しそうにしてたの、見たって。常連さんが」

その言葉で、私はすべてを納得した。そういうことだったか。壁に耳あり障子に目あり。鎌倉というのは、本当にそれを地でいく土地柄なのだ。

知り合いに会わない場所と思ってわざわざブンブン紅茶店を選んだのに、それでもやっぱり誰かに見られていたのである。

「あの人は、全然そういうんじゃないよ。裏駅の方に用事があるっていうんで、昔貸した漫画を返しにきてくれただけ。小学校の同級生」

口から出まかせで、とっさに嘘をついていた。

「そうなの？」

鼻水をじゅるじゅると垂れ流しにしながら、ミツローさんが私を見る。大の大人でも、こんなふうに泣いたりするのだ。

「じゃあ、なんで言ってくれなかったの？ 誰かと会うなら会う、って教えてくれたらよかったのに」

ティッシュで顔を拭きながら、ミツローさんが訴える。

「そんなの、もう大人なんだし、いちいち誰と会うとか、言わないでしょ」

私は口を尖らせた。こんなんじゃ、伊豆大島に泊りがけで行くなんて、口が裂けても言えそうにない。

「明日も早起きだから、もう寝るね。おやすみなさい」

おやすみ、と返事をするミツローさんの声が弱々しく追いかけてくる。

けれど、布団に戻ってからも、なかなか眠れなかった。

ミツローさんが寝室に来ても、目を閉じたまま寝たふりを通す。ミツローさんの鼾《いびき》がうるさいので、途中、何度か体をゆすって寝返りを打たせた。

ようやく眠りにつけたのは、夜明け間際の頃だった。さすがにその日は一日眠くて、二日酔いみたいに頭がぼんやりした。


ミツローさんと結婚する時、ひとつだけ、絶対に絶対にこれだけは守ろうとふたりで約束したことがあった。それは、ミツローさんの前の奥さんである美雪さんの死因についてだ。

事件当時、ＱＰちゃんは二歳前。美雪さんはＱＰちゃんとスーパーで買い物をしている時、刃物を持った見ず知らずの男に後ろから追いかけられ、刺され、殺された。

だから、私と初めてスーパーマーケットに入った時、ＱＰちゃんは早くその場から立ち去ろうとして、ちょっと様子が変だった。

けれど、成長するにつれて、スーパーにも普通に入れるようになった。どうやら、ＱＰちゃんに具体的な記憶はないらしい。

どんな母親でもきっとそうするだろうと思うが、美雪さんは幼いＱＰちゃんをかばった。かばって、自分が犠牲になった。でも、そのことをＱＰちゃんには知ってほしくない。私も、ミツローさんも、そう思っていた。

だから、ＱＰちゃんに嘘をつき通そうと誓い合ったのだ。ＱＰちゃんのお母さんがなんで亡くなったのかと聞かれたら、交通事故だったということにする。本当のことは、絶対に絶対に口が裂けても言わないと約束した。ミツローさんがなんとなく高知の実家から足が遠くなっているのは、そのせいもあるのかもしれない。

私は内心、そう思っている。

ＱＰちゃんは、私が彼女の生みの親ではないということを、はっきりと理解している。ＱＰちゃんの反抗期が始まったばかりの頃、どうせアンタとは血なんかつながっていないんだから、余計な口出しすんじゃねー、と突き放すように言われたことがあった。

今でもその時の言葉が、棘のように私の胸の柔らかい場所に刺さったままだ。

私がミツローさんと出会った時、ＱＰちゃんは五歳だった。だからさすがに二歳で別れた、生みの親の美雪さんの記憶はなくても、私が後から来た人間だというのはわかっているのだろう。わが家には、美雪さんの仏壇も置いてあるし。

それから、まだ十年はオーバーだけど、それに近い年月は一緒にいる計算だ。

だからもう、自分が産んだとか産まないとか、どうでもいいというかそのこと自体を忘れてしまっているくらい、ＱＰちゃんと家族になった。

家族を家族たらしめるのは、血ではなくて時間だと、私は胸を張って断言できる。でも、ＱＰちゃんと私が血のつながった母と娘でないというのもまた、紛れもない事実だった。

結婚当初、私とミツローさんが心配していた美雪さんの死因については、ＱＰちゃんからまだ一度も聞かれていない。ミツローさんも、聞かれていないはずである。

そうこうするうちに、ＱＰちゃんの高校受験が目前に迫った。まだ反抗期は続いているものの、一時期の激しい言動はおさまってきている。

その頃のＱＰちゃんをイガグリとするなら、今は薔薇といったところだろうか。去年の夏休みの頃は完全に無視されていたけど、最近は、三回に一回くらいは返事をしてくれるようになった。大きな進歩である。

その日の朝も、私が台所で洗い物をしていたら、ＱＰちゃんがスーッと隣にやって来て、いきなり私に向かって言った。

「あのさ、高校合格したら、私もサーフィンやっていい？　ってゆうか、やることに決めたから」

相変わらず言葉尻はつっけんどんだけど、こんなに長い発言は久しぶりだ。ただ、いきなりサーフィンと言われても、どう答えていいかわからない。

「お父さんは？　もう相談した？」

洗い物の手を休めずに私が質問すると、

「お父さんがサーフィン、教えてくれるって」

ＱＰちゃんが、また仏頂面で返事をする。

「だったら、いいんじゃない？　お父さんと一緒に海に入るんでしょ」

私が言うと、

「マジで？」

ＱＰちゃんが目を丸くする。

「いいと思うよ」

私が繰り返すと、

「絶対に反対してくると思った」

ＱＰちゃんが、どこか一点を睨みながら言う。でも、その前に合格しなくちゃね、という言葉は飲み込んだ。余計な一言を放って、また関係をこじらせるのは避けたい。

「時間、大丈夫なの？」

時計を見ながら私は言った。

「あ、行かなきゃ」

ＱＰちゃんが玄関の方へ向かう。

いつの間にあんなに背が伸びたのだろう。スカートが、かなり短くなっている。

「いってらっしゃい。気をつけてね」

私が背後から声をかけると、

「いってきます」

まるで男子学生みたいな低い声で、ＱＰちゃんが後ろ向きのままつぶやく。そんな素っ気ない一言でも、ないよりはあった方がずっとずっと心が明るくなる。

久しぶりに、まともな母と娘の会話ができたことに嬉しくなった。本当は、その場でぴょんぴょん飛び跳ねたい気分だった。

いつも通りの朝のはずなのに、なんだか新しい朝というか、大袈裟かもしれないけれど、新しい時代を迎えるかのような壮大な気分になっていた。

ＱＰちゃんをいつも通り送り出してから、私はすぐにペンを取って、その場で手紙を書き上げた。善は急げだ。この気持ちが私の胸の中から気化してしまう前に、言葉のカプセルに封じ込めておきたい。

ＱＰちゃんの元気が出るように、普段は使うことのない紫色の文字を綴る。なんだか、自分も中学生に戻ったような心境だ。

それが、何よりの親孝行だとお母さんは思っています。

　健やかに育ってくれて、どうもありがとう。

QPちゃんと家族になれて、お母さん、本当に本当に幸せです。

　この入学試験を無事に突破して、QPちゃんの人生がまた一歩、夢に近づくことを祈ってます。午後の試験も、全力を出し切ってくださいね。応援してます！

P.S.
試験が終わったら、お母さんと伊豆大島にふたりで旅行しませんか？

お母さん、どうしても行かなくちゃいけない用事ができました。

よく考えたら、QPちゃんとふたりだけで旅をしたこと、まだないしね。卒業記念旅行です。

詳細は、また後でお知らせします。

母より

QPちゃんへ

受験勉強、お疲れさまでした。毎晩毎晩、本当に遅くまで勉強して、よくがんばったと思います。

眠いはずなのに、朝もきちんと起きて一日も遅刻せずに登校して、本当にえらいなあ、って、お母さんはいつもそう感心して見てました。

なんだか、あなたに急に手紙を書きたくなったのです。

あなたが今これを読んでいるってことは、多分お弁当の時間ですね。もしまだお弁当に手をつけていなかったら、これを読む前にまずお弁当を食べてください。腹ごしらえは、大事ですから。

QPちゃんと家族になって、この家で一緒に暮らすようになって、もう何年が経つんだろう？

小学一年のQPちゃんにはまだランドセルが大きかったのを、まるで昨日のことのように思い出します。

QPちゃんは、大きな怪我をすることもなく、病気で入院することもなく、すくすくと大きくなってくれました。

ツバキ文具店でも扱っている、今人気のイラストレーターさんの絵が描かれた、かわいいけどかわいすぎない封筒に入れて、シールで止める。

受験の当日、数日前に書いたこの手紙を、受験会場でお昼に食べるお弁当と一緒に入れた。何かを具体的に伝えたいわけではなかった。

ただ、QPちゃんに手紙を書きたいと強く思ったのだ。

ここ一年は母娘らしい会話も振る舞いもほとんどなかったけれど、そのことについてはあえて触れなかった。

冬馬さんには、中三の娘も連れて行くかもしれません、とメッセージを送り、ミツローさんへはQPちゃんとふたりだけで泊まりがけの旅行に行ってみたいと伝えた。

もしかしたら、私が誘っても、QPちゃんは来てくれない可能性だってあるけれど。その時はその時で、腹をくくるしかない。

そして今年も、旧暦の二月三日が巡ってきた。

この日に向けて、今年もぼちぼち、年明けから手紙供養の手紙が届いていた。中には、海外から送られてくる手紙もある。どれも、自分では処分できない手紙である。それらを、当事者に代わって私が庭で燃やして供養する。

先代が律儀にやっていた年中行事で、私の代でやめてしまったことは多々あるけれど、この手紙供養だけは、私も引き継いだ。

年々、送られてくる手紙の数は目に見えて減ってきているものの、ゼロではない。送られてくる手紙の数がゼロにならない限り、私もこの行事を続ける覚悟である。

今年は伊豆大島での特別な手紙供養も控えているが、その前にまずはいつもの手紙供養だ。

バケツにたっぷりと水を汲んで裏庭に運び、縁側で手紙の仕分けをする。寄附に出すための切手は、すでに打ち目にそってきれいに切り取ってある。

それから手紙の山を作り、乾燥した落ち葉や枯れ枝を混ぜ、種火を点ける。火を点けるのは、回を増すごとにだんだんと上手になった。今回は、見事一発で着火した。

炎を見ながら、そういえばそうだったなぁ、と思い出した。

まだ私がこの家に戻って間もない頃、同じようにここで旧暦の二月三日に手紙供養をしていたら、お隣のバーバラ婦人がひょっこり顔を出し、焚き火をしているなら家にあるバウムクーヘンを焼いてもらえないかと頼まれたのだ。

承諾すると、それだったら、お結びやじゃが芋、さつま揚げやカマンベールチーズも焼いちゃおうということになった。しかも途中からは、バーバラ婦人が持っていたロゼのシャンパンも飲んだりして、あれは本当に楽しい手紙供養だった。

思い返せば十年前、私は鎌倉でひとりぼっちだったのだ。バーバラ婦人とのご近所付き合いだけが、かろうじて、血の通った交流だった。

それなのに、私はいつの間にやら、家族に囲まれて暮らしている。

ツバキ文具店を引き継いだ当初はたったひとりでこの古い日本家屋に住んでいたのに、ひとり、ふたりとメンバーが増え、今では五人で同じ屋根の下で暮らしている。よく考えれば、起伏に富んだ激動の十年なのだ。

それに、ツバキ文具店のお客さんだって、以前は見知らぬ人ばかりだったのに、今では男爵にしろマダムカルピスにしろ舞ちゃんにしろ、気心の知れた常連さんがたくさんいる。

自分はなんて恵まれているのだろう。

そう思ったら、煙との相乗効果で、目にじわじわと涙がにじんだ。

焼き鳥屋の店主よろしく、熱心に団扇をあおぐ。

言霊《ことだま》たちが、煙と共に三月の朝の空に吸い込まれていく。

昨日の夜、QPちゃんには待ち合わせ場所を詳しく書いたメモを渡した。QPちゃんは午前中、学校で卒業式の打ち合わせなどがあり登校しなくてはいけないし、私も少し早めに家を出て冬馬さんへのお土産なども買いたかったから、伊豆大島行きのジェット船が出港する東京の竹芝客船ターミナルで待ち合わせることにしたのだ。

QPちゃんも、もう十五歳。ひとりで電車に乗ることくらい、難しくないはずだ。

学校が終わってから慌てずに移動することを考え、午後に出る遅い方の便で行くことにした。伊豆大島までは、竹芝客船ターミナルからジェット船で一時間四十五分かかる。熱海からもジェット船が出ていて、時間としては半分以下で着くけれど、出港の時間がうまく合わなかった。

送られてきた手紙がすべて灰になるのを見届けてから、入念にバケツの水をかけて消火する。それから文塚の方へ移動し、今年も無事、手紙供養が執り行えたことを手紙の神様に報告した。

藪椿は、この世の春を謳歌するみたいに花盛りだ。真っ赤でもなく、朱色でもなく、ワインレッドでもない、この藪椿の独特な美しい赤が、緑色の樹冠いっぱいに散らばっている。

私は、そっと藪椿の幹に触れて囁いた。

行ってきますね。

一瞬、藪椿の木に登って、つま先をぶらぶらさせているおてんば娘の先代が見えた気がした。

家に帰って着替えをし、忘れ物がないかをチェックして、出発の準備を整える。

ミツローさんは、すでに店の方へ行ったらしい。結局最後まで、先代の道ならぬ恋については、ミツローさんに話さなかった。

先代と美村氏がやりとりした手紙やハガキは、すべてひとつの箱に収め、それを風呂敷で包んで旅行鞄の一番下にしまってある。これだけは、何が何でも忘れてはいけない。

再度火の元を点検し、最後に家に鍵をかけて出発した。

横須賀線に乗り、東京方面に出かけること自体が久しぶりだった。

新橋で降り、竹芝客船ターミナルまで少し歩いた。鎌倉駅で電車に乗ってから、一時間ちょっとかかっている。

冬馬さんへのお土産は、鳩サブレーにした。伊豆大島も東京都なので、東京のお土産より、鎌倉のお土産の方が喜ばれると思い、駅に向かう途中、豊島屋さんの本店に寄って買い求めた。

あまりに芸がないかとも思ったけど、鳩サブレーに勝る鎌倉のお菓子などあるわけない。もちろん、クルミッ子だって鎌倉を代表する立派な銘菓だが、確実に決めたかったら、やっぱり鳩サブレーの方だろう。船の中で食べようと、自分用の小鳩豆楽も持ってきている。

ジェット船が出るギリギリの時間まで桟橋に立って待っていたけれど、結局、ＱＰちゃんは現れなかった。ＱＰちゃんからは、はっきりと一緒に行くという返事はもらっていなかったし、私も私で、気が向いたら来てね、としか伝えていない。

もしかして来る途中で事故にでもあったのかもしれない、と不穏な気持ちが過ぎったものの、多分そうじゃないことは、頭の片隅でわかっている。

私は、それ以上ＱＰちゃんを待たず、予定通り船に乗った。ふたり分のチケットを買って待っていたので、一枚無駄になってしまったけれど、仕方がない。私は勝手にふたりで卒業記念旅行するのを楽しみにしていたけれど、ＱＰちゃんにはその気がなかったのだ。

結局、私だけの一人旅になった。

でも、ＱＰちゃんは絶対に大丈夫。

ジェット船の座席に座り、窓からじょじょに離れる桟橋を見ながらそう思った。

それに、もともと伊豆大島は、私がひとりで行かなくてはいけない旅だったのだ。ＱＰちゃんとの卒業記念旅行にしてカモフラージュしようとした自分は、やっぱり料簡が狭かったと反省する。

船は、あっという間に港を離れた。

さすが、ジェット船である。時速八十キロのスピードを保ちながら、海面を滑るように直進する。柔らかい春の光が、東京湾を慈しむように照らしている。

私は、膝の上にラブレターの箱をのせ、風呂敷をほどいた。

実は、まだ一通だけ、読んでいない手紙がある。先代が実際に投函し、けれど美村氏が開封しなかった手紙である。

最初は、読まないでおこうと思っていた。自分宛てに書かれた手紙でない以上、読まないでおくのがマナーだと。

でも、時間が経つにつれて少しずつ気持ちが変化した。

勝手な解釈かもしれないけれど、先代が美村氏との関係を、私や冬馬さんに知ってほしいというか、理解してほしいと願っているのではないかと感じるようになったのだ。

誰かたったひとりでも構わないから、第三者の目で、自分達の愛を本物だったと認めてもらうのを望んでいるのではないか。そのために今、私や冬馬さんが奔走しているのかもしれない、と。

封筒の口の間に、家から持ってきた携帯用のペーパーナイフをそっと滑り込ませ、力を込めて開封する。

その瞬間、中から先代の気配を感じたのは、気のせいだろうか。

いや、そうじゃない。私は確かに、封筒の中で眠っていた先代の息吹を感じとった。

きれいに三つ折りにされていた便箋を広げ、私はゆっくりと読み始めた。

開封されていなかったということは、先代がこの手紙を送った時、すでに美村氏はこの世にいなかったのだろう。

先代は、そのことを知らずに、手紙を書いたのだろう。

ゾウさん、あれから、長い月日が流れました。時間が経てば経つほどに、あなたと過ごした記憶が鮮明になっていくというのは、不思議な現象です。

今さらこんな手紙をあなたに送りつける無礼を承知で、私はこの手紙を書いています。だって、もう何十年も前ですもの。あなたはもう、私のことなど、名前も顔も忘れているかもしれませんね。

私は今、病院のベッドでこの手紙を書いています。もう、長くはありません。

あなたに手紙を出そうか出すまいか、随分と逡巡しました。

病院の中庭に、夏椿の木が植えられているのですが、それが見事な花を咲かせています。その姿を見ていると、つい、あなたのことを思い出してしまいます。そして、今、あなたはどうしているのだろう、どこで、どんな景色を見ているのだろう、とそんなことばかり考えてしまうのです。

（痛み止めのお薬が効いてきたのか、ちょっと眠くなってきたので、ここで一回、休憩しますね。目覚めたら、また続きを書くことにします。）

失礼しました。

先ほど、伊豆大島で、あなたがわたしにどうしてもクサヤを食べさせたがったことを、急に思い出しました。あなたは、家でクサヤを焼いて、海苔巻きにして宿まで持ってきてくれましたね。でもわたしは頑として口を開きませんでした。

臭くて食べたくなかった、というのもありましたけど、でもあなたが家族と暮らす家の台所で作ってきたものなど、私は口にしたくなかったのです。あの時、わたし達は珍しく、ちょっとケンカっぽくなり

ましたっけ。でもふたりとも、そんな時間がいかにもったいないかに気づいて、
簡単に仲直りしましたよね。
あなたもわたしも、共に二十代の若さでした。
あなたのことを、わたしは好きになりすぎてしまったのかもしれません。
あなたとは、何もかも、相性が良かった。良すぎて怖くなるほど、身も
心も、あなたにぴったりとはまりました。
けれど、あなたとの縁を、わたしは自らの手で断ち切りました。
断ち切るために、身ごもり、出産しました。
あれから、あなたとは一度も会っていません。
昭和の終わりに三原山が大噴火した時は、さすがにあなたのこと
が心配でたまらず、手紙を書いた記憶があります。けれど、結局
その手紙は出せませんでした。

あなたにはあなたの人生があるし、わたしにもわたしの人生がある。今さらわたしがのこのこと顔を出したところで、どうなるというのでしょう。過ぎ去った時間を取り戻そうなんて、野暮なことだと思いました。だって、そんなことはできっこありませんから。

わたしたちは、とにかく前に進んでいくしかないんです。前に進み、そしていつか死を迎える。それが、生きるということなのだと思います。

今、こうしてあなたに手紙を書いているわたしは、往生際が悪いとしか言いようがありませんね。わたしは、本当に自分を未熟な人間だと思っています。

最近、病床で、いろは歌を書いています。最初は、ただのテナグサミというか、暇つぶしになんとなく書いていたんです。

でも、ある日、その意味の深さにハッとしました。

なんという深い歌なのでしょうか。

花は、どんなに美しく咲き誇っても、必ず散ってしまうんですね。

このベッドから夏椿の木を見ていると、つくづく諸行無常を身にしみて実感します。

望むことは、もう何もありません。

ただ、ひとえにあなたへの感謝の気持ちを伝えたいだけ。

全体で見たら、あなたと過ごした時間はほんの一瞬の光に過ぎなかったかもしれません。けれどわたしは、その一瞬の光を糧にして、こうしてここまで、人生を生ききることができました。

あなたに出会えたことに、心から感謝します。

どうか、最後の最後まで、良き人生を歩んでください。

雨宮　かし子

美村龍三様

色は匂へど　散りぬるを
我が世誰ぞ　常ならむ
有為の奥山　今日越えて
浅き夢見じ　酔ひもせず

最後の便箋には、いろは歌が漢字で書かれていた。

先代の、懐かしい字が広がっている。まるで先代が、両手を広げてそこにいるようだった。

ここに、先代が生きている。

私は、何度も何度も、そのいろは歌に繰り返し目を通した。

これは、先代が残した人生最後のラブレターなのだと思いながら。

改めて、凜とした先代の人生に、拍手喝采を送りたくなる。

明日葉

ジェット船の揺れに身を任せるようにして、それから小一時間、うとうとした。眠りながら、本日の寄港が岡田《おかた》港になるというアナウンスを、ぼんやりと夢うつつで聞いていた。

伊豆大島には、ジェット船が着岸できる港がふたつあり、どちらの港に接岸するかはその日の波の様子で決まるそうだ。それに合わせて、冬馬さんが港まで迎えに来てくれることになっていた。どんなに目をこらして後ろを振り返っても、もう竹芝客船ターミナルの姿はない。

伊豆大島まで、あと少しだって。

私は、太ももの上にのせた箱に向かって話しかけた。手紙達は、今も箱の中で睦み合っているのだろうか。

——愛し合っていたんだと思います。

ブンブン紅茶店で放たれた、冬馬さんの声がよみがえってくる。

確かに、ふたりはふたりなりのやり方で、静かに、けれど時に激しく愛し合っていたのだろう。愛にも、様々な形がある。

ジェット船は、少しずつ速度を落とし、岡田港に接岸した。切り立った岸壁が見える。

もうすぐ、ひとつになれますよ。

私は再び手紙達に声をかけながら、箱ごと丁寧に風呂敷に包み、鞄の底の定位置に戻した。空は、厚い雲に覆われている。

船を降り、みんなが移動する方に進んで行くと、ひとりの男性が軽トラックから降りて手を挙げた。

最初、それが冬馬さんだとはわからなかった。鎌倉のブンブン紅茶店で会った時とは、ずいぶん雰囲気が違っている。髪の毛も乱れ、体全体から野性味が溢れていた。けれど、顔をじっと見て観察したら、ほどなく冬馬さんだということがわかった。

「お久しぶりです」

「船、揺れなかったですか？」

「大丈夫でした」

一通りの挨拶を交わした後、軽トラックの助手席に乗り込む。

「娘さんは？」

車を発車させてから、冬馬さんが聞いた。

「来なかったんです。なので、今回は私の一人旅になりました」

手短に説明すると、

「残念ですねぇ」

冬馬さんは言った。

「せっかく、椿のきれいな場所に連れて行ってあげようと思ったのに」

軽トラックは、スピードを上げてぐんぐんと道路を走っていく。

「よろしくお願いします」

「こちらこそ」

冬馬さんの声を聞きながら、今頃ミツローさんは何をしているのだろうと想像した。伊豆大島には、鎌倉とは全く違う時間が流れていた。

軽トラは、島の南の方へ向けて走った。

「島に来て早々でなんですけど、やるべきことを最初に済ませちゃいましょうか」

冬馬さんが言うので、

「そうですね。まずは、手紙供養をしましょう。そのために来たので」

私も同意する。

伊豆大島の第一印象は、決して華やかなものではなかった。なんだか、全体的に霞んで見える。住んでいる人はどれくらいいるのだろう。車からざっと見ているだけでも、かなりの確率で空き家があった。

「伊豆大島、初めてですか？」

ハンドルを操作しながら、冬馬さんが質問した。

「そうなんです、こんなに東京から近いって、知りませんでした」

軽トラは、色褪せた商店街を通っていく。ほとんどの店のシャッターが、下ろされている。

「飛行機を使えば、二十五分で東京です。って言っても、ここも東京都なんだけど」

「飛行機もいいなって思ったんですけど、今回は船にしました」

会話を交わす間にも、いたるところに椿が見える。

「やっぱり、椿、多いですね」

私は、ほくほくした気持ちでつぶやいた。椿の花を見ているだけで、なんだか幸せになる。

「人口七千人の島に、椿の木が三百万本あるって言われてます。

椿って、すごく強いんですよ。だから、防風林として、島の人は、家の周りとか畑の周りとかに椿を植えるんです。島だから、やっぱり風はそうとう強くて。でも、椿って地中に根っこを強く張るから、ちょっとやそっとでは倒されないんです」

「確かに、葉っぱも強そうですもんね。鎌倉の実家にある椿も、台風で他の木が折れちゃった時でも全く動じませんでした」

私は言った。

「椿って、無駄がないんですよ。花びらはジャムにできるし、染料にもなるでしょ。枝は炭焼きにして炭になるし、灰の方は焼き物の釉薬《ゆうやく》として使えます。葉っぱは、餅とか挟むのにも使えますしね」

「椿餅、おいしいですよねぇ」

艶やかな椿の葉っぱで包まれた薄紅色のお餅を思い浮かべながら私が言うと、冬馬さんがにこっと笑う。

「夏の終わりくらいから実がなるんだけど、そうすると島民はみんな、下に落ちた自分ちの椿の実を拾い集めて、一週間くらいかけて乾燥させたら、その実を業者さんに出して、椿油にしてもらうんです。それが、現金になって戻ってくるシステムです」

次々と訪れるカーブに合わせて器用にハンドルを操作しながら、冬馬さんは説明した。

「椿って、いいとこ尽くしなんですね。強い風から身を守ってくれて、美しい花を咲かせて楽しませてくれて」

私が言うと、

「だから島では、滅多に切られることがないんです。大島では、椿ってすごく大事にされています」

冬馬さんが、わが子を慈しむような眼差しを浮かべて言った。

「そういう話を聞くと、嬉しくなります。私の店も、ツバキ文具店っていう名前なので」

窓の向こうに見える海が、本当に美しかった。雲の隙間から溢れ差す光の束が、トーテムポールみたいに見える。

「名前の由来はなんなんですか？　ツバキ文具店の」

ちらちらと海の方を見ながら、冬馬さんが質問する。

「今となっては祖母が名付け親だとわかるんですけど、店の入り口に、シンボルツリーの椿の木があって、それでツバキ文具店にしたんだってずっと思っていたんです。

でも今回、祖母と美村氏の恋愛のことを知って、しかも美村氏が伊豆大島の出身で、伊豆大島が椿の島だってことになると、もしかしてツバキに込められた思いには、そうとう深いものがあるのかなって、さっき、車で島の風景を見ながら思ってたんです」

単純に店の入り口にある椿がツバキ文具店の名前の由来だと思っていたけれど、話はそう単純でもないのかもしれない。

「ちなみに、そのシンボルツリーの椿は、どんな椿ですか？」

「一重の花が咲く、真紅の藪椿です」

私は答えた。

「そうですか。おじは器用で、なんでも自分で作る人だったんですけど、一時期、椿の交配に凝っていたことがあって」

「そうなんですか？」

「椿って、交配するのが割と簡単で、どんどん新しい品種が生まれるんです。だから、もしかしてその椿は、おじが、鳩子さんのおばあさまのために作った椿なのかな、って思ったんです。椿は、挿し木で簡単に増やすことができますし」

「だとしたら、すごくロマンティックですね。いつだったか祖母は、あの椿は元八幡っていう鎌倉の神社の株分けだ、みたいなことを言ってた記憶もあるんですけど、それも美村氏のことを隠すためのカモフラージュかもしれないし」

「ふたりとも亡くなっているから、確かめようがないですね。でも、僕らの間では、そういうことにしておきませんか？」

「そうですね。事実ではなくても、それが真実な気がします」

私は静かに同意した。

「着きましたよ」

冬馬さんが、島を一周する道路から脇道に入って、駐車場に軽トラを停める。

「風が強いので、なるべく厚着してください」

冬馬さんに言われたので、私は最大限の衣類を身につけ、防寒した。確かに、風が鞭を振るうようにびゅんびゅんと容赦なく吹いている。

この手強い風から守ってくれるのが、椿なのだ。そう思うと、椿への尊敬の念がひたひたと湧き上がった。

私は、鞄の底から先代と美村氏が交わしたラブレターを収めた箱を取り出し、胸に抱えた。冬馬さんは、手に大きなバスケットを持っている。

波打ち際を目指し、冬馬さんの後に続いて浜へ下りる。松の木の下に、黄色い小花をつけた可憐な植物が、群がるように広がっている。

「イソギクです。かわいいですよね」

立ち止まってその光景を見ていたら、冬馬さんが花の名前を教えてくれた。

冬馬さんの手を借りながら、浜辺に下りた。まるでハワイ島みたいな、真っ黒い砂浜だ。

「全部、三原山の噴火の噴出物なので、色が黒いんです。玄武岩で鉄分を含んでいるから、磁石にくっつくんですよ。ここの浜に、ウミガメが産卵しに来るんです」

「ここ、なんていう浜なんですか？」

私が尋ねると、
冬馬さんが教えてくれる。

「サノ浜っていいます」

「もしかして、砂の浜って書きますか？」

私は興奮しそうになる自分をおさえながら聞いた。

「そうです。砂の浜って書いて、サノ浜です」

やっぱりそうだ。先代が、噴火の時、美村氏の安否を気遣いながら書いた手紙に、ふたりで焚き火をした砂浜として砂の浜のことが綴られていた。

「僕、ちょっと大きい石を集めに行ってきますので、鳩子さんは、火をつける枝とかを集めてきてもらっていいですか？」

冬馬さんからの指示に、私は、はい、と短く返した。

満潮の時間らしい。潮が満ちている。

真っ黒い砂浜には、丸い石が点々と転がっていた。後方には、三原山の稜線が見える。もっと高い山を想像していたら、案外低かった。

海の向こうに見えているのは、何島だろうか？　三角形のキスチョコみたいな形の島を筆頭に、いくつかの島影が連なっている。私と冬馬さん以外、人は誰もいなかった。

浜辺をゆっくりと歩きながら、私は小枝を拾い集めた。冬馬さんのいる場所からは、すでにほのかな煙が立ち上っている。太陽の位置が、さっき私が島に着いた頃より斜め下にだいぶ下がった。

「もう一回集めに行ってきますね」

集めた小枝を、一度冬馬さんの所まで持って行きながら私が声をかけると、

「多分もう十分なので、まずはお茶でも飲みましょう」

冬馬さんが、バスケットから水筒を取り出す。紙コップに茶色い液体を注ぎながら、

「お口に合うかどうかわかりませんけど、明日葉茶《あしたば》です。島の特産が明日葉なので、よかったら飲んでみてください。ものすごく体にいいらしいですよ」

きれいな色使いの紙コップを渡してくれた。

お礼を言って受け取ってから、明日葉茶を口に含んだ。まずは立ち上る湯気に癒され、更に紅茶のようなちょっと癖のある味に癒される。

「おいしいです。体が温まりますね」

顔に湯気を当てながら私は言った。

「よかったら、ドーナツもあります」

断る理由がなかったので、冬馬さんのお言葉に甘えてドーナツも頂戴する。

齧りついた瞬間、懐かしい味が口の中に広がった。脳裏に、先代と暮らしていた頃の実家の茶の間の風景がよみがえってくる。もしかすると手作りかもしれない。

そう思ったけれど、言わずにそのままドーナツだけを口にする。ほんのり、スパイスの味がした。

明日葉茶との相性がいい。

「実はこのサノ浜に、祖母と美村氏も来たことがあるみたいです」

明日葉茶を飲みつつ海を見ながら、私はさっきの大発見を、満を持して冬馬さんの前で披露する。

「祖母、大噴火があった時、美村氏に手紙を書いていたんです。最終的には出されなかったんですけど、そこにサノ浜で焚き火をしたって、書いてありました」

同じことを、私と冬馬さんも今、やっていることになる。

「その手紙、ご覧になりますか？」

私は、箱を包んでいる風呂敷を解きながら冬馬さんに尋ねた。

「いえ、大丈夫です」

少し時間を置いてから、冬馬さんが囁くように答える。私は、風呂敷から出したラブレターの入った箱を、膝の上に抱え込んだ。

「大島の噴火の時、鳩子さんは？」

「調べたら、噴火は私が生まれる一年くらい前でした」

「そうですか。僕は、まだ小さかったんだけど、うっすら、記憶に残ってます。

というのも、おじ一家が、一時期、東京の僕んちに避難していたので。もう、だいぶ前のことになるけど」

つまり、冬馬さんの方が私より年上ということになる。ブンブン紅茶店で初めて会った時は、私の方が上かと予想したけれど。童顔だから、冬馬さんの方がてっきり年下かと思っていた。

「そうですか。ずっとスポーツセンターに避難されていたんじゃ、なかったんですね」

ということは、たとえ先代が勇気を振り絞って避難先となっていたスポーツセンターに美村氏の無事を確かめに行っても、実際には会えなかったのだろう。

「おじの奥さんが、その頃、あんまり体調がよくなかったみたいで、それでウチにいたんじゃないかな。記憶があんまり確かじゃないけど。

スポーツセンターでもらえるスペースはひとりに一畳だけだったみたいだし、避難所生活は子供にとってもストレスだから」

少々言葉を濁しながら、冬馬さんが教えてくれた。

「おじさんは、どんな方だったんですか？」

先代が生涯をかけて愛した人だ。どのような人物だったのか、少しでも多くのことを知りたい。

「ものすごく優しい人でした。全島民に対しての避難指示が出た時、おじの家で牛を飼っていたんです。ペットとして。だから、全島避難になった時、どうしても牛を置いて島を離れるのが辛くて辛くて、最後まで抵抗したそうです。

ウチにいる時も、牛のことを思って泣いていたって話を聞きました」

「その牛のことも、祖母の手紙で触れられてました」

「犬とか猫もそうですけど、島には牛とか馬もたくさんいましたからね。

島の人って、今もそうですけど、そういう生き物をわが子同然にかわいがるんです。人情があついっていうか、すっごく、情が深いんですよ。

だから、おじは相当しんどかったんじゃないかな。島に残った消防の人達がパトロールして餌をあげてくれるとは言っても、限界があるだろうし。

おじは、その牛に毎日話しかけて、散歩にも連れて行って、すごく大事に育てていたそうです。

あの時、結果的に行方不明になってしまったり、命を落としたりした動物も、結構いたんじゃないかな。それでもう、観光客のために三原山を登っていた馬もいなくなりました。また火山が噴火するってわかってるのに飼い続けるのは、可哀想だからということで」

「そういうのって、本当に辛いですよね」

大きな災害が起こるたび、ペットと共に避難することができなくて、家に残る選択をする人達がいる。

「でも、いつ噴火するかわからない火山の島で暮らすなんて、怖くないんですか？」

私は冬馬さんに尋ねた。

「島の外の人は、みなさん噴火を怖がるんですけど、島の人達は、噴火を怖がっていないんです。だって、三十五年から四十年に一回は定期的に噴火するわけだから、ある程度、予測がつくわけで。噴火は、暮らしの一部っていうのかな。

火山灰のことも、島の人達、御灰《おはい》って呼ぶんですよ」

「御灰なんて、すごい言い方ですね」

私の言葉に、冬馬さんが深く頷く。

「もちろん、家を流されたり、大切にしていたものが壊されたり、下手すると命まで奪われる恐ろしい存在であることは確かです。でも、噴火を恐れていたらここでは生きていけないですから。だから逆に、僕なんかは噴火をポジティブにとらえようって考えるようになりました」

「ポジティブに？」

「はい、だって四十年に一回、植物の世界が一掃されるんです。溶岩が流れたら、もちろんそこに根っこを張って生きていた植物は死んじゃうじゃないですか？

でもね、植物ってすごくて、その溶岩台地の上にまた命が芽吹くんですよ。

完全にリセットされて、その上に新たな世界が生まれるんです。

それが、すごいな、って。

まぁ、自分はまだ、こっちに移住してから大きい噴火に見舞われてないからそんなことが言えるのかもしれないけど。

でも、たまに瞑想しに樹海の森に行くと、いっつもそのことを感じるんです。

生きてると、人生を一回全部更地にして、リセットしたくなる時ってあるじゃないですか。でも、人間だと勇気がなくてなかなかできなかったりして。なのに目の前の大自然は、それを堂々とやってのけるんです。

だから僕も、三原山を尊敬してます」

冬馬さんは熱を込めて語った。

「樹海の森っていうのがあるんですか？」

「そうです、江戸時代の噴火で大地が溶岩に覆われたんですけど、そこに植物が根づいて、今は森になっているんです。

僕の好きな場所です。今晩鳩子さんが泊まるホテルの近くですよ」

「行ってみます」

私は言った。冬馬さんが好きな場所なら、なおさら気になる。

私と話している間も、冬馬さんは絶えず手を動かして、火の加減を調整している。

はじめの頃はちょぼちょぼとしか火が燃えていなかったのに、今では目の前に立派な火柱が立っていた。

そのおかげで、暖かかった。一瞬冷えた体に、再び温もりが戻ってくる。

「三原山のこと、土地の人は御神火様《ごしんか》って呼んでるんです。火の神様なんです」

御神火様という表現は、先代と美村氏が交わした手紙のやりとりの中にも書かれていた。

「そろそろ、始めますか？」

私は言った。太陽の位置が、水平線にかなり近い。

箱の蓋を開け、私と冬馬さんの間に、ラブレターがおさめられた箱を置く。一番上に重ねているのは、先代が最後に書き、そして美村氏が決して目を通すことのできなかった手紙である。

「じゃあ、上から順に」

言いながら、私は先代が書いた人生最後のラブレターを火にくべる。

ラブレターは、私と冬馬さんの目の前で身をよじるようにして姿を変えた。先代の綴った言葉のひとつひとつが、伊豆大島の空に吸い込まれていく。

次は、冬馬さんの番だった。冬馬さんの無骨な指が、美村氏が先代に宛てて書いたハガキを持ち上げる。火は、なかなかつかなかった。

そういえば、私は先代の葬儀に参列していない。葬儀というほど大袈裟なことはせず、本当に身内だけの家族葬で済ませたとスシ子おばさんは話していた。でも、私はその場に駆けつけなかった。

もし、先代が生きている間に病院へお見舞いに行って、血の通った言葉のひとつでもふたつでも交わせていたら、結果は違っていただろう。先代の人生も、私の人生も。

でも、私はどうしても先代に会いに行くことができなかったのだ。その勇気がなかった。そして、永遠のお別れをした。

だから、今この時が、私にとっては先代との別れの儀式なのだと感じた。

さっき、冬馬さんは人生をリセットする、と言ったけれど、私もここサノ浜で、先代との関係をリセットしているのかもしれない。

「格好いい字っすね」

先代が書いた封筒の宛名書きをしみじみと見つめながら、冬馬さんが感嘆の声を出す。

「本当に、私にとっては偉大な人でした」

最後の一枚は、左右の端をふたりで持って火の中にくべる。美村氏が、先代に書いた絵ハガキだった。

「これでちょっとだけ、肩の荷がおりました」

炎に包まれる絵ハガキを見ながら、私は言った。

「ですね。これで椿の恋は、僕らがいなくなったら、永遠に闇に葬られる」

冬馬さんの言葉を聞きながら、紙コップに残っていた明日葉茶の最後の一口を、喉の奥に流し込んだ。

冬馬さんは続けた。

「子供の頃、よくこの浜で海水浴をしたんです。毎年夏になると、僕はひとりで船に乗って伊豆大島に来て、おじの家にホームステイさせてもらってました。

伊豆大島で過ごす夏の時間があったから、僕、なんとかバランスを保てたんだと思います」

「そうなんですね。じゃあ、伊豆大島は冬馬さんにとっての故郷みたいなものですね」

自然がいっぱいあるこの島で一夏を過ごせたなんて、羨ましい限りだ。

「噴火でおじ一家がウチに避難してたのがきっかけなのかはちょっとわからないんだけど、おじが僕のことをすごく気にかけてくれて、かわいがってくれたんですよ。

僕もおじが大好きだったし。

おじに心に秘めた相手がいたなんて、『極秘』って書かれた封筒を見つけるまで、夢にも思いませんでした。

でも、あれってもしかすると、誰かに知ってほしかったのかな、って思います。だから、僕も肩の荷がおりました。

わざわざ島まで来てくださって、ありがとうございます」

、やっぱり、冬馬さんも私と同じように感じていたのだ。ふたりはきっと、自分達が愛し合っていたという事実を、私達に知ってほしかったのだろう。そうとしか思えない。

夕陽が、今にも海に沈みそうになっている。冬馬さんと、陽が沈む最後の瞬間を見届けた。

空に太陽がなくなると、急に風が冷たくなった。私は、まだ残っている熾火《おきび》の上に手のひらをかざして暖をとる。

「明日、帰りの船に乗る前に波治加麻《はじかま》神社に寄って、手紙供養が無事に済んだことを報告しに行きましょう。おじの生まれた地区の神社なので」

確か、波治加麻神社のことも、先代の手紙に書かれていたはずだ。だけどもう、確かめる術がない。手紙供養をした火は、もうほとんど消えかかっている。

冬馬さんが立ち上がったのを合図に、私もゆっくりと立ち上がった。また、砂地に足をとられそうになりながら、一歩一歩、漕ぐように真っ黒い砂浜を歩いて丘を越える。

「ホテル、食事付きですか？」

歩きながら冬馬さんに聞かれたので、

「朝食だけにしました」

私は答えた。せっかく伊豆大島に泊まるのだから、夜はＱＰちゃんと町をぶらぶらして、おいしそうな店を探して食べに行こうと思っていた。

「だったら、ウチに来ませんか？　本当に、普通のおかずしかないけど。それに、島は夜やっている店が少ないんです」

「いいんですか？　ありがとうございます」

内心、今日の晩ご飯をどうしようかと考えていた。冬馬さんの言う通り、島には簡単に食事ができる場所がなさそうである。冬馬さんからの提案は、まさに渡りに船だった。

冬馬さんの左手の薬指には、結婚指輪が光っている。きっと、奥さんが手料理でもてなしてくれるのだろう。年齢的に子供がいてもおかしくないから、賑やかな食卓かもしれない。

陽が沈んでから夜になるのに、時間はたいしてかからなかった。鎌倉の夜も暗いけれど、伊豆大島の夜はもっともっと、そこはかとなく暗かった。

帰りの軽トラでは、私も冬馬さんも、あまり多くを話さなかった。きっと、お互いに手紙供養の余韻に浸っているのだろう。けれど、嫌な静けさではない。むしろ、黙禱に似た、心地よい沈黙の時間だった。

空にはすでに、星が瞬いている。

ふと、いつだったかバーバラ婦人が伝授してくれた、幸せになれるキラキラのおまじないを思い出し、私はしばらく目を閉じて、心の中でキラキラ、キラキラ、と何度か唱えた。

心の天空いっぱいに、無数の星がちりばめられる。それから、ゆっくりと目を開けた。

軽トラは、大島一周道路から、山の方へと続く細い一本道に入った。暗くてよく見えないけれど、家々がどこも椿の垣根で仕切られている。赤やピンクの花弁は闇にまぎれてよく見えないが、白い花弁の椿だけは、闇の中でもぼーっと浮き上がるように見える。

「そういえば、樹齢八百年の椿って、どの辺りにあるんですか？」

もしホテルの近くだったら、会いに行きたいと思っていた。けれど、冬馬さんはちょっとすまなそうな表情を浮かべると、

「台風で、倒れてしまったんですよ。今は、根っこと幹が少しだけ残っている程度で」

申し訳なさそうにつぶやいた。

「今まだ島に残っている木で高齢なのは、樹齢三百年って言われている仙寿椿ですかね。明日、見に行きましょうか」

冬馬さんからの提案に、わたしはにっこりしながら頷いた。

けれど、先代が目にした樹齢八百年の椿がもうこの世にないことを思うと、切なくなる。先代がその立派な椿を美村氏と見られたことは、とても幸運なことなのだ。同じ時間を生きていなければ、決して出会うことはできないのだから。

「ここです」

民家の軒先に軽トラが停まり、冬馬さんが運転席のドアを開けた。もちろん、その庭にも、当然のように椿の木が植えられている。立派な樹冠に見とれていると、

「その椿、おじが交配して植えたものです」

荷台に積んであったバスケットを下ろしながら、冬馬さんが言った。

「ただいまー」

冬馬さんが声をあげる。すると、

「おかえりー」

奥から、男性の低い声が響いた。

この声は息子さんだろうか、それにしてはもうかなり大きいんだな、と思っていたら、現れたのは冬馬さんと背格好がよく似た感じの、けれど明らかに外国人とわかる男性だった。

「ツレの、トムです。こちら、鎌倉からいらした鳩子さん。今晩、一緒に飯食うことになったから」

それだけ言って、冬馬さんはバスケットを持って家の奥へと消えてしまう。

もしかして、そういうこと？

パートナーが異性とは限らないのだ。私は自分が、ほんのちょっとでも冬馬さんとの妄想恋愛に浸っていたことを、とても恥ずかしく思って赤面した。

「どうぞどうぞ、寒いから中に入ってください。トーマ君がお客さん連れてくるなんてチョー珍しいよ。今日はスペシャルだね」

トムが、朗らかな声で私を家の中に招いてくれる。アクセントこそ多少の違和感があるものの、完璧な日本語で、姿を見なければ、外国の人と話しているという感覚は全くない。

要所要所リフォームされた古民家は、柱が太くて天井が高く、守られている安心感がある。

トムは、ポルトガル出身の二十九歳だという。日本に興味を持ったきっかけは宮崎アニメで、それから剣道を習い、独学で日本語を習得したそうだ。トムが着ている藍色のTシャツの胸には、「十夢」と書かれた布が縫いつけてある。私がそれをじーっと見ていると、

「ワタシ、夏目漱石先生の大ファンなんです。『夢十夜』は、本当に素晴らしい作品です」

十夢が、漆黒の目をうるうるさせながら、両手を胸の前で合わせて言った。

「ちょっと前に、『草枕』を読みました」

私が言うと、

「あぁ、『草枕』もいい作品ですねぇ。でも、やっぱり『夢十夜』でしょう。

夏目先生のお話できるお客さん来てくれて、ワタシうれしいです。トーマ、さっぱり本読まない人。

島の本屋さんつぶれて、残念でなりません。ワタシ、東京に行ったら必ず本屋さんに立ち寄って、本いっぱい仕入れてきます」

冬馬さん以外の人間と話せるのが嬉しいのか、十夢は、弾丸のように話しかけてくる。十夢と立ち話をしていたら、パーカーとジャージに着替えた冬馬さんが戻ってきた。

一言だけ十夢に言い、自分はソファにどかんと座る。どうやら、十夢の前では筋金入りの亭主関白らしい。

「ビール」

十夢がちらっと私に目配せしてから、

「トーマは威張りん坊。でも、甘えてる証拠ね」

そう、小声で耳打ちした。

確かに、私といる時の冬馬さんとは全く態度が違う。でも、それもこれも十夢が大きな愛で冬馬さんを包みこみ、わがままにふるまわせてあげているからだろうと理解した。私も、冬馬さんの向かい側の座布団に腰を下ろした。

間接照明だけの空間が、すごく落ち着く。ふたりの愛の巣には、至るところに素敵な置物や写真が飾られていて、おしゃれなバーのようだった。ちゃぶ台の上の小さなコップには、鮮やかなピンク色をした椿の蕾が活けられている。

冬馬さんと、ビールで乾杯した。タイミングよく、十夢がお盆に載せて小鉢を運んでくる。

「これ、明日葉と島海苔のソテーね。あったかいうちにどんどん召し上がれ！」

ちゃぶ台の上に三人分の箸と箸置きをセットしながら、十夢は楽しそうに言った。

「ここが、美村氏の住んでいた家ですか？」

私は、家の中をぐるりと見渡しながら冬馬さんに質問した。

「若い頃に家族で住んでいたのは別の場所なんですけど、ここは晩年おじがひとりで暮らしていた家です」

話を聞きながら、明日葉と島海苔のソテーをいただく。明日葉にはほんのり苦味があり、島海苔もまた磯の香りがして優しい味わいだった。

「おいしいでーす」

奥の台所で調理している十夢に、大声で伝えた。冬馬さんが、話を続ける。

「おじの奥さん、割と早くに亡くなったそうなんです。六十手前くらいで。子供達も島を出ちゃったし、家族で住んでいた家は大きすぎるから、おじはこの家に引っ越したんじゃないですかね。その頃はもう僕も大人になってて、島には来ていなかったし。当時の事情については、よく知らないんだけど。おじとは、年賀状だけの付き合いになっていたので。

だから、おじも、もしその気があるなら、鳩子さんのおばあさまと再婚する、って道もあったのかな、なんて思うんですけど」

その道を阻んだ張本人は、もしかするとこの私なのかもしれない。

「美村氏が亡くなったのは？」

私が質問すると、うーん、と冬馬さんは腕組みをして目を閉じた。

「何年前になるのかなぁ。ちょっとはっきりとした数字が出てこないです。僕、おじって言ってますけど、正確にはもうちょっとねじれた関係っていうか、まぁ、遠縁に当たる人には間違いないんですが」

「でも、ふたりは結局、一緒になる道は選ばなかったってことですね。美村氏は伊豆大島で暮らしていて、祖母はずっと鎌倉にいたのに、ふたりはどこで知り合ったんでしょう？」

私は、ずっと疑問だったことを口にした。

「島の人はたいていそうなんですけど、確かおじも、若い頃、十年くらいは島を出て、東京で暮らしていたはずです。だから、その時にかし子さんと出会ったって考えるのが、自然じゃないかなぁ」

冬馬さんは、すいすいとビールを飲んでいる。缶に残っていた最後のビールを自分のコップにあけると、

「焼酎！」

また怒鳴るように、十夢に言った。けれど十夢は、そんな冬馬さんの態度を気にもかけず、

「お湯割り？　ロック？」

優しく質問する。

「ロック」

殿様みたいな威張り顔で、冬馬さんが返事をした。なんだか冬馬さんの顔が、天狗みたいになっている。

十夢の前で精一杯虚勢を張ろうとふるまっている冬馬さんが、私の目にはかわいく映った。これはこれで、うまくふたりのバランスを保つ潤滑油の役割を担っているのだろう。

すると、十夢が私に聞いた。

「鳩子さん、くさや、食べられます？」

「くさや？」

私は、少々不安になりながら繰り返した。

とにかく臭いが強烈らしいという噂は、うるさいほど耳にしている。だから、だいたいの概要はつかんでいた。作るのが大変だというのも知っている。だけど、実際に口にしたことはほとんどなかっ

た。

「ちゃんと食べたことがないかもしれません。島の人は、やっぱりくさやを普通に食べるんですか？」

私は逆に質問した。

「食べますよ。ご飯のおかずでもいいし、酒のつまみでもいいし、普段の食事でも冠婚葬祭でも、くさやのない食卓なんて考えられません」

冬馬さんが興奮気味に力説する。

「だったら、食べましょう。ワタシも、最初は苦手だったけど、チーズと同じだと思ったら、食べられるようになりました」

十夢が言った。

「ムロとトビ、両方焼いて」

またしても冬馬さんが、十夢に命令口調で言う。私は、ふたりの会話を聞いているのが楽しくなってきた。

私のビールが飲み終わるタイミングを見計らい、十夢が焼酎用のコップをふたつ持ってきてくれる。

「鳩子さんもロックでいいですか？」

焼酎の栓を抜きながら、冬馬さんが聞いた。郷に入っては郷に従えと思いながら頷くと、

「この焼酎とくさやが、最高に合うんです」

冬馬さんが目を潤ませた。

「あいつ、島のじいさんから、今、炭焼きを習っているんです」

一口目の焼酎を幸せそうに口に含んだ後、蕾が開くような笑顔を浮かべて冬馬さんが教えてくれる。

「炭焼き？」

私は、炭焼きについてあまり詳しく知らなかった。

「伊豆大島は、昔から炭焼きがさかんなんです。江戸時代に、山形から炭焼き職人が島にやって来て、それで炭焼きの技術をマスターしたらしいですよ。炭にする椿は、島中にあるし。ちなみに、今焼酎を入れてるのが、椿の灰を釉薬にして僕が作ったボウルです」

「えっ、これがですか？」

手のひらにすっぽりと馴染む感じが、持った瞬間から気に入っていた。

「すごい、とってもいいですね。持っているだけで、なんだか安心するっていうか。ずっと触っていたくなる手触りです」

まさかこれを作った張本人が目の前にいるとは、夢にも思わなかった。

「僕の器なんか、まだまだだっすよ」

謙遜してそう言うが、すでに冬馬さんは自分の世界を確立している。それを知ってから飲むと、ますます焼酎がおいしく感じるのだった。口に触れる部分も、すごく優しい。

そうこうするうちに、台所の奥からただならぬ臭いが流れてきた。これがもしや、噂のくさや香だろうか。確かに、臭い。どこかに意識を逸らそうと、私は反射的に口走った。

「十夢さんとは、伊豆大島で出会ったんですか？」

言ってから愚問だったのではと後悔したものの、聞いてしまった以上、話を続けるしかない。けれど、冬馬さんはまんざらでもなさそうに言った。

「島に来る時のジェット船の席が、隣同士だったんです」

冬馬さんはさらりと言ったが、聞かされた方はびっくりだ。

「えっ、それがきっかけでお付き合いするようになったんですか？」

「はい」

またもや冬馬さんは、なんでもないことのように肯定する。でも、それってものすごい運命的な出来事なんじゃないだろうかと、私はひとり、鼻の穴を膨らませた。

「なんとなく話が合いそうだからそのまま自転車を借りて、島を一周したんですよ。その流れで、一緒に三原山に登ったりして。

僕、その頃自暴自棄になっていて、なんなら三原山の火口に身投げしようか、ぐらい思ってました」

驚きの事実を、冬馬さんは飄々とした口調で語った。もしかすると、冬馬さんは少し酔っているのかもしれない。

「でも、身を投げたところで、途中の火口の縁にひっかかって、めちゃくちゃ悲惨な目に遭うらしいんです。救助もできない場所だし。なのに本人は、まだ生きてるし。

三原山で死ぬのも、結構大変なんですよ。そもそも、火口までたどり着くだけで一苦労ですしね」

「そうなんですか」

それ以外の言葉が見つからなかった。そこへ、じゃじゃーん、とおちゃらけながら、大皿を両手で抱えた十夢が登場する。

「ワタシが焼いた椿の炭で焼いた伊豆大島特産のくさやを、トーマ君が焼いたお皿に盛りつけました！」

十夢が得意満面の表情で、くさやの載った大皿をちゃぶ台のど真ん中に置く。くさやの横には、きれいな純白の椿の花が添えられていた。それは、どこかで見たことがあるような光景だった。

「どうぞ！」

そして自分も、オレンジジュースの入ったコップを持参して、ちゃぶ台の席に合流した。再度、三人で乾杯する。

「この人下戸なんで、後でこいつがホテルまで送っていきますから」

いつの間にか飲み干していた焼酎のボウルに、冬馬さんがおかわりを注ぎ足してくれる。

目の前の二匹のくさやは、見事なまでに美しい飴色に焼かれていた。ただ、見る分には平和な光景だが、息を吸った瞬間倒れそうになる。

十夢が素早く、素手でくさやの身を適当な大きさにむしってくれた。

私は、なるべく呼吸を浅くして、くさやの臭いを吸い込まないようにしながら、恐る恐る箸を持ち上げた。ここで食べずんば、女の名に泥を塗るというものだ。私は、女性代表になったような心境で、くさやを口に運ぶ。まずは、定番だというムロから攻める。

あれ？

自分の味覚を確認するため、もう一かけ、くさやを口の中に放り込み、集中して咀嚼した。そして、確信した。

「おいしいじゃないですか。焼酎に合います」

まさしく、焼酎とくさやのマリアージュだ。

「ばんざーい！」

十夢がその場で両手を挙げて、私のくさやデビューを祝福した。

それから三人で、粛々とくさやをむさぼった。文字通り、骨の髄までしゃぶる勢いだった。

トビウオのくさやもまた、コクがあって病みつきになる味だ。くさやを運ぶ箸が止まらなくなる。

「ものすごい健康食品なんですって」

冬馬さんが、わが子を褒めるような表情を浮かべて言った。

「僕も、最初は食べられなかったんだけど、ある日おじが、くさやをお茶漬けにしてくれたんです。それが、めちゃくちゃおいしく感じて、以来、くさやが大好物になりました。くさやを食べない日はないってくらい、頻繁に食べてます」

「くさやのお茶漬け？」

「白いご飯に、くさやと、さっきの島海苔とぶぶあられをかけて、最後、緑茶をぶっかけるんです。こいつも、そうやって出したら、くさやが少し食べられるようになったみたいで。な？」

冬馬さんが十夢の頭に手のひらをのせる。

「鳩子さん、食べてみますか？　くさや茶漬け？」

十夢の誘いに、

「おいしそうですね」

私は言った。十夢がくさやの載った大皿を下げ、台所に戻る。

「何かお手伝いすることがあったら、言ってくださいね！」

私は十夢の背中に大声で言った。十夢が席を外したので、再び、冬馬さんとふたりだけの時間になった。

「噴火の時、全島避難指示が出て、くさやの液がだいぶダメになったみたいです。くさやの液は生き物だから、毎日混ぜてあげないとダメになるでしょ。くさやって、すごく繊細なんです。雑に扱ったりすると、すぐに機嫌を損ねるみたいです」

小鉢の器を片付けながら、冬馬さんが言った。

「くさやの一滴は、血の一滴って言われるくらい貴重なのに、本当に気の毒ですよね。そういう意味では、噴火がなければなぁ、って思いますけど」

「くさやって、そもそもどうやってできたんですか？」

冬馬さんがくさやに詳しそうなので、私は素朴な疑問を口にした。

「昔は、水も塩もこの島ではものすごく貴重だったんです。だから干物を作る時の塩水も、捨てないで、塩を足しながら何回も繰り返し魚を漬けるのに使ったらしいんですよ。それが長い時間をかけて発酵して、くさやの液ができたって聞きました。

くさや液は、魚の内臓を発酵させているんじゃなくて、水と塩と、魚を漬けた時にとけ出る魚のエキスだけで、だから実際液を舐めてみると、意外にしょっぱくないっていうか。

医療がまだ整ってない時代は、くさや液を薬の代わりに飲んだり、傷口に塗ったりしてたみたいです。確かにおじも、僕が怪我をすると、そこになんか塗ってくれたんですよ。あれ、くさやの液だったんですね。くさやの液には、天然の抗生物質が含まれてるって聞きました」

気がつくと、私は座布団の上にあぐらをかいて、すっかりくつろいでいた。

同じくさやを分け合って食べたことで、冬馬さんに対しても十夢に対しても、揺るぎのない信頼感が生まれている。きっと、私の服や髪の毛にはくさや香が染みついているはずだ。けれど、三人ともくさやを食べたから、臭いを気にする必要がない。

ふと、鎌倉にいる家族のことを思った。今頃彼らは、どんな時間を過ごしているのだろう。

思い返すと、こんなふうに、ひとりの人間として自分を解放するのは久しぶりだった。

鎌倉にいると、つい、ミツローさんの妻だったり、子供達の母親だったり、ツバキ文具店の店主だったりと、与えられた役割をその場面ごとに演じてしまう自分がいる。でも、今ここであぐらをかいてロックの焼酎を飲んでいる私は、そのどれにも属さない、素の雨宮鳩子だ。

「お待たせしましたぁ」

台所から、十夢が小走りでやって来る。そして、私の前にくさや茶漬けのどんぶりを置いた。

「ご飯、少なめにしてあるから、もっと食べたい時は遠慮なくおかわりしてね」

「あれ、おふたりは食べないんですか？」

私が問いかけると、

「トーマ君は夜、炭水化物食べないけど、ワタシはこれから、卵かけご飯します。島の烏骨鶏《うこっけい》の卵、チョーおいしいです」

十夢がはしゃぐように言う。

私は、熱々のくさや茶漬けにレンゲを沈めた。

まずはスープを一口。くさやの旨味とあいまって、極上の味だった。

無言のまま、夢中になってお茶漬けを平らげた。量もちょうどよく、完食した。最高に滋味深い。

「もしかして、今日、サノ浜でいただいたドーナツって、十夢さんの手作り？」

食後の明日葉茶をいただきながら、ふと思い出して質問すると、

「そうですよ。ワタシが作りました。でもあれ、ポルトガルのソーニョっていうお菓子だよ」

「ソーニョ？」

「そう。ポルトガルではクリスマスに食べるお菓子だけど、トーマ君が好きだから、毎日作ってる」

十夢が言うと、

「毎日なんて作ってないだろ！」

絶妙のタイミングで、冬馬さんが口を挟んだ。

「まぁ、毎日はオーバーだけどね。一週間に一回は、必ず作ってるよ」

十夢が言う。

このまま、まったりしてしまいそうだった。本当は、床の上にゴロンと横になりたい。けれど、私はまだホテルのチェックインを済ませていない。少し心配になって時計を確認していると、

「そろそろ、送って行きますか？」

冬馬さんが言ってくれた。

「後片付けはやっておくから、十夢、ホテルまで鳩子さん送ってあげて」

ソファから立ち上がり、冬馬さんが十夢に声をかける。

慌てて身支度を整え、ふたりの家をおいとました。

また、軽トラの助手席に乗り込む。

「じゃあ、また明日。お昼くらいにホテルに迎えに行きますので、ロビーで待っててください」

助手席の窓を開けると、冬馬さんが言った。

冬馬さんと椿の木に手を振って別れを告げる。十夢の運転する軽トラは、闇を切り裂くように海へ向けて直進した。

運転をしながら、十夢はずっと歌を口ずさんでいた。何度目かにサビのところを聞いた時、私はふとある光景を思い出した。

「その歌、知ってるかも」

脳裏に浮かんだのは、先代の背中である。機嫌がいいと、先代はよく、洗濯物を干したり畳んだりしながら、この歌を口ずさんでいたのだ。そのことを、たった今、思い出した。

「懐かしい」

私が言うと、

「はるみさんね」

十夢は言った。

「アンコ椿は恋の花」

「アンコ？」

まさかあんみつにのっているあの甘い餡子のことではなかろうと思いながら、私は尋ねた。

「島で、お姉さんのことを、昔はアンコって呼んだんです。鳩子さんだったら、オハトアンコですし、ワタシの場合は」

「オトムアンコ？」

私は言った。

「だったら、お兄さんは？」

私が更に質問を重ねると、うーん、と十夢はしばし考え込み、

「コーヒーでいいんじゃないですか？　アンコとコーヒー、合いますから」

いい加減なことを口にする。

「だったら、冬馬さんと十夢さんも、アンコとコーヒーのようにベストマッチですね」

ひやかすように私は言った。

外国を放浪していた時、同性愛の友人が何人かいたけれど、日本人で会ったのは冬馬さんが初めてだった。ふたりは、一緒にいるとこちらまで心の繊維がほぐれるような、とても雰囲気のいいカップルだ。

「島の暮らしには、慣れましたか？」

私が尋ねると、

「楽しいよ。でも、大変ね。だけどトーマ君いるから、幸せかな」

十夢が、間髪入れずに惚気《のろけ》の言葉を口にする。

冬馬さんに出会えたこともそうだけれど、こうして十夢と親しくなれたこともまた、先代からの素敵な贈り物だった。

「おやすみなさい」

十夢にホテルの前まで送ってもらい、車の中でハグをして別れた。

ホテルのフロントでチェックインを済ませ、部屋に入ってふたつ並んだベッドを見た瞬間、そういえば本当はＱＰちゃんと来るつもりでいたことを思い出した。

ツインからシングルに変更するのを忘れていたので、部屋は必要以上にがらんとしている。ほんの短い間だけれど、私は自分に子供がいることすら忘れていた。

あー。

自分でもどういう意味の「あー」なのかわからない。けれど、とにかく声を出したい気分だった。くさや香が染みついているのが自分でもわかるので、洗い流したい。でも、お風呂まで行く気力がもうどこにもなかった。

酔っ払っているのだろうか。なんだか心地のよい眠りに体を預けて、目を閉じる。

先代と美村氏の言霊達は、今、宇宙のどこら辺までたどり着いたのだろう。

翌朝は、ホテルにある露天風呂で三原山の雄大な景色を見ながらお湯に浸かり、まだおなかがいっぱいだったので朝食はパスし、おやつに持ってきた小鳩豆楽をポケットにしのばせ、三原山登山へ出発した。

昨日冬馬さんが教えてくれた樹海の森は、三原山へ登る途中にあった。そして確かにそこは、樹海という表現がふさわしい場所だった。

江戸時代の一七七七年に始まった噴火で、三原山の山すそ一帯には溶岩が流れ、焼け野原となったという。そこに、二百年以上の時をかけて、森が再生したのである。

だから植物達は、土ではなく、溶岩の上に根を張って生きている。そのせいで木の根っこは、まるでタコの足のようにくにゃくにゃと波打っていた。

なんとか地面にしがみついて生きのびようという、植物達の必死の思いが伝わってくる。森には生命力が溢れ、すがすがしい風が吹いていた。

けれど、森を抜けて登山道に出ると、景色が一変した。火山の噴出物に覆われ、荒涼とした景色が続く世界は、この世のものとは思えない。

昨日冬馬さんが言っていた、「リセット」の意味がよくわかった。文字通り、火山の噴火によって植物達の命が奪われるのだ。そうして、溶岩に何度殺されても、またその上に芽を出し、その場所で必死に生きようとする。生きのびることの過酷さを、まざまざと思い知らされた。

強風と寒さで、私は意識が遠くなっていた。三原山はたかだか七五八メートルの高さしかないのに、歩いても歩いても、山肌に見える景色が変わらない。地面は軽石のような砂利で、一歩歩くたびに足を取られ、歩きづらかった。その上、風が容赦なく吹きつけてくる。突風が吹くと、本当に体ごと飛ばされそうだった。

火口にそって頂上を一周するお鉢巡りは断念し、火口が一望できる展望台から三原山のおへそを見下ろす。

手すりにしがみついていないと、恐怖を感じた。今は静まって落ち着いているけれど、ここから炎が吹き出し、巨大な岩石や溶岩が現れる様を想像すると、足がすくみそうになる。地球は、文字通り「生きている」のだ。

昭和の終わりの噴火の時は神奈川県の高台からでも炎が見えたというのだから、よっぽどすごい勢いで火柱が上がったのだろう。それでも、島の人達は今も噴火する火山の足元で、慎ましく、日々の暮らしを淡々と営んでいる。

下り坂をおりていると、正面にでーんと富士山が見えた。鎌倉からたまにちらっと見える富士山とはスケール感が違い、完全に丸見えという感じで鎮座している。

思わず、両手を胸の前に合わせ、拝んだ。できれば、QPちゃんにもこの堂々とした富士の勇姿を見せてあげたかったと思いながら。

再び強風と寒さに耐えながら下山し、ホテルに戻った。

売店で買った明日葉茶を飲みながら、ホテルの部屋で、イタリアの静子さんに手紙を書く。自分が今、伊豆大島に来ているのだという事実を、誰かに伝えたかった。エアメール分の切手を貼り、ホテルのフロントの人に投函をお願いした。

正午過ぎに、冬馬さんがホテルまで軽トラで迎えに来てくれた。帰りの船まではまだ二時間以上あるので、昨日冬馬さんが話していた樹齢三百年の仙寿椿を見に連れて行ってもらい、更に元町《もとまち》港の食堂でお昼を食べ、その後、美村氏が好きだったという波治加麻神社に向かう。

「あぁ、ここが波治加麻神社なのですね」

緩やかな上り坂になっている参道を前にして、私は言った。

森の奥へと続く参道には、杉の木が皆、すっくと背筋を伸ばすように整然と並んでいる。その梢の間に光が差し込み、地面に広がる苔をスポットライトのように明るく照らしている。

奥にある社殿まで、地面の温もりと柔らかさを感じながら、一歩ずつゆっくりと歩いた。

杉の木は、まるで天とつながるピアノ線のように見える。梢に触れたら、一本ずつ違った音色を奏でるのかもしれないと思った。

歩いていると、なんとなく、そこにいるような気がした。

目には見えないし、音も聞こえないけれど、先代と美村氏のふたつの魂が、鬱蒼と木々がおい茂るこの神社の境内の、どこかにいるのを感じた。

それは、とてもほのぼのとした感覚で、怖いとか不気味とかいう感情とは真逆の、とても清らかで微笑ましい感触だった。

先代の膝枕で昼寝をしてしまい、ふと目が覚めて、けれどまだ半分夢の世界を彷徨《さまよ》っているような、どっちつかずの状態で世界を眺めている時のような、虹色の羽衣に体ごとふわりと包まれているような、そんな気持ちになった。

一秒でも長く、その感覚のままでいたくて、私はただただ空を見上げながら無心になって歩いた。

先代と美村氏が、今も愛し合っているのだというのを、強く肌で感じながら。

静寂を破ったのは、キョンだ。一匹のキョンが、突如私の前に現れ、また颯爽と森の奥に消えたのである。

伊豆大島では、動物園から逃げ出したキョンが大繁殖し、農地を荒らすなどの大きな被害が多数報告されているという。シカ科のキョンは、見た目はとてもかわいらしいのだが、島の人達にとっては厄介な存在になっている。

冬馬さんと並んでお参りし、無事に先代と美村氏の手紙供養が済んだことを神様に報告した。

波治加麻神社は、本当に気持ちのいい場所だった。社殿の裏には、ジャングルのような森が広がっている。

「神秘的ですね」

私は言った。呼吸をするだけで、心がすーっと洗われて透明になるようだった。この場所に、はるか昔、先代も来たことの意味を胸の奥で嚙みしめる。

「さっき、もしかして鳩子さんも、何か感じてるのかな、と思ったんですけど」

深呼吸していると、冬馬さんが控え目な口調で言った。

「冬馬さん、も？」

言葉の深奥を探りながら、私は冬馬さんの瞳を覗き込む。

「はい、僕、そういうのが昔から人より強くて。

人間って、なんでも見えているつもりになっているけど、存在しうるすべての電磁波の周波数の一パーセント以下しか見えていないって言われてます。

そして聴覚も、一パーセント以下しか聞こえていないんですって。

つまり世界には、もっともっと、色と音が溢れているんですよ」

だから、私の目には先代も美村氏も見えなかったのか。

でも、見えないのは私の側の限界がそうさせているのであって、いない証拠にはならない。

ぼんやりと感じていた事実を冬馬さんがはっきりと言葉にしてくれたようで、なんだか私はスッキリした。

「そうですよね。さっき、確かに私もふたりの存在を感じました」

私が言うと、冬馬さんが穏やかな笑みを浮かべて頷いた。

軽トラに戻り、港に向かう。ジェット船が出るまでまだ少し時間があるけれど、冬馬さんも自分の仕事があるだろうし、時間が余れば、土産物店を冷やかしてもいいし、店に入ってコーヒーでも飲みながら待てば問題ない。

そんなことをつらつらと考えていたら、冬馬さんがぽつりと言った。

「僕もひとつ、鳩子さんに仕事をお願いしていいですか？」

冬馬さんは言った。そして、間髪入れずに続けた。

「鳩子さん、毒親ってわかりますか？」

私は黙ったまま小さく頷く。

「僕の親、まさにそれなんです」

「ふたりとも、ですか？」

どう返事をしたらいいのかわからなくて、とりあえず質問する。

私の母親であるレディ・ババだって、毒親の部類に入るだろう。可視化されていないだけで、世の中には案外、子供に害を及ぼす毒のような存在の親がたくさんいるのだ。本人にその自覚がないだけの話で。

「もういい加減、うんざりしてるんです。そろそろ結婚しろとか、孫の顔が見たいとかって、暗に僕の人生を否定するの、止めてほしいんです。あんたらの幸福のために生きてるんじゃないっつーのに」

冬馬さんは最後、投げ捨てるように言い放った。

「十夢さんのことは？」

念のため、冬馬さんに確認する。

「向こうも、勘づいてるとは思うんですよね。僕がこういうタイプの人間だっていうの。でも、それでがっかりされたり、罵倒されたり、涙流されたりするのもうんざりなんで、はっきりとカミングアウトしてないんです。

だから、それも含めて、お願いしたくて。この際、親と絶縁してしまってもいいと思ってます」

「もう少し詳しく、冬馬さんのことを教えてください」

私は言った。内容によっては、私が力になれるかもしれない。

冬馬さんは、自分の両親がいかに毒親で、幼い頃からどれだけ苦しんできたかを話し始めた。そんな中、少年から青年へと成長する重苦しい時間に風穴を開けてくれたのが、毎年夏を過ごす伊豆大島での時間だった。

きっと冬馬さんには、両親からの過大な期待に応えるだけの技量があったのだろう。人生の途中までは、自分の本心を無視したり殺したりすることで、両親が理想とする息子を精一杯演じてきた。けれど、もう限界なのだ。これ以上は期待に応えられないという魂の叫びが、今、私が耳にしている冬馬さんの声なのだと理解した。

「わかりました」

自分が同性愛者であることを、両親にカミングアウトする手紙である。難しいに決まっているけれど、私は引き受けることにした。

「私の母も、そうだったんです」

私は言った。

「はっきり毒親って断言できるかどうかわかりませんけど。でも、完全に私を手放してくれた分、私はその影響を受けずに成長できました。

私を育ててくれたのは、祖母なんです」

「かし子さんが、育ての親だったんですね」

「はい、だから祖母には、いくら感謝しても全然足りないんです。なのに、私は生前の祖母に、ひどいことばっかり言っちゃって」

そのことを思い出すと、私はつい涙ぐんでしまう。

「きっと、喜んでますよ。かし子さんも、僕のおじさんも」

ハンドルを握る冬馬さんの横顔が、太陽の光を受けて輝いている。

「そうですね。そう思うことにします」

私は言った。それからしばらく、沈黙の時間が流れた。車は椿のトンネルを進む。

来てみてわかったことだけど、椿のトンネルは、伊豆大島のいたるところに普通にあるものだった。

私は勝手に、先代の手紙にあった「椿のトンネル」を、島に一箇所しかない特別な場所なのかと思い込んでいた。でも、細い道の両側に建つ家がそれぞれ垣根として椿を植えれば、それが成長すると当然のように椿のトンネルができる。椿のトンネルは、伊豆大島では当たり前の光景なのだ。

そんなことを、ぼんやりと考えていた時、

「止まってください！」

私は反射的に大声で叫んだ。

さっき、一瞬だけ目に入った歩道を歩いていた少女の姿が、ＱＰちゃんに瓜二つだったのだ。

驚いた冬馬さんが、急ブレーキを踏む。後ろに車がなくて、本当に助かった。

「ごめんなさい、娘にそっくりな子がいたので」

私は言った。

「ちょっとだけ、ここに停まって待っててもらってもいいですか？　すぐに確認してきます」

軽トラを降り、通りすぎたところまで小走りで戻る。やっぱり、どこからどう見ても、そこにいるのはＱＰちゃん本人だ。

「ＱＰちゃん！」

私が叫ぶと、

「お母さん」

ＱＰちゃんが驚いた顔で私を見る。びっくりしているのはこっちだというのに、ＱＰちゃんには全然その気持ちが伝わっていないらしい。

「なんでここにいるの？」

道路のこっち側から声をかけると、

「昨日ね、船に乗り遅れちゃったからさ、夜のフェリーに乗ってきたんだよ。島に行けば、お母さんに会えると思ったから」

ＱＰちゃんは、なんでもないことのように言った。

「どうして連絡してくれなかったの？」

ともすると怒りそうになってしまう自分の感情を、すんでのところで食い止めながら私は言った。すると、

「だって、お母さんのことびっくりさせようと思ったんだもん。お父さんにはちゃんと連絡したし。お父さんも、オッケーしてくれたよ」

それでミツローさんは私が連絡しても、大丈夫だから、心配ない、とそればっかり繰り返していたのか。

してやられた、と思う反面、ミツローさんの優しい嘘とQPちゃんのサプライズを、ほんのり嬉しく感じる。

目の前のQPちゃんに、今までのような反抗的な態度がどこにもないのも、新鮮だった。

「だけど、一晩フェリーで過ごしたってこと？　朝早くこっちに着いて、今までどこで何してたの？」

すんなりとサプライズを受け入れるのもなんとなく釈然としない気持ちがあり、母親としてもう少し娘の行動を厳重注意するべきなのではないかと迷いながら、道路を挟んだ向こう側にいるQPちゃんに大声で尋ねた。

そうこうするうちに冬馬さんが軽トラをバックさせ、私達のいるところまで来てくれる。

「とりあえず、乗りましょう」

娘であることが冬馬さんにも伝わったらしい。冬馬さんが、荷台にあった荷物を整理し、乗れる場所を作ってくれた。

QPちゃんだけ荷台に乗せるのも心配なので、私も一緒に荷台に乗り込む。QPちゃんの身に何があったのか全貌はわからないにせよ、無事にひとりで伊豆大島までたどり着き、そして私と再会できたことは、奇跡としか言いようがない。

とにかく、QPちゃんと無事に会えたことを、まずはミツローさんに報告する。けれど、車が揺れるので、なかなかうまくスマホの文字が打てなかった。ほどなく、軽トラは岡田港に到着した。

「どうしますか？」

運転席から降りてきた冬馬さんが、私に尋ねた。

「次の船に、乗ります？」

けれど、ＱＰちゃんは今朝、伊豆大島に着いたばかりなのだ。それでもう戻るだなんて、あまりにも可哀想な気がしてしまう。

「どうする？」

ＱＰちゃんに意見を求めると、

「もう少し島にいたい」

至極当然のことを言った。自分の意見を、ちゃんとはっきり言ってくれたことが嬉しい。

私だって、急いで鎌倉に戻らなくてはいけない理由など特になかった。ミツローさんが、下の子ふたりの面倒を見てくれれば済む話である。ツバキ文具店の方は、臨時休業をもう一日増やせば問題ない。

あれこれとやらなくてはいけないリストを考えていると、

「よかったら、知り合いのゲストハウスに、今晩泊まれる部屋があるか聞いてみましょうか？」

私達のやりとりを聞いていた冬馬さんが、遠慮がちに言った。

「お願いします！」

私より先に声を上げたのはＱＰちゃんだ。

「波浮《はぶ》っていう地区にあるんですけど、雰囲気がいい宿なので。高くないし」

冬馬さんがすぐにオーナーにかけ合ってくれたおかげで、無事、今夜の寝床を確保することができた。

こうして、今度はＱＰちゃんとふたりで、もう一日、伊豆大島に滞在することになったのである。

波浮地区は、島の南側にある、海沿いの小さな集落だった。波浮港《はぶみなと》という、元は火山湖だった天然の港を中心に栄えた所で、かつてこの界隈には多くの船が寄港し、たくさんの富や文化をもたらしたそうだ。

港の周辺には旅館が立ち並び、毎晩毎晩宴会が開かれ、町には恐ろしいほどの活気があったらしい。こんな小さな地区なのに、映画館やボウリング場まであって賑わっていたというのだから、驚いてしまう。

けれど、今は昔の話で、もう当時の面影はどこにもない。島を離れる人が増え、空き家が目立ち、かつては賑わっていたという商店街も、人がいなくて閑散としている。

「なんだか、映画のセットの中にいるみたいだね」

色褪せた街並みの様子を次々とカメラに写しながら、QPちゃんがポツリと言った。頭上の曇り空が、その演出にますます拍車をかけている。

確かに、ノスタルジックと言えばノスタルジックだが、ゴーストタウンと言ってしまえばそれまでである。店は開いているのかどうかもはっきりせず、家には人が住んでいるのかどうかもわからない。だから、そこに一軒のカフェを見つけた時は、宝物を探し当てた気分になった。

最初に見つけたのはQPちゃんで、QPちゃんが打ち上げられた魚の尾鰭《おひれ》みたいに激しく手招きするので行ってみると、なんとも雰囲気のいい素敵なカフェがあり、しかも、どうやら開いているようなのだ。看板には、小さくHav Cafeと書いてある。

店の中は、石油ストーブが焚かれているせいで暖かかった。暦の上ではもうとっくに春になったとはいえ、伊豆大島は風が強いので、長く外にいると体の芯から冷え切ってしまう。急に暖かい場所にきたので、体がゆるゆるとほどけそうになった。

厨房を見渡せるカウンター席にQPちゃんと並んで座り、メニューを見る。店を切り盛りするのは、気風《きっぷ》がよさそうな女性である。店内には、ヴィンテージの食器やピンバッジなどが並べられ、壁の一角には、世界中で撮られたらしいたくさんのスナップ写真が貼られている。

おなかが空いているというQPちゃんは、ピザトーストとカフェオレのセットを注文した。私も小腹が空いてきたので、ココアとマフィンをお願いする。パンは、島にある福祉施設の作業所で作られているそうで、他にも大島バターや大島牛乳など、伊豆大島産の食材が随所に使われているのが嬉しい。

甘いココアを一口飲んだら、ふぅっと肩の力が抜けた。まだ少し指先は冷たいものの、体全体に温もりが戻りつつある。

体が温まってきたせいか、それともQPちゃんと無事に伊豆大島で出会えた安堵感のせいかはわからないけれど、ほんのり眠たくなった。あくびが出そうになるのを必死に堪えながら、窓の向こうの路地を眺める。

スローモーションで世界を見ているような、なんとものどかな光だった。

ストーブの上では、フラダンスを踊るみたいにゆらゆらと陽炎が揺れている。昨日からの出来事を順々に回想していると、まるで長い長い夢の中を裸足で歩いていたような気持ちになる。夢は、今現在も続いている。

「お母さん」

横にいるQPちゃんに声をかけられ、ハッとして振り向いた。こんなふうになんの屈託もなく晴れやかな声でお母さんと呼ばれることに、改めて幸せを感じた。一瞬、本当に束の間だけど、私は寝ていたのかもしれない。

「ピザトースト、おいしいよ。味見する?」

「ありがとう」

まるで自分の方がQPちゃんの子供であるような気持ちになって私が答えると、あーん、と言いながら、QPちゃんが私の口元にピザトーストを押しつけた。

そういうことかと理解し、口を大きく開け、そのままピザトーストを口の中に入れる。一口で食べるには、ちょっと量が多すぎたらしい。もぐもぐと時間をかけて咀嚼していると、今度はその横顔をバッチリ写真に撮られた。

「餌食べてるリスみたい。お父さんに送ってあげよう」

QPちゃんが、撮ったばかりの私の咀嚼写真を見ながら、ぷぷぷぷぷ、と思い出し笑いをしている。

俯いてスマホを操作しているQPちゃんを見ていたら、なんだか急に感情の塊が込み上げてきた。

QPちゃんと出会ってからの月日が、流星群のように美しい光の帯となって、私の脳裏を駆け抜ける。

こんなふうにあなたが私の口に食べ物を分けてくれるのは今が初めてではなく、実は二回目なんだよ、ということを、本人に伝えてあげたいような、でも私だけのとっておきの秘密にしておきたいような、両方の気持ちになった。

ようやくピザトーストを嚥下《えんげ》し、残り半分となったココアを飲む。

大島牛乳は、なんだか春のそよ風のように軽やかで、さらっとしていて全然おなかにもたれなかった。いつもは牛乳をたくさん飲むとすぐにおなかがゴロゴロしてしまうのに、大島牛乳だとそうならないのが不思議である。

そのことを伝えると、

「健康な牛のお乳ってこういう味がするんだなって、私もこの島に来て大島牛乳に出会ってから初めて知ったんですよ」

店の主人が嬉しそうに教えてくれた。

「伊豆大島って、かつて酪農がすごく盛んで、東洋のホルスタイン島って呼ばれていたんですって」

店主曰く、牛は体温が高くて暑さに弱いので、体を冷やしてあげるのが大事なのだそうだ。その点、ここは島だから海風が吹くし、どこからでもすぐ海に行ける。酪農をするのに、伊豆大島は気候風土が適していた。

「昔はね、それぞれの家で牛を飼ってて、牛を連れて海を散歩したって聞きました。海に行けば、ミネラルの塩も取れるし、草も生えてるし」

これなんですよ、と、店主が冷蔵庫に入っていた大島牛乳のパックを見せてくれた。そこには、噴煙を上げる三原山と椿のイラストが、レトロな可愛らしいタッチで描かれている。

一気に、大島牛乳に愛着を感じた。冷蔵庫にいつもこのパッケージの牛乳が入っていたら、目に入るたびに穏やかな気持ちになるに違いない。

「一時は会社が経営難になって、大島牛乳も存亡の危機に陥ったんだけど、絶やしちゃいけないって地元の有志が立ち上がって、今も生産を続けてるんです。だからこの牛乳は、島民の誇りなんです」

店主の言葉の背後で、店のガラス戸が風のせいでカタカタ鳴っている。ツバキ文具店と、まるで同じ音がすると思った。ＱＰちゃんはさっきから、熱心に店に置いてあった伊豆大島のガイドブックを眺めている。

混んできたので早めに店を出て、当てもなく近所を散歩した。

歩いていると、

「明日なんだけどさぁ」

写真を撮りながら歩いているQPちゃんが、後ろから声をかけてくる。

「なぁに？」

私が振り向くと、

「帰る前に、馬に会いにいきたいんだけど、ダメ？」

QPちゃんが私の目をじっと見つめたまま言った。

「馬？」

「そう、お馬さん。島にね、ホースセラピーをしてくれる所があって、馬のお世話とかをさせてもらえるんだって。さっき見てたガイドブックに載ってたの」

いきなり馬と言われても、QPちゃんと馬がどこでどう結びついたのか、最初はピンとこなかった。でも、QPちゃんの目があまりにも純粋で、それこそ馬みたいに澄んできれいだったので、私は、いいよ、と短く答えた。

それからまた、のんびりと町を散策した。

かつて、この地がどれだけ華やかな場所だったのかを想像するきっかけをくれたのは、明治時代に建てられた網元の邸宅を見学した時だった。塀には、はるばる栃木から海を渡って運ばれたという大谷石が使われ、石造りの二階建ての家の壁は、平瓦の継ぎ目に漆喰を施したなまこ壁で覆われている。門構えも立派で、敷地も広く、いかに贅を尽くして建てられた家かが一目瞭然だった。

靴を脱ぎ、静々とお屋敷の中を見学していると、どこからか私を呼ぶQPちゃんの声がする。

「お母さん、すごいの見つけちゃった！　ちょっと来て」

どうやら、QPちゃんはかなり興奮しているらしい。

「どうしたの？」

声の在処を探りながらその場所までたどり着くと、

「このトイレ、すごくない？」

ＱＰちゃんが目をまんまるにしている。

和式の便器一面に、藍色の筆で美しい小花模様が描かれていた。確かに、こんなトイレは見たことがない。これじゃあまるで、芸術作品だ。男性の方も同様に、筒型の便器が見事に花で覆われている。ＱＰちゃんとふたり並んで、しばし便器に見惚れた。なんとも色っぽいトイレだ。私だったら、使うのが申し訳なく感じて、用を足すのを我慢してしまうかもしれない。

きっと、きれいな着物で着飾った踊り子達が、夜な夜なこの場所に集い、荒々しい海原からようやく陸地に上がって少々興奮気味の船乗り達を、手厚くもてなしたのだろう。

川端康成が書いた『伊豆の踊子』も、実際にいた波浮の踊り子さんがモデルだと、さっき案内板に書いてあった。もしかするとそのモデルの人も、このトイレを使ったのかな、なんて想像を巡らせる。

庭には、これでもかというくらいピンクの山茶花《さざんか》が咲き誇っていた。

外に出ると、当時の賑わいが海風に乗って聞こえてきそうだった。

それにしても、およそ二百四十段あるという踊り子坂は、風光明媚な階段である。波浮港と高台にある集落を結ぶ急な坂で、松などの木々の梢の下に青い屋根の民家があり、その下に船を浮かべた港が見える景色は素晴らしかった。

何度その景色に出会っても、出会うたびにドキッとする。歩いているだけで、鼻歌を歌いたくなってくるのだ。

波浮港には、文人や墨客も数多く訪れたらしく、坂の途中途中に歌碑などが建てられている。

一度宿に戻って、チェックインを済ませた。

最後に残っていた一部屋を押さえてくれたそうで、そこはダブルベッドの部屋だった。そのことに、ちょっとだけ、お、と思ったけれど、すぐに受け容れた。

もしかするとこれは、神様の、そして先代の、粋な計らいかもしれないと思ったのだ。だって、もうすぐ高校生になる娘とダブルベッドに並んで寝るなんて、こんなハプニングでもなければなかなかできることではない。

フェリーで夜を明かしたから、さすがに疲れたのだろう。宿の人がいなくなるなり、QPちゃんがベッドの中央に大の字に寝そべった。

その横で、私は荷物の整理をする。一泊のつもりで来たからもう着替えはないけれど、特に汚れていないから、夜、下着だけ洗って乾かしておけば問題ない。

QPちゃんがあまりにも気持ちよさそうに目をつぶっているので、私もゴロンとしたくなった。ダブルベッドの反対側にまわり、QPちゃんの横に滑り込む。QPちゃんが少し体の位置をずらし、私にもスペースを分けてくれる。

QPちゃんとふたり、筏《いかだ》に乗って風に吹かれているような気分だ。天井で、光の粒が弾けている。

ただ、いくら目を閉じても、睡魔は降りてこなかった。この時間に昼寝というか夕寝をすることなど最近はまずあり得ないので、脳が睡眠を頑なに拒否する。なんとも手持ち無沙汰になったので、思いつきでQPちゃんに提案した。

「マッサージしてあげる」

すると、QPちゃんが何事かをむにゃむにゃとつぶやきながら寝がえりを打って、うつ伏せの姿勢になった。

体を起こし、QPちゃんをぐいっと跨ぐ。それから、QPちゃんの背中に手のひらを当てた。

まずは目を閉じて、ＱＰちゃんの体の声にじっと耳を傾ける。

たまに肩こりがひどくなると駆け込む、近所の整体師さんの真似である。それから今度は、手のひらを広げてゆっくりと円を描くようにしながら、ＱＰちゃんの背中全体をさするようにマッサージした。

若いからまだ凝りとは無縁だろうと思っていたら、とんでもない。体のあちこちが均等に硬くてびっくりする。お婆さんの体みたいだ。

「お客さん、なかなか凝ってますねぇ。お仕事、忙しいんですか？　これは目の疲れから来てるかもしれませんねぇ」

首の後ろの石みたいな凝りをぐりぐりやりながら、按摩《あんま》さんになったつもりで私は言った。

「受験勉強で」

ＱＰちゃんが、小声で言う。ＱＰちゃんは、特に腰の辺りが冷たかった。

「体を冷やすのは良くないですからね、お客さんも、若い頃から、腹巻きとかした方がいいですよ」

念入りに腰を揉みほぐしながら、私は言った。小学生まではマッチ棒みたいに線が細かったけど、最近はＱＰちゃんにも程よく肉がつき、ふっくらして女性的な体形になりつつある。

「生理の方は、順調ですか？」

おしりの奥を肘を使ってほぐしながら、私は尋ねた。ＱＰちゃんが初潮を迎えたのは、中学一年生の初夏の頃だった。

「生理痛はどうですか？」

「たまーにしんどくなるけど、落ち着いてきました」

こんな時でもなければ、ゆっくりＱＰちゃんと婦人科系のことなど話せない。

「お客さん、無理しないでくださいねー。辛い時は、ちゃんと先生に言って、休んでいいんですからねー。生理は恥ずかしいことじゃありませんよー」

私は言った。今の台詞は完全に母親目線だったな、と思いながら。

私は、ＱＰちゃんと動物の親子みたいに戯れている時間が、とことん愛おしく思えた。こんな時間が持てただけでも、伊豆大島にもう一泊した意味があったのだ。

ＱＰちゃんが叫び声を上げたのは、最後に足裏のマッサージをした時だった。

「いったぁぁぁぁぁぁぁぁぁぁい！　もっと、優しくやって」

不機嫌極まりない声で叫ぶ。

「痛いのはね、そこが悪い証拠なんだよ。ちょっと我慢してて。その後、スッキリするんだから」

言いながら、私はもう一度、ＱＰちゃんの左足の親指の横のツボに力を込める。

ＱＰちゃんの口から、今度はうめき声がこぼれた。見ると、ＱＰちゃんの目から涙が流れている。

「そんなに痛い？」

とぼけた口調で私が言うと、

「本気で死ぬってば！　もういい。今度はお母さんの番」

ＱＰちゃんはそう言って体を起こし、四つん這いになって私の足元に移動する。

「お手柔らかに、どうぞよろしくお願いします」

私は言った。

けれど、ＱＰちゃんのそれは、リフレクソロジーとはほど遠い、単なる拷問だった。あまりの痛さに背中が汗びっしょりになる。すぐに降参して、マッサージタイムはお開きとなった。

汗をかいたので着替えたいけれど、着替えがもう手元にない。それで、ＱＰちゃんがパジャマ用に持ってきたというよれよれのピンクの長袖Tシャツを借りて、袖を通した。自分的には全然似合っていないと思ったけど、汗で濡れた服を着るよりはまだマシなので、その上にカーディガンを羽織って、出かける準備をする。

　QPちゃんとダブルベッドの上で按摩さんごっこをするうちに、すっかり陽が暮れていた。なるべく厚着をして、外に出た。

「さてと、どっちに行こうか？　選択肢は、ふたつだよ」

　真っ暗になった夜道を歩きながら、私は言った。

　まだ夜の帷《とばり》が下りたばかりだというのに、空にはもう、ちらほらと星が姿を現している。意志が強そうな輝きは、やっぱり伊豆大島ならではだ。

「お母さんは、どっちに行きたい？」

　QPちゃんに聞かれたので、うーん、と考えてから、

「ラーメン」

　夜空を見上げながら答えた。この界隈で夜食事ができるのは、ラーメンか寿司の二軒しか無いと、昼間行ったカフェの店主に教えてもらったのである。

「おぬしはどっちじゃ？」

　私がふざけてQPちゃんに尋ねると、

「わしは、寿司がええ。べっこう寿司とやらを、食べてみたいぞよ」

　QPちゃんも、私に合わせてふざけて返した。

「うーむ、困ったな。なら、ジャンケンで決めるか？」

　しばらく考えてから、私は言った。もちろん寿司でもいいのだが、寿司にするとまた港まで踊り子

坂を下りて行かなくてはいけない。

　下りるのはいいが、帰りが辛そうである。それに、私は今、むしょうに温かいスープが飲みたかった。頭の中では、さっきからラーメンコールが鳴り響いている。

「何回勝負じゃ？」

　QPちゃんが言うので、

「三回勝負でどうじゃ？」

　私が答えると、

「いや、ここは一発勝負でいこう」

　QPちゃんが言う。

「では、一発勝負ということでオーケーじゃ」

　こうして、ジャンケンで今夜の食事を決めることになった。

「ジャンケンポン！」

「あいこでしょ！」

「あいこでしょ！」

　誰もいない夜道で、母と娘が真剣勝負のジャンケンをする。

　ずっと同じのを出しておあいこが続いたのだが、四回目の勝負でようやく決着がついた。私がグーで、QPちゃんがチョキだ。

「やったー、今夜はラーメンね！」

　大人気もなく、私は暗闇でガッツポーズを決めた。それから、どさくさに紛れてQPちゃんの腕を取り、ラーメン屋さんまでの短い道のりを、腕を組んだまま並んで歩いた。何もかもが愛おしくなるような、慈愛に満ちた夜だった。

店は、どこにでもありそうなごく普通のラーメン屋さんだった。でも、味の方は絶品で、私もQPちゃんも、無我夢中で麺を吸い上げた。

「めっちゃおいしかったぁ」

ラーメン屋さんの赤い暖簾をくぐって外に出た瞬間、QPちゃんが叫ぶ。きっと今の声は、店の中の人達にも筒抜けだったに違いない。

「びっくりしたねぇ」

おいしさの余韻が、まだふわふわと体の中を綿毛みたいに漂っている。

QPちゃんが頼んだ塩味の島のり拉麺も、私が頼んだ蛤出汁の懐かし中華も、餃子《ギョーザ》も小さな豚丼も、どれもホッとする味で、胃袋がいまだに喜びの舞を踊っている。

「お寿司も食べたかったけどさぁ、今夜はラーメンで大正解だったんじゃない?」

満足げなQPちゃんの横顔をチラチラと見ながら、私は言った。

「普通ああいう場面では、娘の意見を優先してお母さんがわざと負けてくれたりすると思うけどなぁ」

それでもQPちゃんが口を尖らせるので、

「小梅や蓮太朗が相手だったら、そうしてたかもね。でもさ、QPちゃんはもう立派な大人だし」

しれっとして私は言い返した。

QPちゃんがもう子供ではないということを、私は今日、ふたりで時間を過ごすうちにまざまざと感じていた。それに、勝負は本気で挑まなくては意味がないのだと、そのこともQPちゃんに伝えたかった。

なんとなくこのまま夜が終わってしまうのはもったいないような気がして、帰りに、気になっていた商店に入って夜食などを物色する。QPちゃんが熱心に駄菓子を見ているすきに、私はカゴにアルコールの瓶を入れた。

QPちゃんが寝てから、寝顔を肴にちびちび食後酒を飲むのも悪くない。デザートが何もないので、干し芋もカゴに放り込む。

レジの横に、新鮮な明日葉が置いてあった。お土産に買って帰ってミツローさんと蓮太朗と小梅にも食べさせたいような気持ちになったけど、明日一日この鮮度が持つかわからないので、泣く泣く諦めた。

なんだかもう、一週間くらいこの島に滞在しているような気分だった。会計を済ませ、少しだけ遠回りして宿に戻る。島には、驚くほど静かで、満ち足りた時間が流れている。

お風呂と洗面所は他のお客さんとの共用なので、先にQPちゃんがシャワーを浴びに部屋を出た。お風呂は今朝、フェリーが島に着いてから港のそばの天然温泉でずっと、それこそ飽きるくらい入ったらしい。だから、軽くシャワーだけ浴びるので十分とのことだった。

その間に、私はさっき商店で買ってきたシードルの栓を抜く。部屋に置いてあったコップに注いで、ひとり乾杯した。

飲んでいるうちに、みるみる酔いが体を支配するのを感じた。途中、デザート用に買ってきた干し芋の袋を開け、干し芋をつまみにしながらシードルを飲む。昨夜食事をご馳走してくれた冬馬さんと十夢の仲良しカップルは、今頃何を食べているのだろう、なんて想像しながら。

気がつくと、私はベッドに移動して、布団の中に潜り込んでいた。シードルを、あまりに早いペースで飲みすぎたかもしれない。このまま寝てはいけない、歯を磨かなきゃ、顔を洗わなきゃ、と呪文のように唱えながらも、体はどんどん眠りの世界へと沈んでいく。もう、再起不能だった。

途中、ＱＰちゃんが部屋に戻った音で目が覚める。目は覚めたものの、やっぱり体を起こすことができない。

「お母さん、もう寝たの？」

咄嗟に声が出なくて、数秒間黙っていたら、

「私のお母さんになってくれて、ありがとね」

ＱＰちゃんが囁くように言った。

もしかすると、ＱＰちゃんは私が寝ていると思って、聞こえていないと思って、それで安心して言ったのかもしれない。

私はぎゅっとまぶたを閉じて、涙がこぼれないように我慢した。私がそこで何かを言ったら、せっかくのＱＰちゃんの優しさを汚してしまう気がした。ここで気の利いた言葉が返せるほど、私はまだ立派なお母さんになどなっていない。

確かに私の方が先に生まれて、立場上はお母さんだけど、だからと言ってすべての面において私の方が優れているなんて、絶対にありえないのだ。

ＱＰちゃんの方が秀でている点もたくさんあるし、私にとってはＱＰちゃんが先生の時だってもちろんある。

だから、沈黙を守るしかなかった。それでも、まぶたの隙間から、涙がじわじわと湧き出てくる。

明け方、ものすごく愉快な夢を見た。

先代と私とＱＰちゃんの三人で、お風呂に入っているのである。

お湯の表面には、色とりどりの椿の花がびっしりと浮かんでいる。湯船が小さかったので、一番下

に先代、その上に私、更にその上にQPちゃんと、裸の女三人が三段重ねで抱っこし合って入浴しているのだ。

ものすごく気持ちよくて、しかも先代が途中から落語を披露するという、本当におかしな夢だった。私もQPちゃんも両足を広げてゲラゲラ笑い、その下で先代だけが真剣に落語をしているのである。

だから、ふと目を開けた時、目の前にQPちゃんの顔があるので混乱した。

一瞬、自分が今どこにいるのかわからなくなる。

QPちゃんと同じベッドで寝ているなんてありえないと思い、もしやさっきまで三人でお風呂に入っていたことの方が現実だったのかな、と思ったりした。

けれど、じょじょに思い出した。

昨日、偶然QPちゃんと島で遭遇し、冬馬さんの軽トラの荷台に乗せてもらってからの出来事が、パラパラ漫画のように脳裏によみがえった。

更に、その前の、サノ浜で先代と美村氏が交わしたふたりのラブレターを冬馬さんと供養したことも思い出した。

この島で、私は随分と濃密な時間を過ごしている。

QPちゃんは、本当に気持ちよさそうに眠っていた。完全に私の方に顔を向けて眠っているので、顔に生えた産毛までがはっきりと見える。

もしかすると、QPちゃんもまた、夢の中で椿の浮かぶお風呂に入りながら、先代の落語を聞いているのかもしれない。

笑っているような、かわいらしい寝顔だった。

首の裏からはみ出した和毛《にこげ》が、朝陽にキラキラ輝いている。

もう一度、先代とＱＰちゃんの温もりを味わいたくて、目を閉じた。

鎌倉駅に戻ったのは、その日の夕方だった。ミツローさんが素早く対応してくれたおかげで、特に大きな支障もなく、その間私とＱＰちゃんは伊豆大島を満喫し、無事に帰ることができた。

私にとっては、まるで世界一周の旅から帰還したかのような、充実した二泊三日だった。

何よりも、成長して大人になったＱＰちゃんを島の至る所で見ることができたのが大きな収穫だった。

ＱＰちゃんもまた、樹海の森がそうであるように、自力で溶岩の上に芽吹き、根っこを張って自分だけの森を再生させたのかもしれない。

ＱＰちゃんの受験の合格の知らせが届いたのは、それから数日後である。

蓮

四月になった。

QPちゃんは、真新しいちょっと大きめの制服に身を包んで高校へ通うようになり、下の子ふたりも揃って小学二年生に進級した。

ミツローさんは、まだ水が冷たくて寒いだろうに、良い波を求め、足繁く海へと通っている。

それに引き換え、なんだか私だけが同じ場所に留まって足踏みをしているような気がしてしまうのは、単なる錯覚だろうか。

世の中は、春爛漫で浮かれているというのに。どうも、心の晴れない日が続いている。

もしかするとこれは、俗に言う燃え尽き症候群かもしれないと気づいたのは、桜の花がすっかり散って葉桜になる頃だった。

先代のラブレターも供養し、QPちゃんも高校に合格し、目の前にあったミッションがすべて片付いて、すっかり空虚な気持ちになってしまったのかもしれない。

自分の存在理由がわからなくなり、下手すると、自分はなんのために生きているのだろう、などという、壮大な底のない泥沼に、ずっぽり首まで嵌まり込んでしまう。

それならそうと、自分も仕事に打ち込めば気も紛れそうなものだが、そっちはそっちで己の能力不足により、代書の仕事が停滞している。

頭の奥が常にだるくて、何もやる気が起きないのだ。ちょっとした新しいことを始めるのも、実際に行動に移そうと思うと途端に億劫になる。

実は、冬馬さんに頼まれた手紙の代書を、私はなかなか書けずにいた。あの時は、自分が冬馬さんの力になれるかもしれない、などと本気で思ってしまったけど、明らかに自惚《うぬぼ》れだった。自分の能力を買いかぶっていただけだと、今ならそう断言できる。書けると思って軽い気持ちで受けてしまった自分を、今はものすごく恥じている。

私自身が成長しない限り、冬馬さんの内面に宿る孤独を、葛藤を、憤りを、そして希望を、言葉にすることなど到底無理なのだ。それで冬馬さんには、もう少し時間をもらえるようお願いのメッセージを送った。これはもう、神様にすがってすぐそこの鎌倉宮で厄《やく》割《わ》り石でもしてくるか、と私は半ば自棄っぱちになっていた。

ツバキ文具店に背の高い青年が現れたのは、そんな憂鬱な春をやり過ごしていた時だった。私は、店の事務机に頬杖をつき、ぼんやりと藪椿を眺めていた。

さすがにもう、花はほとんどない。美しい形のまま潔く落ちた椿の亡骸が、地面に点字のように散らばっている。

優に一八〇センチはありそうな、立派な体軀の青年だった。手足が長く、スポーツでもやっているのか、鍛え上げられた体をしている。

彼は、野球帽を取りながら、ご無沙汰しています、と感慨深げにつぶやいた。

けれど、私には見覚えのない青年である。だから、今しがた彼の放った言葉の意味がわからなかった。すると、

「鈴木タカヒコです」

青年が、溌剌としたよく通る声で名乗った。

「えっ？」

驚いて、まじまじと青年の顔を見つめる。言われてみれば、確かに閉じた目のゆったりとしたカーブが、少年の頃のタカヒコ君に似ているかもしれない。

「大きくなったねぇ」

私は、本当に心の底から感動して言った。さっきまでの憂鬱が、その瞬間、突風にさらわれるように吹き飛んだ。

「よく皆さんにそう言われます。母も、まさかこんなに大きくなるとは、って驚いてます」

目の見えないタカヒコ君が、お母さんに感謝の気持ちを伝える手紙を書きたいとやって来たのは、もうだいぶ前になる。あの時、結局タカヒコ君は自分の手で便箋に文字を綴ったのだ。その内容を思い出し、私は胸が詰まりそうになった。

「どうぞ、こっちに座って」

タカヒコ君に丸椅子を差し出す。タカヒコ君と話していると、つい、タカヒコ君の目が見えていないことを忘れそうになってしまう。

「ありがとうございます」

タカヒコ君はきっと、音や匂いで世界を構築しているのだろう。私の方に顔を向けながら、しっかりと丸椅子に腰掛けた。

「今、飲み物を用意してくるので、ちょっと待っててね。タカヒコ君は、冷たいのと温かいの、どっちがいい？」

私が尋ねると、

「じゃあ、冷たい方でお願いします」

タカヒコ君が笑顔で答える。

私は、本当に夢を見ているような気持ちになった。まさか、こんなに立派に成長したタカヒコ君と再会できるなんて、思ってもみなかった。

タカヒコ君には冷蔵庫から出したリンゴジュースを用意し、自分用にはそれを素早く温めたものをコップに入れた。

「タカヒコ君、いくつになったの？」

ふたつのコップをお盆に載せて運んでいくと、

「二十一です」

タカヒコ君が凜々しい声で答える。

「そっか、あの時はまだ小学生だったもんね」

私は、小さなタカヒコ君を思い出しながら言った。小さくても、タカヒコ君は当時から立派なジェントルマンだった。

「はい、小六でした」

「あの手紙で、お母さん、ほっぺのチューはやめてくれた？」

私が尋ねると、

「おかげさまで」

タカヒコ君が、照れ笑いを浮かべる。笑顔は、幼い頃のタカヒコ君そのまんまだ。

「よかったねぇ」

いろんな意味を込めて、私は言った。タカヒコ君の人生が充実しているということは、タカヒコ君の体全体から蜃気楼《しんきろう》のように伝わってくる。

「僕、高校を卒業してから、三年ほど、海外に留学していたんです」

「それは、すごいね。どこに行ってたの？」

「最初の二年間はカナダで、その後一年間はオーストラリアにいました」

「何を勉強してたの？」

「障害者スポーツです。あの手紙を渡してから、僕のケアで山に登らなくなっていた母と登山をするようになりまして。

最初はハイキングコースとか、本当に低い山から始めて、でもだんだん高い山にも挑戦するようになって。

十六歳の誕生日に、富士山にも登頂しました。それで、体を動かす喜びを知ったというか。

今は、トライアスロンでパラリンピック出場を目指してるんです。この春、日本の企業に就職しまして、働きながら競技人生を続けてます」

「すごいねぇ」

目の前のタカヒコ君は、自力でどんどん人生を切り開いている。こういう人を、私は心から尊敬する。

「それで、先日初めてお給料をもらったので、これをお渡ししたくて」

タカヒコ君が、背負っていたリュックの中から小さな箱を取り出して、私の前に置いた。

「私に？」

「はい。自分で稼げるようになったら何かお礼をしようって、ずっと前から決めてたんです。だってあの時、僕、五十円しかお金を払わなかったから。そのことが、ずっとずっと気になってて」

タカヒコ君は言った。

そんなこと、全然気にしなくていいのに。むしろ、あの時にタカヒコ君が払ってくれた五十円玉は、ご褒美のメダルにしてみんなに自慢したいくらい、私にとっては何にも勝る勲章だった。

「どうもありがとう」

たくさんの気持ちを込めて、私は言った。

「よかったら、開けてください」

タカヒコ君の言葉に背中を押され、きれいに包装された包み紙をゆっくりと剝がす。中から現れたのは、インクの入った小瓶だった。

「すごい。素敵な色」

ラベルには、満月の海と書かれている。

「そう言ってもらえて、よかったです。彼女に付き合ってもらって、色の名前を端からいっこずつ教えてもらって決めました。インクの名前って、どれも個性的で面白いですね。

満月の海なんて、正直僕にはどんな色かよくわからないんですけど、きっと、すごく美しいんだろうなぁ、って。

その瞬間、一瞬だけどその色が見えた気がしたんです。あと、瓶の形も丸みがあっていいな、って。なので、よかったら使ってください」

私は、タカヒコ君が選んでくれたインクの瓶を、そぉっと両手で抱きしめた。

「タカヒコ君、彼女いるんだね」

こんな好青年を世の女性陣が放っておくわけないな、と思いながら私は言った。

「ようやくですけど」

タカヒコ君が、おどけたような口調で言う。

「お母さんも、お元気？」

「はい、母はあの後父と離婚して、今はひとりで暮らしてます。たまに、僕の彼女とお袋と三人でご飯食べに行ったりするんですけど。お袋と彼女、どっちも気が強いから、対立することが多くて」

「タカヒコ君、板挟みで大変ね」

笑いながら私が返すと、

「全くです。結婚する前から、もう嫁姑問題が勃発しちゃってて」

まんざらでもなさそうな口調で言う。

そういうことも全部全部ひっくるめて、タカヒコ君は今、とても幸せな、満ち足りた人生を送っているのだろう。

それにしても、なんというサプライズなのか。タカヒコ君の底力を見せつけられたようだった。タカヒコ君は、ますます紳士度を上げている。

「よかったら、また遊びに来て。今度は彼女も一緒にどうぞ」

タカヒコ君の帰り際に私が言うと、

「ありがとうございます！」

まるで、運動部の後輩が先輩に言うような威勢のいい声が返ってきた。

「僕、昔からここの匂いがすごく好きなんです」

犬みたいに鼻をクンクンさせながら、タカヒコ君が言った。

「そんなに匂いがする？」

私からの問いかけに、

「します。文房具の匂いもそうなんでしょうけど、なんていうか、柔らかい手触りの優しい香りっていうのかな。

店に入った瞬間、ふーっと力が抜けるんです。僕の錯覚かも、って思ったりもしてたんですけど、やっぱり今日も、あの時と全く同じ匂いがして安心しました」

タカヒコ君は、確信に満ちたような表情を浮かべて言った。

タカヒコ君が言うなら、それが真実なのだろう。私は、なんだか自分が褒められたようで嬉しくなった。

「気をつけて帰ってね」

ツバキ文具店の引き戸の所まで行ってタカヒコ君を見送ると、タカヒコ君は地面に散った藪椿の赤い花弁を、見事に避けながら帰っていく。

やっぱり、タカヒコ君には見えているのだ。タカヒコ君は、心の目ですべてを見て、なんでもお見通しなのだ。

タカヒコ君が、一足早く、爽やかな五月の光を連れてきた。

郵便受けのポストに私宛の手紙を見つけたのは、それから半月ほど経った頃だった。知っているような、けれど知らないような書き文字を誰だろうと不思議に思いながら裏返すと、なんと差出人はQPちゃんである。高校生になったら、ますます大人びた整った文字を書くようになった。

すぐに家の中に戻って、封筒を開けた。QPちゃんから手紙をもらうのは、いつ以来だろう。私は、立ったまま手紙を読み始めた。

して、夕方、お花見しようって段葛に四人で行ったでしょ。

あの時、お母さんが私に言ったこと。

　ＱＰちゃんは美人さんになったねえ。美雪さんに似てよかったね、って。

お母さんは、なんでもないようにサラッと言ったけどさ、私、ものすごくショックでした。

　だって、私のお母さんは、お母さんなんだよ。私、お母さんの子だよ。それなのに、お母さんに似なくてよかっただなんて、ひどすぎるよ。

　お母さん、レンとコウと手をつないで歩いてたけど、私はその後ろをついて歩きながら、涙が出て止まらなかったの。自分だけ仲間はずれにされたみたいで、悲しくて悲しくて、絶望的な気持ちになったの。

　だって、私だってお母さんに似てるって思ってるし周りもそう言ってくれる。

　もちろん、わかってる。わかってるよ。ちゃんと、事実は知ってるよ。

　でも、私だってさ、お母さんのおなかから生まれたかったなって、思っちゃうんだもん。レンとコウは

お母さんへ

普段、手紙なんて書かないので、なんだかすごく緊張してます。今日は、母の日です。だから、お母さんに手紙を書こうと思うんだけど、何を書いたらいいのかな？　さっぱりわかりません。うまく書けなくて、ごめんなさい。

お母さん、伊豆大島に誘ってくれて、どうもありがとう。

島旅、最高に楽しかったですね。よく考えたら、エノ島には何度か行ったことがあるけど、ちゃんとした島に船で渡ったのは、初めてかも。私、すっかり島が好きになっちゃった。

馬、かわいかったなあ。

馬の目って、なんであんなに優しいのかな？　馬の体を手でなでさせてもらっていたら、なんだか馬が私のことをなぐさめてくれているような気持ちになりました。そしたら、ずっと落ち込んでいた気持ちがふわって消えて、心が柔らかくなりました。

お母さん、覚えてますか？

一年ちょっと前、蓮太朗と小梅が小学校に入学

どうか、よろしくお願いします。
　お母さん、いつも本当にどうもありがとう。
　お母さんのこと、やっぱり大好き。
　嫌いになんかなれませんでした。
　どうか、長生きして、いつまでもそばにいてください。

QPより

PS
　お母さんとふたりで、また伊豆大島に行きたいなー。今度はもっとゆっくりハブカフェで朝ごはん食べて、鵜飼商店のコロッケも食べようね。今度こそ、大島名物のべっこう寿司も食べたい！　でも、またあのラーメン屋さんも行きたいな。

お母さんと血がつながってていいなあってうらやましくなっちゃうんだもん。

それで私、お母さんを傷つけるような言葉を言ってしまったの。

本当にごめんなさい。許してください。

でもね、伊豆大島で馬をなでてたら、そんなことは大したことじゃないんだ、ちっぽけなことなんだよ、ってね、お馬さんが、教えてくれたんだ。大丈夫、って私に言ってくれてるような気がしたの。

馬に感謝です。

だから、お母さん、私はもう大丈夫だよ。

反抗期は卒業しました。

反抗するのは反抗するので、すごく疲れるってこともよくわかったし。

ムダにエネルギーを浪費するより、せっかく高校生になったんだから、これからは高校生活をエンジョイしたいと思っています。

だからまた、前みたいに私と仲良くしてください。

私は、何度も何度も同じ文面を読み直した。

伊豆大島でＱＰちゃんと過ごした時間の数々が、美しい光となってよみがえってくる。本人を抱きしめる代わりに、手紙を胸に抱きよせた。

謝らなくてはいけないのは、私の方だ。私の軽率な言動で、ＱＰちゃんを苦しめていた。親として、本当に情けなくなる。自分もまた、無自覚な毒親なのだと思ったら背筋が寒くなった。

人のことを批判している暇があったら、自分のことを鏡に映してわが身を振り返るべきだったのに。ＱＰちゃんの愛情に気づいていなかったのは、むしろ私の方だった。

なんでそんな馬鹿なことを言ってしまったのだろう。しかも、ＱＰちゃんに教えてもらわなかったら、私は永遠に自分の非に気づかなかった。

馬鹿野郎、と叫びながら、一発、本気で自分を殴ってやりたい。

今さら謝ったところで、ＱＰちゃんの傷ついた心は元に戻らないけれど、それでもちゃんと、ＱＰちゃんに謝りたいと思った。

封筒には、とてもすてきな九十四円切手が貼られている。

白とピンクと紅の花弁は、薔薇だろうか、それとも牡丹だろうか。もしかしたら、椿かもしれない。こんなに美しい切手をわざわざ選んで貼ってくれたＱＰちゃんの優しさが身にしみて、どうしようもなくなった。

仲良くしてくださいだなんて、こっちの言う台詞なのに。子供は、親の知らないところでどんどん勝手に成長して、親の手を離れて巣立っていく。

ＱＰちゃんだけじゃない。小梅だって、蓮太朗だってそうだ。ぼんやりしていたら、私達の元からあっという間にいなくなってしまう。

好きなように子供を撫でたり抱きしめたりできる時間は、思っている以上に短いのだ。きっとQPちゃんは今、親離れしようと必死に羽をばたつかせている最中なのだろう。次にQPちゃんと手をつないで歩けるのは、もしかすると私がうんと歳をとって、歩くのもままならなくなって、場合によってはQPちゃんが誰かもわからなくなった時なのかもしれない。

そう思ったら、みるみる切ない気持ちがこみ上げてきた。

人生なんて、本当にあっという間に終わってしまうのだ。

次の週末が来るのを待ち、日曜日の夕方、QPちゃんを散歩に誘い出した。事情を話したら、下の子達の面倒は、ミツローさんが見てくれるという。

イタリアンでも和食でもフレンチでも焼肉でも鰻でも、今夜はなんでもQPちゃんが食べたい物を食べようと提案したら、QPちゃんは間髪入れずにカレーと答えた。カレー好きは、父親譲りかもしれない。

それで、オクシモロンを目指しながら小町通りをてくてく歩く。春になったからか、一時期少なくなっていた観光客が、また鎌倉に戻りつつある。

けれど、もうラストオーダーの時間だった。あと五分早く家を出ていたら間に合ったのにと思うと悔しいが、仕方がない。他にカレーが食べられる店はないだろうかと階段を下りながら思案していたら、だったらあの踏切の所のカフェに行ってみようとQPちゃんが言い出した。

「おじさんふたりの看板が出てるとこ？」

「そう、一回、入ってみたいなぁ、って思ってたから」

「名前、なんだっけ？　お母さんも、長く鎌倉に住んでるけど、まだ一度も入ったことがないよ。結構、昔からあるような気がするけど」

「なんかねぇ、オムライスがおいしいって先輩が言ってた。あと、デザートも充実してるんだって。プリンパフェ、食べたい」

QPちゃんが、弾んだ声で言う。

「入ったことのないお店にいきなり行ってみるっていうのも、楽しいもんね」

私は言った。

よく考えると、こんなふうにQPちゃんとふたりだけで友達同士みたいに鎌倉の町をぶらぶらするのは初めてに近い。それだけ、QPちゃんが大人になった証である。

けれど、踏切の所のカフェも店じまいの時間だった。正確には、カフェ・ヴィヴモン・ディモンシュという名前だという。

「残念」

QPちゃんは、close の札を恨めしそうに見ながら言った。二軒続けて、ふられてしまった。

「鎌倉は火、水休みの店が多いけど、日没までの営業って所も結構あるんだよね」

独身時代はずいぶんと鎌倉のお店の営業時間や定休日に詳しかったはずなのに、今ではすっかり疎くなっている。

「さてと、どうする？」

私は、横にいるQPちゃんに聞いた。

店のガラスに、ふたりの姿が映っている。背は、私の方がまだかろうじて高いけど、追い抜かれるのは時間の問題だろう。

「とりあえず、踏切を渡ろうよ」

QPちゃんが言うので、線路の向こう側へ横断した。

すると、

「こんな所にお店があったんだね」

QPちゃんが、足を止める。

「ほんとだねぇ。お母さんも知らなかった」

半地下になっている場所に、こぢんまりとした食べ物屋さんがある。

「何料理かなぁ」

「洋食っぽいけど」

「メニュー見せてもらう？」

「そうだね」

QPちゃんと階段を下り、お店の人に中の黒板に書かれたメニューを見せてもらった。

どうやら、フランス料理を出すビストロらしい。メニューには、地元産の野菜や近くの漁港でとれた魚などを使った、魅力的な料理が並んでいる。

「せっかくだから、ここにしてみる？」

私の方から提案すると、QPちゃんも目を輝かせて同意した。

カウンター席だったらまだ空いているとのことなので、入り口に近い席にQPちゃんとふたり並んで腰掛ける。すでに後ろのテーブルでは、色気のあるダンディーな鎌倉紳士が、スパークリングワインを飲みながらひとりで食事を楽しんでいた。開け放ったドアからは、心地のいい風が入ってくる。

残念ながらQPちゃんが最初に食べたいと言ったカレーはなかったけれど、QPちゃんが殊の外ブイヤベースを気にしているので、前菜はマルセイユ風ブイヤベースを二人前頼む。

メインは各自、好きな料理を注文した。

QPちゃんは迷わず牛ハラミステーキに決めたが、私はなかなか決められなかった。最終的には鴨モモ肉のコンフィにしたものの、やっぱりホロホロ鳥の方がよかったかな、白身魚のポワレもおいしそうだし、などといつまでも目移りしてしまう。QPちゃんの方が、よっぽど決断力のある大人に成長している。

「改めて、高校入学おめでとう」

QPちゃんは炭酸水で、私はクラフトビールで祝杯をあげた。

先月、家族みんなでつるやに行って鰻を食べながら合格のお祝いはしたけれど、店がとても混んでいたのと、途中で蓮太朗のおなかの具合が悪くなったこともあり、なかなか落ち着いてお祝いをするという雰囲気にはなれなかった。

すると、

「お母さん、一時期さ、私のこと、はるちゃんって呼んでなかったっけ?」

QPちゃんがいきなり話題をふってくる。一瞬、ビールにむせそうになったがグッと堪え、私は言った。

「そうだよ。美雪さんも陽菜《はるな》から取ってそう呼んでたからね。QPちゃんの本当のお母さんになりたくてさ、でもそう呼ぶのは美雪さんに悪いかな、っていう遠慮もあって、なかなかはるちゃんって呼ぶことに抵抗があったの。

でも、やっぱり、私もはるちゃんって呼びたいな、って思って、実行してみたんだけどね」

私は、その時に抱いていた複雑な気持ちを、そのまんま正直にQPちゃんに伝えた。もうQPちゃんには、それを受け止めてくれるだけの器がちゃんと備わっている。

「でも？」

「なんていうか、しっくりこなかったっていうかさ。だって、お母さんの中で、ＱＰちゃんはやっぱりＱＰちゃんなんだもん」

「なにそれ」

ＱＰちゃんがくすくす笑う。

「じゃあ、逆になんて呼ばれたい？　はるちゃんの方がよかったりする？」

これは大事なテーマだぞ、と思って私が真面目に質問すると、

「どっちだって同じじゃん！」

笑い飛ばすようにＱＰちゃんが言った。

「同じなの？」

「そりゃそうでしょ。どっちも私のことなんだから」

私は狐につままれたような心境だった。実は密かに、このままＱＰちゃんと呼び続けていいのだろうかと悩んでいた。

「そっかぁ」

私は言った。

問題の構造は、私が思っていたよりずっとシンプルだったのかもしれない。それで、なんとなくすっきりした気分になった。それからふたりで、ブイヤベースを食べ始めた。

メインに加え、さらに一皿ずつデザートも注文し、すべて残さずに平らげ、おなかいっぱいで店を出る。

すっかり、夜の帷が下りていた。駅のホームもがらんとしている。

満を持して、私は言った。

「ちょっとだけ、寄り道してってもいい？」

「いいけど。どこに？」

「壽福寺《じゅふくじ》さん。ＱＰちゃん、行ったことあるけど覚えてるかな？」

さすがに、五歳の頃のあのデートの記憶はないだろうと思いながらも、私は尋ねた。

「どこら辺？」

「北鎌倉に行く途中。切り通しまでは行かないけど。すぐそこだから」

私は言った。会話を交わしながら、すでに壽福寺の方へ向かって歩いている。

「おいしかったぁ」

「お父さんに内緒で、また行こうね」

ちょっと悪戯を企むような気持ちで、私は言った。

「そうだね。お父さんあの店のこと知ったら、嫉妬しちゃうかも。お店の人も、格好よかったし」

大きな黒い犬を連れた通りすがりの年配の女性が、私達の会話を微笑みながら聞いている。

壽福寺に行くのは、本当に久しぶりだった。私は、夜の静けさを乱さないよう気をつけながら、横を歩くＱＰちゃんにそっと語りかける。

「おばあちゃんにね、好きな人がいたんだって。その好きな人がね、伊豆大島に住んでいたんだって」

「おばあちゃん？」

ＱＰちゃんが不思議そうな顔をする。

「お母さんのおばあちゃんだから、ＱＰちゃんのひいおばあちゃんに当たる人」

「あ、もしかして先代のこと？」

「そうそう、先代のことだよ」

「最初からそう言ってくれたらわかったのに」

ＱＰちゃんが軽く口を尖らせた。

「その先代がね、鎌倉で一番好きだった場所が、ここなの」

私とＱＰちゃんは、壽福寺の山門へと続く階段の下に立っている。

「きれいでしょ？　お母さんも、ここが大好きだから、ＱＰちゃんにも教えてあげたかったんだ」

それから私達はゆっくりと一段ずつ、階段を上がった。

梢には、多くの新緑が芽吹いている。暗闇の中だと、それが蠟燭《ろうそく》の灯りのように光って見えた。

やっぱり、気持ちのいい場所だ。伊豆大島で冬馬さんに連れて行ってもらった波治加麻神社の雰囲気にも、通じるところがある。

もしかすると、だから先代は、この場所が好きだったのかもしれない。

中門まで行ってから、私は地面にしゃがみ込んで言った。

「ＱＰちゃん、おんぶさせて」

「無理だよぉ」

ＱＰちゃんが、呆れたような声を出す。

「今、いっぱい食べちゃったし。体重、中学の頃より更に増えてるもん」

「大丈夫だって。ね。お母さんに、おんぶしてみて」

私は尚も食い下がった。

「お父さんもね、ここで、お母さんをおんぶしてくれたの」

それを言った数秒後、ようやく背中がふわりと温かくなる。QPちゃんの重みと温もりを、背中全部で受け止めた。

せーの、と気合を入れて立ち上がる。

すぐに両足を立てるのはさすがに難しかったので、重量挙げの選手みたいに、時間をかけてバランスをとりながら、片足ずつ、ゆっくりと縦に伸ばした。

完全に立ち上がってから、私は言った。

「QPちゃん、ごめんね。QPちゃんを傷つけてしまって、本当にごめんなさい」

ずっとずっと胸に引っかかっていた言葉を、ようやく娘に伝えることができた。

QPちゃんが、返事をする代わりにぎゅっと私に腕を巻きつける。

ここからの景色を、QPちゃんにどうしても見てほしかったのだ。この背中から見える景色こそ、私が先代から譲り受けた宝物だから。私がしてもらったことを、今度は私がQPちゃんにしてあげたかった。

QPちゃんを再び地面に下ろしてから、私は言った。

「ミツローさんがね、もう何年前になるのかなぁ、QPちゃんと三人で初めてデートした時、ここで私をおんぶしてくれて、言ったの。

失くしたものを追い求めるより、今、手のひらにあるものを大事にしたらいいんだ、って。

その言葉にね、お母さん、ものすごく救われたんだ。

そしてね、誰かにおんぶしてもらったなら、今度は誰かをおんぶしてあげればいいんだ、って教えてくれたの。その言葉でね、お母さん、お父さんのことが大好きになったんだよ。

だからここは、お母さんにとっても、すごくすごく思い出の場所なの」

「ありがとう」

しんみりとした声で、QPちゃんは言った。

「別に謝ってほしいなんて思ってなかったけど、でも、今おんぶしてもらって、嬉しかったよ。だって私、お母さんにおんぶしてもらったこと、なかったでしょ？」

言われてみれば、確かにそうかもしれない。

私がQPちゃんと出会った時、QPちゃんはもう五歳で常におんぶするような年齢ではなかった。その後も、眠ってしまったQPちゃんをおんぶしたり抱っこしたりするのは、いつだってミツローさんの役目だった。

QPちゃんは、自分が私の実の娘ではないということを、たくさんの年月をかけて、少しずつ受け入れ、咀嚼し、自分のものにしてきたのだろう。彼女の言葉から、それがしみじみと伝わってくる。

一段ずつ、またゆっくりと並んで階段を下りていく。

これから、QPちゃんとの新たな時代が始まるのだ。

なんとなく、そんなことをふわりと予感させる、鎌倉のひときわ美しい夜の出来事だった。


けれど、人生はそんなに甘くない。良い事もあれば、そうじゃない事も必ずある。右足と左足みたいに、そうやってバランスを取っているのだろうが、それにしても、だ。

QPちゃんの反抗期問題にようやくケリがついたと思ったら、今度はお隣さんとの騒音問題が表面化した。まさに、一難去って、また一難である。

春たけなわの頃、小梅の誕生日をわが家でまぁまぁ盛大に祝ったのが良くなかったのだろうか。数日後、郵便受けにクレームの手紙が入っていた。あの、猫数匹と暮らす気難しいお隣さんからである。

切手の貼られていない素っ気ない茶封筒の中から出てきたのは、プリンターで印字されたA４のコピー用紙だった。内容を読む前から、なんだか嫌な予感がして、気分が憂鬱になってくる。けれど、そのまま闇に葬るわけにもいかないので、渋々だが文面に目を走らせた。

「もう我慢の限界です」
「次回は警察に通報します」
「とにかく音がうるさくてうるさくて夜中まで眠れませんでした」
「クリニックで睡眠薬を処方されました」
「いい加減にしてください」
「このままでは仕事ができません」

読めば読むほど気持ちが滅入り、最後の一文まで読み終えた時には、おなかに何本ものナイフがズブズブと刺さっているような気分になった。

大袈裟でも比喩でもなく、私は本当にその場に立っていることができなくなり、地面に尻餅をついてへたり込んだ。

もちろん、音に関しては普段から気をつけているし、特に小梅の誕生会の時は子供達に最初から注意を促していた。大声で遊びたい時は必ず外に行くように言い聞かせて、廊下を走ったり階段を駆けおりたりもしないよう、わざわざ手書きのポスターまで作って目のつくところに貼っておいたのだ。

小梅も蓮太朗も、大抵、わが家に友達を連れてくるのではなく、誰かの家で遊ばせてもらっている。子供ながらに気を遣っているのも感じていたし、普段そうしてくれているからこそ、たまには自宅に友達を招いてあげたいという親心もあった。それなのに、こんな結果が待ち受けていたとは。

当然ながら、その日は一日中、気分が冴えなかった。気がつけばため息ばかりついていて、仕事にも身が入らないし、気分転換に小鳩豆楽を口に放り込んでも、段ボールを口に入れたみたいでちっとも心がときめかない。

子供達に原因を押しつけて、感情のままふたりを叱ることだけは、したくなかった。それだけはしてはいけないと思った。

だから、お隣さんからクレームの手紙が来たことは、夜、ミツローさんが店を閉めて家に戻ってくるまで、ずっと私の胸の内に秘めていた。QPちゃんにも言わなかった。

「ちょっとね、困ったことになっちゃっててさ」

帰宅したミツローさんに、私は苦い表情を浮かべて言った。こういう時こそ笑ったらいいというのは、頭ではわかっていても、実際にはなかなかできることではない。顔が、石みたいに引き攣っているのが、自分でもわかった。

「朝、郵便受けにこれが入ってたの」

言いながら、ミツローさんにくだんの苦情文一式を差し出す。

ミツローさんが状況を把握する間、ミツローさんが飲んでいた缶ビールに口をつけた。

今夜はアルコールを控えていたのだが、やっぱり我慢できなくなった。それでも、ビールをコップに移す気力はもうない。

そのまま缶に口をつけ、少しぬるくなったビールを口に含みながら、ミツローさんの顔をぼんやり見る。

ミツローさんの表情が、みるみる曇るのが傍目にもわかった。手紙の内容を思い出すと、また内臓を掻き回されるような不快感が込み上げてくる。

「怖いな」

一通り手紙を読み終えたらしいミツローさんが、顔を上げてポツリとつぶやく。

「でしょ。私も朝から怖くなっちゃって」

そう、そうなのだ、ミツローさん、よくぞ言ってくれた。私が朝から抱いているこの得体の知れない感情は、まさに恐怖なのだ。そのことをずばり言い当ててくれたミツローさんを、ちょっとだけ尊敬した。

「もうさ、菓子折りを持って謝りに行けば済むような段階ではない感じだよね？」

私は言った。

「でもさ、そんなに騒いでうるさくしてないでしょ？」

そう、ミツローさんの言う通り。問題はそこなのだ。私は、確信を持って首を縦に動かす。

小梅のお誕生会をしたのは日曜日で、ミツローさんも途中から家にいたのでわかっている。

「おしまいの時間だってさ、ちゃんと気にして、子供達を早めに家に帰らせたよね」

言いながら、思わず涙が込み上げた。今日一日、それだけは我慢していたのに。

悔しかったのだ。自分では最善を尽くしたつもりだったのに、こんな結果になってしまって。せっかくのお誕生会を後味の悪い結果にしてしまい、小梅にも申し訳ないと思った。

「子供達には、責任ないよね」

私は言った。その日は小梅の同級生だけでなく、蓮太朗の友人も来て一緒になって遊んでいたが、うちの子ふたりは普段から音を立てることに対して敏感で、逆に可哀想になるくらいだ。

お隣さんが主張するように、もしほんの一瞬、大声や奇声を上げていたのだとしても、それはよその家の子が思わずやってしまったことだし、それがそこまで非難されるようなことだとは思えなかった。あくまで、常識の範囲内の行動だったと自信を持って断言できる。

「怖いな」

もう一度、ミツローさんがつぶやいた。でも、ただ怖がっているだけでは、物事は解決しない。

「謝ればいい話？　でもさ、家族全員がお詫びに行って頭を下げて、もう二度と騒ぎませんから許してください、って言うの？　だって、こっちは本当に馬鹿騒ぎしたわけではないんだよ。普段より、ちょっとはうるさかったかもしれないけど。それって、お互い様じゃない？

向こうだってさ、何回かゴミを遅い時間に出して、ちゃんとネットをかけなかったからカラスがそれをつついて、道に生ごみが散らばっちゃってさ、結局私が片付けたんだよ。

夜中に、猫の声がすんごいうるさい時だってあるし。

でもさ、いちいち言うことじゃないし、目をつぶって黙っているのに。

こういうことって、お互い様じゃないねぇ？

そもそも、悪いことをしていないのに、相手が怒ったからという理由でこっちが頭を下げるっていうのも、おかしくない？」

話していると、ますます憤懣《ふんまん》やる方ない気持ちが込み上げてくる。

ミツローさんは落ち着いた声で言った。

「味覚もそうだけどさ、音の感じ方とかも、個人差があるからな。こっちには大してうるさく感じなくても、向こうは轟音《ごうおん》に聞こえるのかもしれないし。お隣さんは、多分一般的な人よりそういう刺激に対して過敏なんだと思う」

確かに、ミツローさんの言ったことは正論だった。

「でもさ、それを良しとしたら、大声で苦情を言った者勝ちになっちゃうじゃない。それはそれで、不公平な気がする。

だって、おかしいでしょ？　意見の相違があるならさ、一方が百要求してもう一方がそれを丸呑みするんじゃなく、お互いが五十ずつ譲歩して、それで妥協点を見出すのが健全じゃない？

このままお隣さんの主張を認めたら、わが家はずっとお隣さんの言いなりになりながら隠遁生活をしなくちゃいけなくなるよ！」

敵はミツローさんではないはずなのに、つい、怒りの矛先をミツローさんに向けてしまう。

「じゃあ、どうするの？」

まるで他人事のように言うミツローさんに嫌気がさし、

「だからそれを今相談してるんでしょ！」

つい声を荒らげてしまう自分自身にもまた、嫌気がさした。

またしても、ため息が出る。もう、本当に踏んだり蹴ったりだ。子供達に気を遣ってたまには家で誕生会をしようなんて言い出したこと自体が、間違いだったんじゃないかとすら思えてしまう。

でも、問題の本質はそこじゃないでしょと、冷静に言って聞かせるもうひとりの自分も確かにいた。

「バーバラ婦人がお隣さんだった頃は、あんなに平和だったのになぁ」

飲み干したビールの缶をマイクのように持ちながら、ミツローさんがしみじみ言った。

全くの同感である。

バーバラ婦人が隣の家に住んでいた頃は、本当に本当に平和だった。

一見「騒音」に思えるような音も、笑いとユーモアで、それを「音楽」にまで変えてくれる発想の転換があった。お互いが、譲り合って生きていた。

それが私の理想なのに、真逆の今は、八方塞がりにしか思えない。

「お隣さん、うちの店のお客さんなんだよなぁ」

ミツローさんが、ぼんやりとした表情でつぶやいた。

「そうなの？　よく店に来てくれるの？」

知らなかった事実なので、私はミツローさんに問い返した。

「常連さんってほどではないけど。一回か二回、ランチを食べに来てくれたのは確かだよ。その時は、お隣さんだって気づかなかったけど。

前に一度、お菓子持って謝りに行ったじゃん。子供達がお隣さんの庭に入って花を盗んだとか言われてさ。

その時に、あれ？　見たことある顔だなって思ったんだ。それで、お客さんだって思い出して。でも向こうは今も、俺のこと、隣に住んでるってわかってないかもしれないけど」

ならば尚のこと、ミツローさんは事を大袈裟にはしたくないのだろう。その気持ちは理解できるし、もちろん私だって、警察沙汰とか裁判になど絶対に絶対にしたくなかった。こういう癖のあるお隣さんとうまく付き合う正攻法があるのなら、お金を払ってでもいいから教えてほしいと切実に思った。


それから数日間、眠れない夜が続く。睡眠障害を訴えたいのはこっちの方なのに、と悶々としながら夜を明かす日々だった。ミツローさんに当事者意識がなく、面倒なことは全部やんわりと私に回そうとする姿勢にも苛立った。

むしゃくしゃが積もりに積もって、いよいよもう身動きが取れなくなる。何か気分を変えなければ、私自身がこの毒にやられてしまう。強引にで構わないから、物理的に見える景色を変えないと、とんでもないことになる。

私自身の防衛本能が、警鐘を鳴らしていた。

月曜日の朝、子供達を学校に送り出してから、矢も楯もたまらず、家を出た。

駅前の本屋さんで、内容も知らずに装丁だけで本を選ぶ。

コーヒーが飲みたかったので御成商店街の路地にできた新しいコーヒーショップでカフェオレをテイクアウトし、ついでに気になった焼き菓子も買って、裏駅から江ノ電に飛び乗った。

なぜか途中から、禁断症状のように、海が見たくて見たくてたまらなくなっていた。

だから、和田塚駅を過ぎ、住宅街の屋根の向こうにちらちらと海が見え始めた時は、心底ホッとした。海に向かって両手を広げ、お母さーん、と大声で叫びながら抱きつきたくなる。私には今、絶対的なお母さんの存在が必要なのかもしれない。

窓の向こうに広がる明るい海を愛でながら、ちびりちびりカフェオレを飲む。途中、小腹が空いてきたので焼き菓子も口に入れる。

雲の隙間から、花嫁さんが頭にかぶるウェディングベールのように、光が海に降り注いでいる。その姿を見ていたら、ほんの少しだけど気持ちが凪《な》いでいくのを感じた。今まで重力に引っ張られてずっしりと重たく感じていた心が、海水の浮力に助けられ、少しだけ重さを忘れそうになる。

この数日間、深呼吸するのを忘れていたことに気づき、その場で深く息を吸い込んだ。そして、ゆっくりと吐き出す。

稲村ヶ崎駅で下車し、稲村ヶ崎温泉に行った。

稲村ヶ崎温泉は、もちろん名前は子供の頃から知っていたけれど、実はまだ、一度も行ったことがなかった。男爵はたまに来ているようだし、その妻であるパンティーとお近づきになったのも、稲村ヶ崎温泉がきっかけだった。来ようと思えばいつでも来られたのに、なんとなく機会がなかったのだ。けれど今、私の体は、いや魂は、温泉を欲している。

それは、飢餓感に近いほどの、切実な欲求だった。今すぐ温泉に入らなくてはいけないと、私の本能が訴えているのだ。それで、もっとも近くにある温泉が、稲村ヶ崎だったというわけである。

服を脱ぎ、体を洗って外の湯船に肩まで浸かった瞬間、グォオオォッと獣みたいな声が出た。露天風呂というほどの野趣はないけれど、それでも柵の向こうに海が見える。

最初は熱く感じたお湯も、少しずつ肌に馴染んで気持ちよかった。

お湯は、真っ黒に近いような焦茶色で、薄い葛湯みたいにとろりとしている。海風は強かったけれど、肩までお湯に沈んでいれば、それほどの影響はない。

内湯と露天風呂を行ったりきたりしながら、その間にサウナにも入った。世の中はサウナブームだという。けれど私は、どうしてわざわざ熱い部屋に入って汗を流すのが気持ちいいのか、正直なところ意味がわからない。

でも、実際にサウナに入って、やっとわかった。確かに、極限まで熱いのを我慢して汗をダラダラかくと、その後スッキリする。豆まきみたいに、体に溜まっていた悪い鬼を全部外に追い出した気分になるのだ。水風呂にも挑戦し、サウナがだんだん楽しくなった。

あえてあのことは考えないようにしよう、そのために稲村ヶ崎温泉まで足を運んだのだから、と心に決めていた。けれど、やっぱり、ふとした拍子にお隣さんのことが脳裏をよぎる。

考えない、というのは、言うのは簡単でも、実行するのは難しいのだ。思考は野放しにされた野生の兎みたいなもので、リードをつないでコントロールすることなんて、よっぽどの訓練を積まなければ凡人にはできない。

それでも、ふとした瞬間に、すべての雑事を忘れていることがあって、その細切れの無の時間に癒された。

下の子ふたりにお詫びの手紙を書かせるという案は、ミツローさんから出たものだった。確かに、親が謝るよりも、うるさくした、と向こうが言っている張本人が直接謝った方が、相手の気持ちに響くかもしれない。

本当に彼らがうるさくして、迷惑をかけたというなら、それが筋だと私も思う。でも今回の場合は、事情が違う。悪いことをしていないのに、ただ相手が怒っているからという理由だけで無理やり謝罪の手紙を書かせるのは、親として逆に間違っているように思うのだ。

ミツローさんは、日に日にお隣さんの存在を恐ろしく感じているようで、逆恨みされて家に火でも放たれたらそれこそ取り返しがつかない、なんてことまで口にするようになった。

確かに、こっちが何も悪いことをしていないのに勝手に激昂した相手が、逆恨みで煽り運転をしたりするというニュースが、最近わりと頻繁に耳に入ってくる。相手の常識と自分の常識が同じとは限らない。世の中には、いろんな人がいる。

だから、ミツローさんはとにかくなんでもいいからこっちからお詫びをして、相手の気持ちを鎮めた方が、結果的にはわが家を守ることにつながると主張するのだ。これまた、正論かもしれない。けれど、やっぱり私としては、子供達に罪をなすりつけるような真似だけは、どうしてもどうしてもしたくなかった。

だったら、私が書けばいいのかもしれない。

サウナで汗を流していたら、ふと、そんな考えが浮かんだ。今まで、どうしてその考えに至らなかったのか、そっちの方が不思議になるくらい、それはものすごく妥当な解決策に思えた。

だって、私は代書屋である。お茶の子さいさいとは言わなくても、子供達の字を真似てお詫びの手紙を書くくらい、できるはずだ。少なくとも、冬馬さんに頼まれたまま保留にしてある両親へのカミングアウトの手紙よりは、難易度が高くないはずである。

灯台下暗し、とはまさにこのことかもしれない。自分でも、グッドアイディアだと自画自賛したくなった。サウナで汗を流しながら、ほんのり笑いまで込み上げる。

自分が八方塞がりだと思いこんでいたから、そんな簡単な抜け道にも気づくことができなかったのだろうか。たとえ八方を高い塀に覆われていても、だったらジャンプして空の方から飛び越えればいいのだし、天井も塞がれているなら、ひたすら穴を掘って抜け出せばいい。それも無理なら、壁に歯を立てて、齧って自分で抜け穴を作ればいい。

私は、まるで自分が刑務所からの脱走を企てている犯罪者のような気分になった。

それにしても、体中から汗が噴き出し、さすがにこれ以上は限界だ。

私は、救済を求めるように、思いっきりサウナの扉を開けた。外に出てシャワーを浴びてから、ざぶんと肩まで水に浸かる。

なんて爽快なのだろう。解決策が浮かんだら急におなかが空いてきたので、そろそろ上がることにした。

再び服を着て、稲村ヶ崎温泉を後にする。それから、江ノ電に乗って江の島方面へ移動した。

本当は猛烈にはなさんの太巻き寿司が食べたかったのだが、もう少しこの小さな旅を続けたかったので、鎌倉高校前駅で降りる。そういえば、茜さんも自宅から鎌高前まで出かけることを、旅だと話していたのを思い出した。

一度改札を出て、勘だけを頼りにパン屋さんを探し歩いた。

今日は、スマホも家に置いてきたので、簡単に検索ができない。でも、適当に勘だけで歩いていたにもかかわらず、無事パン屋さんにたどり着いた。惣菜パンと甘いパンをひとつずつ買い、鎌高前駅のホームに戻る。すっかりここが、私の定位置になった。海を見ながら、少し遅めの昼食をとる。

途中、パン屋さんで飲み物を買うのを忘れたことに気づき、ホームの自動販売機で温かいほうじ茶を買った。食後に、まだ残っていた朝の焼き菓子をつまむ。

あのまま家で悶々としているより、サクッと外に出て大正解だった。

駅前の本屋さんで本を買ったことを思い出し、しばらく読書に明け暮れた。

高校生達がホームにやって来ては、江ノ電の車両に吸い込まれていく。賑わいと静寂の波が交互にやって来た。

私はその度に顔を上げ、ほうじ茶を口に含み、海を眺めた。

朝、本屋さんで咄嗟に選んでいたのは、名を知らない男性作家の随筆集だった。静かな暮らしの営みが、丸みのある言葉で淡々と綴られている。

装丁だけ見て適当に選んだはずなのに、不思議と、私の心の窪みにひしと寄り添う内容だった。

鎌高前駅のベンチで一冊読み終え、急ぎ足で帰路に就く。

最高のショートトリップだ。

家に帰って夕飯の準備をし、子供達をお風呂に入れてから、早速代書に取りかかった。善は急げで、この気持ちがどこかに消えてしまわないうち、小梅と蓮太朗の詫び状を形にしてしまいたい。

まずは、蓮太朗になりきって、手紙を書く。紙は、蓮太朗の好きな黄緑色の折り紙の裏を使う。

おとなりさんへ。
こうめちゃんのたんじょ
うかいのとき、ぼくたち、
うるさくしてしまいまし
た。ごめんなさい。なか
なおりしてもらえます
か？ もりかげれんたろ
う

くもんが出している、通常の鉛筆よりも濃くて丸みを帯びた三角形の、２Ｂのこどもえんぴつでゆっくり時間をかけて書き上げた。

早生まれということも影響しているのか、蓮太朗はまだそれほど長い文章が書けない。知っている言葉も少ないし、漢字もまだまだ書くことができない。

その点、小梅の成長は著しかった。小二になったらよりませてきたと見え、大人みたいな言葉を平気で使ったりする。

この間の誕生会でも、クラスメイトではない誰かのことを、陰険だと話していた。

陰険なんて、小学校低学年が使う言葉としてどうなのかと首を傾げるが、当人は普通に使っている。男子に較べると、女子は明らかに大人びている。小梅と蓮太朗だけでなく、全体的にそうだというのが、先日の誕生会で如実にわかった。脳みその皺の数自体、違うのかもしれない。

お姉ちゃんであるＱＰちゃんが多分に影響しているのだろう。小梅はかなり大人びた文字を書く。それで小梅の詫び状は、ＨＢの一般的な鉛筆を使うことにした。

レターセットも、女の子らしく可愛らしい柄のものを選んだ。

便箋には、頭巾を被った猫の絵が大きく描いてある。いつか代書仕事に使おうと思って、随分前に手に入れたレターセットだ。猫好きのお隣さんに少しでも喜んでもらえたらという気配り、いや大人の下心である。

気持ちを切り替え、今度は小梅になりきって鉛筆を持った。

こんにちは。

　このまえの日よう日に、はじめて、いえでたんじよう会をしてもらいました。おともだちもたくさんきてくれて、うれしかったです。お母さんが、サンドイッチを作ってくれて、お父さんが、ケーキをやいてくれました。お父さんがやいてくれたのは、イタリアのパンドーロというおかしで、ほんとうは冬にたべるらしいのですが、わたしが大すきなおかしなので、お父さんがとくべつにやいてくれました。一口たべたとき、わたしはものすっごくうれしくなって、ぴょんぴょんジャンプしてしまいました。きゃーって、大

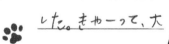

ごえを出してしまったのもわたしです。

でも、おとなりさんが、わたしたちがうるさくしたせいで、よる、ねむれなくなってしまったときいて、とてもかなしくなりました。

ごめんなさい。すごく、はんせいしています。

ゆるしてくれますか？

ときどき、おうちの出まどのところにねているねこちゃん、かわいいですね。わたしも、ねこが大すきです。

守かげ小梅

もちろん、こんなふうに子供達の名の下、勝手に詫び状をしたためたりして、後ろめたい気持ちがないわけではない。むしろ、後ろめたい気持ちはたんまりある。これが正解だなんて自信は、どこにもない。

でも、まぁ、まずはここからがスタートということで、手紙を封筒に収めた。確かにミツローさんが言う通り、このまま何もしないでいるよりはいいだろう。

蓮太朗の詫び状は折り紙で作った手作りの封筒に入れ、小梅の詫び状は便箋とお揃いの肉球模様の封筒に入れる。

嘘も方便というではないか。幼い子供達に無理やり嘘をつかせるより、大人の私が意図的に嘘をついた方が丸く収まる。これくらいの嘘は、神様だって許してくれるに違いない。少々強引でも、今の私はそう思いたかった。

翌朝、まだ日の出前の暗いうちに玄関を開け、忍び足で歩き、お隣さんの家のポストにそっと二通の手紙を投函した。

どうかこの問題が、一件落着となりますようにと心の底から祈りながら。

それからの数日間、お隣さんからの反応が気になって、私は一日に何度も自宅の郵便受けを覗き込んだ。こんな気持ちになるのは、幼い頃のＱＰちゃんとほんの一時期文通して以来だ。あの時は、ＱＰちゃんからの返事が待ち遠しくて、恋焦がれるような気持ちで郵便受けの蓋を開けていた。

今の気持ちは、それに少しだけ似ているような、でも全然違うような、曖昧でどっちつかずのものだ。

もしお隣さんからの和解の手紙が入っていたらそれこそ万々歳だけど、向こうの受け取り方によっては、ますます火に油を注ぐ結果にだってなりかねない。もちろん、そうならないよう祈っているけれど。だから郵便受けを覗く時は、毎回緊張して手が震えそうになる。

一週間経っても十日経っても、半月経ってもお隣さんからの返事はなかった。

でもその代わり、嬉しいお知らせが届いた。差出人はバーバラ婦人で、ハガキにもしっかり、「バーバラ婦人より」と書いてある。

なんと、バーバラ婦人が南仏から一時帰国するというのだ。しかも、そんなに遠い未来の話ではない。もう、予定は目前なのである。

バーバラ婦人は、帰国するに当たり、鎌倉にも何日か滞在するつもりだという。

そのことを学校から帰宅したQPちゃんに伝えたら、

「だったら家に泊まってもらおう！」

目を輝かせ、間髪入れずに言った。

実は私も、同じことを考えていた。ホテルに泊まった方が快適なのは十分承知だけど、せっかく鎌倉に滞在するなら、慣れ親しんだこの界隈で、ゆっくりと羽を休めてほしい。

ミツローさんに相談しても、もちろんという返事だし、下の子ふたりも、バーバラ婦人が誰かよくわからないなりに、お客さんが来るのは大歓迎らしい。

私も、狭い家で恐縮だけど、自分の家族や暮らしぶりを、バーバラ婦人に間近で見てほしいように感じた。

「メルシーボークー」

さすがに手紙で南仏まで返していては間に合わないので電話をかけると、バーバラ婦人はいつもの伸びやかな声で言った。

「そんなに嬉しいご提案はないわ」

「QPちゃんと同じ部屋にお布団を敷くことになりますけど、よろしいですか?」

私が恐る恐る尋ねると、

「ブラボー」

バーバラ婦人が元気よく返事をする。

事はとんとん拍子で決まり、私には、バーバラ婦人をお迎えするという新たなミッションが誕生した。

相変わらずお隣さんからの音沙汰はないが、そんなのは取るに足らないことだと日に日にそう思えるようになった。返事がないことを、良きこととして捉える楽観的な自分が目を覚ました。

ここでも、トキグスリが威力を発揮したのだ。恐るべし、トキグスリの効果である。

バーバラ婦人にもうすぐ会えると思ったら、朝飲む京番茶までが輝きを増した。間違いなく、この感情はときめきというやつである。

まるで恋をしているような気分なのだ。

心が浮き立って、無意識のうちにスキップしてしまいそうな自分がいる。

結局、バーバラ婦人がわが家に滞在するのは二泊三日だけになった。本当は、一週間でも十日でもバーバラ婦人がいられるだけいてほしいのだが、バーバラ婦人が会いたい人も、また、バーバラ婦人に会いたい人も全国津々浦々にたくさんいるので、皆さん、この貴重な帰国の機会を逃すまいと、手ぐすね引いて待っているのだ。私達だけが、バーバラ婦人を独占するわけにはいかなかった。

バーバラ婦人が鎌倉にやって来る前日、私は最後の買い物に出た。歯ブラシやタオルなど、必要な物は買い物の度にちょこちょこと買い足してはいたのだが、本日はその集大成である。

鎌倉は、いつの間にやら紫陽花の季節を迎えている。

この春は、燃え尽き症候群に足を取られて、桜を見る機会を失った。だからその分、紫陽花を愛でて心を癒す気満々なのだ。

源平池の蓮も、ぽちぽち咲き始めるだろう。すっくと背筋を伸ばす蕾の姿がチラッと目に入っただけで、心がなごんだ。

帰りは荷物が多くなることが予想されたので、傘は持って出なかった。一か八かのかけである。空は決して晴れとは言えないお天気だったが、私は降らない方にかけたのだ。天気予報のお兄さんもそう言っていたし。

けれど、歩いているうちにみるみる雲行きが怪しくなってきた。ここ最近の予報は、全く当てにならない。

豊島屋さんでバーバラ婦人用の鳩サブレーや落雁などを買い、店を出てさぁ帰ろうというところで、いよいよ本格的に降ってきた。さすがにこの雨の中、傘もささずに歩くのは無謀である。

どうしたものかと途方に暮れ、邪魔にならない軒先で雨宿りをしていると、不意に隣に人の気配を感じた。

「女将さん、ビニール傘は天下の回りものって言いますがな」

そう言って、一本のビニール傘を差し出す人物がいる。

サングラスをしていなかったのですぐにわからなかったものの、隣に立っているのは知的ヤクザだ。すっかり知的ヤクザの名前で頭に登録してしまっているので、咄嗟に本名が思い出せない。

「でも……」

私が躊躇《ためら》っていると、

「わてはすぐそこの喫茶店に行くだけやし」

ビニール傘を、強引に私の手に預けた。

「ほな、また」

見るからに仕立てのよさそうな夏物のスーツに身を包んだ知的ヤクザが、雨の中へ颯爽と飛び出して行く。

あまりに唐突な出現に、ポカンとしてしまった。

しかも、今しがた知的ヤクザが口にした、「キッチャテン」という響きが、耳の底で鼠花火みたいに渦を巻いている。

関西では、喫茶店のことを、キッチャテンと言うのだろうか。それとも、知的ヤクザ独自の造語だろうか。

それにしても、ビニール傘は天下の回りものだなんて、言い得て妙だと思った。

これも、関西なら普通に使う言い回しだろうか。

わからないことだらけだったけど、まずはせっかく知的ヤクザがビニール傘を譲ってくれたので、買った物を濡らさないよう気をつけながら、傘をさして道に出た。

もしも今度傘がなくて困っている人を見かけたら、私も、ビニール傘は天下の回りものですから、とかなんとか言って、さりげなく傘を差し出せる人になりたい。

雨は、翌日の明け方近くまで盛大に降って、ようやく止んだ。

「ポッポちゃーん、ただいまー」

もうそろそろ着く頃かな、と時計を気にしながら事務机で仕事をしていたら、バーバラ婦人がツバキ文具店に姿を現した。

「お帰りなさい！」

万感の思いを込めて、その言葉を口にする。

本当は、アルバイトの子に店を任せて、バーバラ婦人を鎌倉駅まで迎えに行きたかったのだ。けれど、それを申し出たら、バーバラ婦人にやんわり断られてしまったのである。

鎌倉の空気を味わいながら、のんびりバスで帰りたいの、と。

それで私は、あえていつも通りの時間の流れの中、店番をしながらバーバラ婦人を迎えた。久々に味わう、バーバラ婦人とのハグの温もりに感動する。

「日焼けしましたね」

私は、まじまじとバーバラ婦人の顔を見ながら言った。

「向こうでは、冬以外、ほぼ毎日海に入って泳いでいるから。焼けちゃうわよね」

以前から健康的だったけれど、バーバラ婦人はますます健康的になっている。溌剌という言葉がこんなにしっくりくる人を、私は他に思い出せない。

「ポッポちゃんは、どう？　元気にしてた？」

一瞬、バーバラ婦人が隣の家からいなくなってしまった時の、がらんどうみたいな寂しさを思い出しそうになる。でも、お互いに地球のどこかで生きていれば、またこんなふうに再会できるのだ。

「家族が増えましたよー」

私は言った。バーバラ婦人にまだ会ったことがない下のふたりが、もうすぐ小学校から帰ってくる。

「ＱＰちゃんは、元気にしている？」

「もちろんです。バーバラ婦人に遊んでもらってた頃はあんなに小さかったのに、もう高校生になっちゃって」

「ダーリンに会えるのも、楽しみだわね」

話が尽きそうにないので、まずは家の中に上がってもらう。私がここで一人暮らしをしていた頃とは、家具の配置やインテリアなどがだいぶ違っているはずだ。

「なんだか別の家に来たみたいだわ」

バーバラ婦人が部屋を見回しながら感心する。

「家族が五人いると、物も増えちゃって大変です」

言い訳のように私は言った。

言いながら、この家に泊まりがけの来客を迎えるのは初めてだと気づいた。どうりで、家族全員が興奮しているわけである。

昨日ばったり知的ヤクザに会ったのも何かの縁だと思い、バーバラ婦人には知的ヤクザお気に入りの煎りたてほうじ茶をお出しした。懐かしいだろうと思って鳩サブレーも添えて、バーバラ婦人に負担がかからない程度におしゃべりする。

それから、まずはゆっくりお風呂に入ってもらった。

昔ながらのお風呂なので使い勝手が悪いが、その分念入りに掃除をし、湯船には疲れが取れるよう生薬の薬湯を浮かべてある。

一日目の夕飯は、ＱＰちゃんにも手伝ってもらって餃子を焼き、二日目は午後からわが家で女子会を開いた。メンバーは、どうしてもバーバラ婦人に会いたいと無理やりスケジュールの調整をして駆けつけたパンティーと、バーバラ婦人、ＱＰちゃん、私の四人である。高校生になったので、ＱＰちゃんも晴れて大人の仲間入りだ。

料理は、試作品がいっぱいあるからと、パンティーが惣菜系のパンやパンに合うつまみを大量に持ってきてくれた。QPちゃんは午前中デザートのチョコレートケーキを焼いてくれたし、私は主に飲み物を用意した。特別なおもてなしはできないけれど、食べ物だけは豊富な女子会になりそうだった。

まずは再会を祝いながら乾杯し、女子会がじょじょに盛り上がりそうになったタイミングで、私は言った。

「すみません、実は今、お隣さんと音のことで色々あって、少々で構わないので、声のボリュームを落としてお話ししていただけると助かります」

お客様にこんなことをお願いするのは本当に本当に恐縮なのだが、これ以上こじらせると洒落にならないので、私は勇気を振り絞って申し出た。

「どうしたの?」

真っ先にバーバラ婦人が、声を極力抑えて内緒話するように言った。パンティーもそれを真似てコソコソ話そうとするので、

「そんなに小さく話さなくても、大丈夫です。大きい音とかだけ気をつけていただけたら」

私が普通の声で話すと、ようやくパンティーも同じように普通の音量で話すようになる。事態の深刻さを察してくれたのだろう。

「ポッポちゃん、何があったのか、詳しく話してちょうだい」

バーバラ婦人がキッパリと言った。

お隣さんからクレームの手紙が来たことを、QPちゃんにまだ直接は話していなかった。でも、私とミツローさんとの会話から、何かあったということは薄々察している様子なので、包み隠さず、こ

れまでの経緯をみんなに聞いてもらうことにした。思い出すだけで、再び無数の苦虫が胸の裏側を這い上がってくる。

「だったら、ここにお呼びしましょうよ」

一通り話し終えると、バーバラ婦人が言った。

「えっ、お隣さんをこの女子会に呼ぶの？」

驚いた様子でそう言ったのは、ＱＰちゃんである。パンティーも、

「だって、相手はどんな人かわからないんでしょ？」

そう言って、目を丸くする。私も、この家にお隣さんを呼ぶなんて、発想自体したことがなかったので、ただただ唖然としてしまった。

すると、

「だから、お呼びして話をするのよ。相手が誰かわからなかったら、不安でしょ。向こうも、同じかもしれないわよ。お互いに相手の存在が見えないから、疑心暗鬼になるの。例えば、お化け屋敷を想像してみて。どこから出てくるかも誰が出てくるかもわからなかったら、そりゃ怖いわ。

でも、お化けをやっているのが知っているおじさんだってわかってたら、全然怖くないじゃない？人って、正体が不明だから、怖くなるのよ。だったら、お隣さんに正体を明かしてもらえばいいだけの話なんじゃない？

ポッポちゃんやＱＰちゃんと話をすれば、向こうも正体がわかってホッとするんじゃないかしら？　だって、ポッポちゃんはまだお隣さんのお名前も知らないんでしょう？」

「そうなんです」

私は言った。

「表札に名前が出ていなくて、どう呼んだらいいのかもわからないから、とりあえず、お隣さん、って呼んでるんですけど」

「その人、ご家族は？　旦那さんとかお子さんとか、いないの？」

今度はパンティーが質問してくる。

「一緒に住んでる家族は、猫だけじゃないかなぁ。何匹いるかは、はっきりわからないんだけど。

基本、あんまり外にも出ないし、家でお仕事されてるのかも」

実際、私がお隣さんの姿をはっきり見かけたのは、お隣さんが越して来てからこの一、二年の間に数回だけである。回覧板を届けに行っても大抵応答がなく、毎回、玄関前に回覧板を置いて来るだけだった。

バーバラ婦人が退去した半年後に入った年配のご夫婦は、引っ越しの時に挨拶があったし、顔を合わせれば世間話をするくらいのほどよいご近所付き合いだったのだが。

「とにかく、お誘いしてみましょうよ」

バーバラ婦人が、繰り返した。

私は、ずっしりと重い腰を持ち上げる。だって、他でもないバーバラ婦人がそう言っているのだ。従わないわけにはいかない。半信半疑のままで、家を出た。

お隣さんのチャイムを押したが、案の定、返事はなかった。

もしも昼夜逆転の暮らしをしていたら、起こして、かえって気持ちを逆撫でしてしまうかもしれない。結果的に、またお隣さんに怒られてしまうかもしれない。

そんなふうに、悪い方へ悪い方へと考えて、何をするにもビクビクしてしまう自分がいる。

もう一回チャイムを押してみて、ダメだったら諦めて帰ろうと思った。内心、密かにそのことを望んでもいたのだが、しばらくすると奥から物音が聞こえ、珍しくドアが開いた。

チェーンが付けられたままなので、私は狭い隙間から中を覗き込むようにして、精一杯話しかけた。

キジトラの痩せた猫が、ドアの隙間から必死に外に出ようとしている。

私は、早口になって言った。

「お忙しいところ、すみません。私、隣に住んでいる守景と申します。

先日は、音のことでご迷惑をおかけしてしまい、失礼しました。

実は今、うちに友人が集まってまして。

集まると言っても、私を含めて、合計四人の女子会なんですけど、よかったら、ご一緒にどうかと思いまして」

前半のお詫びから後半のお誘いへ、どこにどうとっかかりがあるのか自分でもわからなかったが、とにかく途中でドアを閉められないよう必死だった。

けれど、そこまで言い終えると、それ以上どう続ければいいのか皆目わからなくなり、言葉に詰まってしまう。どのくらいの時間か定かではないが、私達の間に重たい沈黙が流れた。

沈黙を破ったのは、お隣さんだった。

「今、仕事中なんで」

「そうですよね」

私は言った。

「でも、女子会は多分夕方くらいまでやっているので、もし気が向いたら、いらしてください」

絶対に来ないだろうな、と思いながら、私は付け足した。その方が、丸く収まりそうな気がした。

「お邪魔しました」

深々と頭を下げて、私はお辞儀をする。お辞儀をしている間にバタンとお隣さんの玄関のドアが勢いよく閉まった。

門前払いされなかっただけまだマシかな、と良い方に解釈して家に戻る。顔の半分以上をマスクが覆っていたので、なんだかマスクと話したような印象しかない。

勝手口を開けると、奥から、女性達の姦《かしま》しい笑い声がする。

どうやら私が冷や汗もので敵地に乗り込んでいた間、三人は恋バナで大いに盛り上がっていたらしいのだ。

「バーバラ婦人は、どんな男性がタイプなんですかぁ？」

パンティーに聞かれ、

「そうねぇ、難しい質問ね。

私の場合は、毎回、好きになった男がタイプになっちゃう方だから」

バーバラ婦人が、しれっと答える。

「でもね、これだけは絶対に決めていることがあって、男はあくまで嗜好品ってこと」

「嗜好品、ですか？」

途中から話に混ざって私が尋ねると、

「チョコとか、タバコとか、お酒とかと一緒ってこと？」

ＱＰちゃんが続ける。

「そうよ、ＱＰちゃんはさすがね。よくわかってる。

男はね、所詮嗜むものだなぁ、って、この歳になると、つくづくそう思うのよ。

必需品にしちゃ、ダメ。

だってその人がいなくなったら、自分も生きていけなくなるでしょ。

消耗品にするのも、ルール違反ね」

バーバラ婦人が言うと、

「私の場合、毎回必需品にされちゃうんですよねぇ」

パンティーが言った。

私はその言葉を聞きながら、自分はミツローさんに対して消耗品のように接していなかっただろうかと猛省する。

「特に男性は、結婚しちゃうと妻を消耗品みたいに扱うけれど、あれ、本当によくないわね。女の賞味期限がどうとか、本当にバカみたい。

女はね、熟れてからの方がいい味が出てくるっていうのに、全然わかっていない男が多すぎるわ。特に日本の男性には」

バーバラ婦人が力説する間、パンティーがしきりに頷いている。

「だからＱＰちゃん、あなたはこれから恋愛をするわけだから、審美眼を磨いて、好きな相手にだけ、体を許すのよ。

間違っても、くだらない相手に体を見せたり触らせたり、しちゃダメ。

タバコだってアルコールだって、依存症になったら身を滅ぼすだけだもの。あくまでも、選ぶのは自分なの。

ひとりでもちゃんと生きていけるっていう前提のもとで、愛する人と共に生きるの。いいですか？」

バーバラ婦人が、ＱＰちゃんの方を見て、念を押した。

「はい」

ＱＰちゃんが、しっかりと返事をする。

母親という立場上、照れもあってなかなか普段ＱＰちゃんに伝えられないことを、バーバラ婦人がずばり言ってくれた気がしてありがたかった。

「嗜好品かぁ。そうですよねぇ、甘えちゃ、いけないですよねぇ」

パンティーが、持っている飲み物のグラスの中の氷をくるくるしながら、意味ありげにつぶやく。

「私はつい、尽くしすぎちゃって、結果的に相手をダメにしてしまうんですよねぇ。気がつくと、私の方が、必需品にされちゃうんですよー」

一体、相手の男とは夫の男爵なのか、それとも噂になった年下のベーシストの方か、どっちなんだと思いながら私は耳を傾けた。

「恋愛って、本人の好みとか癖があるから、結局同じことを繰り返してしまいがちですよね」

私も言った。自分の恋愛遍歴を振り返っても、なんだかんだ、次は絶対に違うタイプの人にしようと思っても、蓋を開けてみると同じようなタイプの人に惹かれている。

「ＱＰちゃんはまだボーイフレンド、いないの？」

パンティーに聞かれ、

「かっこいいな、って思う子はいても、付き合うとかそういうのは、まだ早いかなって。今のところ、見てるだけで満足」

そうなんだー、と感心しながら、私はＱＰちゃんの発言をしっかりと受け止めた。

すると、

「そうよ、それでいいの。

早くセックスしたって、そんなにいいことないんだから！」

バーバラ婦人が明るく言う。

まさか、ここでセックスの話題が出るとも思わなかったので、私はドギマギしてしまったが、当のＱＰちゃんは真面目に聞いているようで安心した。

女子トークで盛り上がっていたので、誰もお隣さんについて触れなかった。だから私も、特に何も報告しなかった。

チャイムが鳴ったのは、午後三時過ぎのことである。でもまさか、お隣さんが女子会に参加しにくるとは思えなかったので、というか、私はその後の白熱した女子トークで、お隣さんを誘いに行ったこと自体、忘れかけていたので、きっと宅配便だろうと思って呑気にドアを開けたら、そこにお隣さんが立っていて、数秒間、時間が止まったみたいに固まってしまった。

もしや、またうるさいと苦情を言われるのでは、と身構えていると、

「家に適当なものがなくて、唐揚げしか作れなかったのですが」

お隣さんが、予想外の言葉を口にしながら、タッパーの入った紙袋を差し出す。急展開に慌てながらも、平静を装ってお隣さんをみんなのいる部屋に案内した。

まずは、お隣さんと同じ家に住んでいた前の前の住人としてバーバラ婦人を紹介し、次にユーチューバーとして有名になったパンティーを紹介し、次に娘です、とＱＰちゃんを紹介し、最後に自分の自己紹介をした。その間も、お隣さんはマスクをしたまま、目の表情も変えずにただじっと押し黙っ

ている。

もしかするとお隣さんは極度の人見知りで、いきなり知らない人達と女子会をすることになり、緊張しているだけなのかもしれない。

途中からそれに気づき、他のみんなもそう感じているのか、あえてお隣さんには気を遣わず、必要以上に話しかけたり質問したりすることもしないようにした。

そうしているうちに、お隣さんもたまに同意したり、会話に参加するようになった。

この日わかったのは、お隣さんが「安藤《あんどう》」という苗字で、下の名前は「夏《なつ》」さんということ、在宅で校正のお仕事をされているということ、家にいる猫は保護猫で、ボランティアで一時的に預かっているということだった。

ただ、年齢はいくら近くで顔を見ても、わからなかった。

そして、これはかなり後になってわかったことだが、お隣さんがいつも不機嫌そうに見えるのは、顔の筋肉が動かせない病気のせいだった。常にマスクをしているのも、自分が無表情だというのを気にしてのことらしい。

陽もそろそろ暮れなずんで来た頃、パンティーが大声で言った。

「あー、なんかスッキリすることないですかねー」

言ってから自分が大声を出したことに気づいて、一瞬、「あ」という表情を浮かべたが、お隣さん、もとい安藤夏さんもこの場にいることに気づいて、ホッとした顔に戻った。

「なんか全然最近、いいことないっすよー」

私もちょっと前までそんな感じだったので、パンティーの口調を真似して言った。原因が安藤夏さん本人だというのは、やんわりオブラートで包み込む。

「だったら、そこの鎌倉宮で、厄割り石、しませんか？」

提案したのは、なんとなんと、安藤夏さんである。そんなに長く話す声を聞いたことがなかったので、一同、顔を見合わせた。

「行きたーい」

真っ先に声を上げたのはQPちゃんで、バーバラ婦人とパンティーも後に続いて賛成した。

「私も、ちょっと前、燃え尽き症候群みたいになっちゃって、その時、ふと、厄割り石でもしてこよっかなぁ、って思ったんですよ。結局しなかったけど」

私が言うと、

「一回、してみたかったんです」

安藤夏さんが目を細める。

きっと安藤夏さんは、その名前でずいぶんからかわれた経験があるのかもしれない。私には、単においしそうに感じる名前だけれど、当人は、自分の名前を揶揄されるのは嫌に違いない。それで表札にも、名前を出していないのかもしれない。もちろんすべて、私の勝手な推測に過ぎないのだが。

梅雨の晴れ間の明るい夕暮れを蹴散らすようにして、五人の女達が、川を渡り、鎌倉宮を目指して歩いた。

先頭を歩くのは、QPちゃんである。その後ろを、安藤夏さんが続く。

縦一列に並んで歩いていると、なんだか女だけの行進みたいだ。私は、一番後ろを歩いている。

足を動かすたびに、ポケットの中で、お賽銭用に持ってきた小銭がじゃらじゃら鳴った。さっき家を出る時、小銭を入れた缶から、一応、みんなの分を慌ててつかんでポケットに入れたのだ。でも、こんなには必要なかったかもしれない。小銭の重さで、ズボンがずり落ちてくる。

鎌倉宮は、鎌倉幕府を終わらせた護良《もりなが》親王を祀る神社である。最終的に彼は足利尊氏の弟によってこの場所に幽閉され、二十八歳の若さでこの世を去った。

境内には、その時に閉じ込められていた土の牢屋の跡が、今も生々しく残されている。

まずはひとりずつ、本殿でお参りをした。

なんと、私以外の全員が、小銭を持ち合わせていなかった。最近は、カード決済が主流になって、小銭を使う機会が少ないのだ。そんなことを思いながら、みんなに、二十五円ずつ小銭を手渡す。

神社でお参りする時にお賽銭として二十五円を納めるのは、先代の真似である。二重にご縁がありますように、という願いが込められていたと気づいたのは、割と最近になってからだった。今日の女子会には、きっと天国から、先代も遠隔で参加していたはずだ。

赤裸々な女子トークに、多少眉を顰《ひそ》めていたかもしれないし、実はこれまで極秘にしていた美村氏とのアレコレを、自慢げに語っていたかもしれない。

全員のお参りが済んでから、厄割り石の方へぞろぞろと移動する。

厄割り石は、かわらけと呼ばれる素焼きの陶器に自分の息を吹きかけ、自分の中にあった悪い厄をそこに移してから、石に向かって投げ、それで自らの厄を落とすという厄除けだ。不屈の精神で生涯を生き切った護良親王に、あやかったものだとされている。

かわらけは、淡いクリーム色をしていて、最中の皮みたいな形をしている。自分の中にあった負の感情をすべて出し切るつもりで、私は心を込めて息をふーっと吹きかけた。

けれど、実際投げてみるとなかなかきれいに割れない。

かわらけは陶器とはいえとても薄いし、窪んでいるため空気抵抗もあって、思うように石に当たらないのだ。当たったとしても無傷で、そう簡単に厄は落とせなかった。

投げては拾って拾っては投げて、何度目かの挑戦でようやくかわらけが割れた時は、背中がうっすらと汗ばんでいた。

パンティーは私以上に難航していたし、ＱＰちゃんは厄自体がまだないんじゃないかというくらい、石にぶつからない。バーバラ婦人のかわらけは、二度目の挑戦で、ほんのかすり傷程度に縁が壊れた。

圧巻だったのは、最後に舞台に立った安藤夏さんである。夏さんは、その時だけはマスクを外し、そして目を閉じて真剣に息をかわらけに吹きかけた。それから、美しいフォームで石を目がけてかわらけを宙に解き放った。

石の表面にぶつかったかわらけが、見事真っ二つに割れている。一回でこんなにきれいに割ったのは、夏さんだけである。

その瞬間、夏さんの目に笑みが広がった。顔は無表情のままだったけれど、目が確かに笑っていた。みんなが、夏さんを囲んで祝福する。バーバラ婦人が最初にハイタッチのポーズを取り、他の三人も同じように両手を上げて、夏さんは全員とハイタッチした。

これで、ここにいるみんなの厄が落とされた。

「スッキリしました！」

夏さんが、この日一番の清々しい声で言った。足元には、うっすらと夜の闇が広がりつつある。

パンティーはこれから急いで葉山の自宅に帰らなくてはいけないというし、夏さんも途中にしてきた仕事を片付けなくてはいけないという。

それで、今回の女子会は鎌倉宮の鳥居の下でお開きとなった。

バーバラ婦人を間に挟んで、ＱＰちゃんと私と三人が、並んで夕暮れの道を歩く。ちょうどいい時間である。今夜は、ミツローさんの店を貸し切りにして、バーバラ婦人と共に家族みんなでミツローさんの料理を食べることになっているのだ。

「ありがとうございました」

たくさんの感謝の気持ちを込めて、私は横を歩くバーバラ婦人にお礼した。

「あぁいう人はね、ただ不器用なだけなのよ。本当は人一倍淋しがり屋で、人と仲良くしたいし、甘えん坊なの」

バーバラ婦人が、そっと手をつないで歩いてくれる。QPちゃんとも手をつないでいるので、三人の手がアルファベットのMみたいにつながっている。

「この歳になるとね、よく考えるの。なんのために生まれてきたんだろう、って。

だって、いくらいっぱいお金を集めたからって、あの世には持っていけないし、豪華な家を建てたって、それも持っていけないんだもの。

大好きな友達とも、別れなきゃいけないでしょう？　愛する人とだって、離れなくちゃいけないし。もう、この歳になると手放す一方なんだから」

「じゃあ、なんで生まれてきたの？」

素朴な疑問を口にしたのは、QPちゃんだ。バーバラ婦人は、しばらく無言で歩きながら空を見上げて言った。

「この世界って、遊園地みたいなものかもしれないわね。

ジェットコースターで恐怖を味わったり、メリーゴーラウンドでロマンスを知ったり、みんな、人生を謳歌するために遊園地に来るんじゃない？

お釈迦様は、人は苦しむために生まれてくるので、人生は苦労の連続だなんておっしゃったみたいだけど。

それも確かに一理ある気はするけど、人は笑うために生まれてくるんだ、ってバーバラ婦人は信じているの。

遊園地で、思いっきり楽しむのが人生の醍醐味。怖いことや苦しいことも全部全部ひっくるめて、経験そのものを、楽しむってこと。

でもね、絶対に誰もが必ず遊園地を出なくちゃいけないの。それが、この世の唯一のルールなのかもしれないなぁ、って思うんだ。

遊園地でどれだけ楽しめるかが、人生の真価のような気がするわ」

バーバラ婦人が話してくれるひとつひとつの言葉の粒が、宝石のようだった。

私とQPちゃんは、間接的に手をつなぎながら、バーバラ婦人からの大切なメッセージを四つの手のひらで大切に受け取った。

「だからね、ふたりとも、たーくさん笑って、人生を楽しむんですよ」

バーバラ婦人が、つないでいた手にキュッと力を込める。

私は、なんだか泣きたくなってきた。世界中に響く声で、愛してるよー、と叫びたかった。

今、こうしてここで生きていることが、しみじみ、愛おしいことなのだと思えた。


「行ってらっしゃーい。気をつけてねー」

立ち上がり、ホームの縁ギリギリまで前に出て大声で叫ぶ。絶対に聞こえるはずがないとわかっていても、声をかけずにはいられなかった。

私は今、江ノ電の鎌倉高校前駅にいる。

さっき、ＱＰちゃんとミツローさんが、道路沿いから私に向かって手を振ってくれた。その時からずっと、鵜飼いになったつもりでふたりのシルエットを目で追いかけているけれど、海の中に入ってしまってからは、どれがＱＰちゃんの頭でどれがミツローさんの頭か、あまり自信がない。

それでも、私は必死に目をこらし、ふたりの姿を探し出す。あの、ポコポコと海に浮かぶアザラシみたいな群れのどこかに、私が愛してやまないふたりは存在するのだ。

今日は、ＱＰちゃんのサーフィン出初式《でぞめしき》だ。

ウェットスーツは、かつて私が知的ヤクザの代書仕事で得た高額なギャラで、高校入学のお祝いにプレゼントしたもの。ボードの方は、いつか頑張って自分でアルバイトをして買うそうだ。

それまでは、ミツローさんの知り合いが、使っていないボードを一枚ＱＰちゃんに貸してくれるのだという。

かつて、茜さんと並んで海を見ながら話したベンチに、私はひとりで座って海を見ている。

もう、どれがＱＰちゃんの頭かは、本当にわからない。

初夏の海が、ゆったりと波打ちながら、人々の体を優しく支えている。

人間の存在の小ささと弱さを、私は海を見ながら痛感した。予想外に大きな波が来れば、人は一瞬で飲み込まれてしまう。

それでも、勇気を奮い起こし、海へと漕ぎ出していく人がいる。

鞄から一通の手紙を出し、封筒から便箋を取り出した。冬馬さんに頼まれた両親へのカミングアウトの手紙が書けたのは、つい数日前のことだった。

光の中で、私はその文面に目を通した。

ありがとう。

私は、澄み渡った青空に向けて言葉を放つ。

私が今ここにいて、息を吸いながら、吐きながら、無事に生きているということ。そのことへの感謝の気持ちが、満ち潮のように溢れてくる。

幸せは、日々もがく泥の中にあるのかもしれない。

はたから見たらその姿がどんなに無様で滑稽でも、私はそんな自分や、大切な人達が愛おしくなる。

僕を育ててくれた両親へ。
あなた達のひとり息子として、僕はこの世界に誕生しました。
あなた達は、本当に僕を、大切に育ててくれたと思います。そのことには、
心から感謝をしています。
僕は、あなた達の期待に応えようと、僕なりに努力して生きてきました。
あなた達に褒められ、自慢の息子になれるようにと。
幼い頃は、あなた達が望むとおりの人物になることが、僕の目標でした。
あなた達に、がっかりされたくなかった。
でも、いつからかそのことに疑問というか、違和感を覚えるようになりました。
あなた達の価値観や習慣の下で、僕はいつも、本当の自分を
殺していました。
最初はそれが当たり前というか、そのことに痛みなど感じていなかったと

思います。僕さえ我慢すれば、両親が幸せを感じるのであれば、それでいいと思っていました。自分を犠牲にすることなんて、なんとも思っていなかったのです。

でも、僕自身が成長し、両親以外の大人に出会い、生まれ育った家とは別の世界を知るうちに、自分のやっていることに苦痛を感じるようになったのは事実です。

龍三おじさんを、覚えていますか？

毎年夏休みになると、僕は伊豆大島に行きました。何も特別なことはせず、ただ一緒に朝ご飯を食べて、海に行って泳いで、たまに夜花火をして、そんな毎日でした。

でも僕は、毎日が、本当に本当に楽しかった。自分自身が、生きていると思える時間でした。

振り返ると、僕は常に、両親の目を気にしていました。

自分がどうしたいかではなく、両親が僕に何を望んでいるのかを推測して、それを実行していました。

僕は、両親からの愛情が途切れることを恐れていたのかもしれません。

最近になってわかったことですが、龍三おじさんには、愛する人がいました。

世間的には決して歓迎されるような関係ではなかったかもしれませんが、でも彼は彼なりに、その女性を深く愛していたのだと思います。

今、僕は愛する人と伊豆大島で暮らしています。

相手は男性です。

あなた達はとっくに気づいていたのではないかと思いますが、決してそのことを認めようとはしませんでした。

僕は、両親から自分を否定されることが、本当に本当に辛かった。

だから、なかなか真実を言えませんでした。

あなた達が望む通りの人生を歩めなかったことを、申し訳なく思います。あなた達が期待していた孫の顔を見せてあげることができず、心苦しい限りです。

でも、それに関しては、僕自身どうすることもできない領域です。そのことに、僕の選択できる余地はないのです。

留意していただきたいのは、このことは、あなた達の責任でも、僕自身の責任でもない点です。

どうか、悲嘆に暮れたり怒ったりせず、冷静にその現実を理解して、受け入れていただけたらと思って、この手紙を書きました。

繰り返しになりますが、あなた達が、あなた達なりの愛情を持って僕を育ててくれたこと、そのことには本当に一点の曇りもなく、感謝しています。

ただ、僕は生まれた瞬間から、もうあなた達とは別の、僕自身の人生を歩んでいるというのもまた、事実なのです。

世間的に、マイノリティーとされる人生を歩むことは、正直、とても不安になります。それでも、僕は、なんとか自らの人生を切り開こうと、パートナーと共に模索しています。

生まれる場所も両親も選ぶことはできませんが、どう生きるかの主導権は、誰もが、自分の手に握っているのだと思います。

僕は、パートナーと出会って、ようやく、この世界に生まれてよかったと思えるようになりました。ようやく、心の底から笑えるようになりました。

心の整理をする時間が必要だと思いますので、今すぐにというのは無理かもしれません。

でもいつか、あなた達と笑顔で再会できることを願っています。
僕をこの世に誕生させてくれたことに、感謝の言葉を贈ります。
どうもありがとう。

冬馬より

ふと顔を上げると、どこからか先代の笑い声がした。ようやく先代が、私を一人前の代書屋として認めてくれたのかもしれない。

いつも見守っていてくれて、ありがとう。

私は、青空に向かってつぶやいた。

ふーっとたんぽぽの綿毛を飛ばすように、これからも私は、希望の種をこの世界にまき続けたい。

私は鎌高前駅のホームから移動し、海から上がってきたふたりの体を笑顔で抱き寄せた。

最初は、ただ濡れた体を拭いてあげようとQPちゃんの体にバスタオルを巻きつけただけだったのに、そのうち、無事にこうして再会できたことを奇跡のようにありがたく感じ、不覚にも涙を止めることができなくなった。

自分でも、泣いている自分が恥ずかしかった。でも、涙は後から後から天気雨のように落ちてくる。無理に笑おうとすればするほど、反対側へと引っ張られるように涙がこぼれた。

「鳩ちゃんは、泣き虫だなぁ」

私の涙を、笑いながらミツローさんが冷たい指で拭ってくれる。

でもそういうミツローさんだって、実はさっきから、もらい泣きしてこっそり涙を拭っているではないか。私とミツローさんは、いつの間にか似たもの同士の涙もろい夫婦になっている。

ケロッとして親の涙に気づいていないのは、いや、気づいているけど気づいていないふりをしてくれているのは、QPちゃんだけだ。

QPちゃんも、そしてこの場には居合わせない小梅も蓮太朗も、お日様の光を浴びて、すくすくと無事に育ってくれたら、もうそれで大満足だ。

たとえどんなことがあったとしても、生きていてくれさえすれば、またいつか、きっとどこかで会えるのだから。

ツバキ文具店へのお手紙はこちらへ

〒151-0051
東京都渋谷区千駄ヶ谷4-9-7
幻冬舎　ツバキ文具店係

本書は、神奈川新聞、北日本新聞、福島民友、十勝毎日新聞、日本海新聞、大阪日日新聞、静岡新聞、山形新聞、新潟日報、南日本新聞、宮崎日日新聞、秋北新聞、室蘭民報、長崎新聞、夕刊フジ、岐阜新聞、沖縄タイムス、岩手日日新聞に連載したものを加筆修正しました。

〈著者紹介〉

小川糸　作家。デビュー作『食堂かたつむり』が、大ベストセラーとなる。同書は、2011年にイタリアのバンカレッラ賞、2013年にフランスのウジェニー・ブラジエ小説賞を受賞。その他の著書に、小説『サーカスの夜に』『ライオンのおやつ』『とわの庭』、エッセイ『真夜中の栗』『昨日のパスタ』など多数。本シリーズ第1作の『ツバキ文具店』、続編『キラキラ共和国』は「本屋大賞」候補となる。

ホームページ「糸通信」https://www.ogawa-ito.com

椿ノ恋文
2023年10月30日　第1刷発行
2024年 1 月31日　第5刷発行

著　者　小川 糸
発行人　見城 徹
編集人　森下康樹
編集者　君和田麻子

GENTOSHA

発行所　株式会社 幻冬舎
〒151-0051 東京都渋谷区千駄ヶ谷4-9-7
電話：03(5411)6211(編集)
03(5411)6222(営業)
公式HP：https://www.gentosha.co.jp/

印刷・製本所　株式会社 光邦

検印廃止

ISBN978-4-344-04192-9 C0093